WO DIE WELLEN BRECHEN

Catharina Berents, promovierte Kunsthistorikerin, veröffentlichte Bücher und Aufsätze zu Kunst-, Design- und Kulturgeschichte. Nach ihrer Museumstätigkeit im Rheinland, in Hessen und zuletzt als Direktorin eines kulturgeschichtlichen Museums in Schleswig-Holstein ist sie seit 2013 an der Leuphana Universität Lüneburg beschäftigt. Dort lehrt sie im Fach Design und Kunstgeschichte und ist im Wissenschaftsmanagement tätig.

CATHARINA BERENTS

WO DIE WELLEN BRECHEN

Kriminalroman

emons:

Bibliografische Information der Deutschen Nationalbibliothek
Die Deutsche Nationalbibliothek verzeichnet diese Publikation in der Deutschen Nationalbibliografie; detaillierte bibliografische Daten sind im Internet über http://dnb.d-nb.de abrufbar.

MIX
Papier | Fördert gute Waldnutzung
FSC® C083411
FSC
www.fsc.org

Umschlagmotiv: Zacarias da Mata/stock.adobe.com
Umschlaggestaltung: Nina Schäfer, nach einem Konzept von Leonardo Magrelli und Nina Schäfer
Umsetzung: Tobias Doetsch
Gestaltung Innenteil: DÜDE Satz und Grafik, Odenthal
Lektorat: Lothar Strüh
Druck und Bindung: CPI – Clausen & Bosse, Leck
Printed in Germany 2022
ISBN 978-3-7408-1567-7
Originalausgabe

Für Uwe Rosenfeld, der Bücher liebte
und sicher auch dieses gern gelesen hätte

Kleefeld, Jensen-Museum, 5. Juni

Wilhelm Musswessel hatte jeden Morgen kurz vor Öffnung einen Rundgang durch die Ausstellungsräume zu machen. Seine Hauptaufgabe bestand darin, die diversen Monitore der audiovisuellen Medien anzuschalten und zu überprüfen, ob die Programme sich nicht in irgendwelchen Endlosschleifen verfangen hatten. Im Grunde hätte er das an jeder Station machen müssen, aber heute beschränkte er sich auf wenige Stichproben. Er war etwas verunsichert, denn beim Reinkommen hatte er bemerkt, dass am Ende des Parcours Licht brannte – und das war merkwürdig, denn an diesem Morgen, einem Donnerstagmorgen, setzte das Team der Raumpflegerinnen turnusgemäß aus. Als Musswessel dem letzten Raum, dem Saal mit dem Wind-Wellen-Kanal, näher kam, vernahm er erst unterbewusst und dann immer deutlicher das schlagende und schmatzende Geräusch der Wellen und das Rauschen des künstlichen Windes. Der Kanal war an! Musswessel vergaß die übrigen Geräte und betrat den Raum mit der Hauptattraktion des Museums.

Nun stand er vor dem zwanzig Meter langen Aquarium. Links, wo sich die Windmaschine befand, war das Becken am tiefsten, während es nach rechts zu einem künstlichen Strand anstieg. Das einzige Leben darin erzeugte die Welle, die sich aus einem glatten Meeresspiegel vom Wind angetrieben auf den künstlichen Strand zubewegte und hochstieg, um dann zu brechen und langsam auszulaufen. Im Querschnitt ihre oft aberwitzig sich überschlagenden Profile zu beobachten, war faszinierend – für den Laien wie für den Forscher. Es hatte zahlreiche Versuche gegeben, unter anderem in Kleefeld, die Bewegungsgesetze und die daraus resultierenden Formen nach ihren Regeln zu ergründen, aber man war keineswegs zum Abschluss gelangt. Die Fraktal-Forschung hatte jedoch sehr vielversprechende Wege eröffnet.

In den Wellen trieb, mit den Wellen stieg und sank aber nun ein lebloser Körper. Musswessel hatte das befremdliche Schauspiel beim Betreten des Raumes sofort wahrgenommen. Fast automatisch drängte sich ihm der Eindruck auf, alles sei genau so arrangiert worden: das stetige Vorantreiben der grünen Wassermassen und in ihnen der Leichnam. Seine konstante Position zeigte an, dass in einiger Tiefe das Wasser relativ ruhig blieb und nur die Oberfläche in Bewegung war. Der gesamte Anblick wirkte auf Musswessel wie eine Versuchsanordnung. Dabei war es ein absolutes Wunder, dass der Ertrunkene nicht einfach auf den Grund sank, sondern sich so eifrig in zwei bis drei Metern Höhe hielt.

Musswessel war der Technische Assistent des Jensen-Museums Kleefeld, kurz JMK, er kannte sich mit Apparaten und mit IT aus, die Physik gehörte nicht zu seinen Aufgabengebieten. Er stand regungslos da und bestaunte diesen Sieg über die Schwerkraft, diese Weigerung des Toten, ganz aufzugeben und sich gewissermaßen endgültig niederzulassen. Der Sakko des Mannes war weit ausgebreitet, ebenso die Arme, er schwebte förmlich im Wasser. Die langen rötlichen Haare fächerten sich auf kuriose und unheimliche Weise zu einem Schirm auf. Das Aquarium wurde teilweise von unten beleuchtet, was den Lehrstückcharakter des flottierenden Körpers noch verstärkte, ihn aber gleichzeitig ins Naturreich zurückholte. Da die Kleidung des Mannes sehr hell war, fühlte Musswessel sich an die Unterseite eines Plattfisches erinnert. Er wagte gar nicht, den Notschalter zu betätigen. Das Museum setzte auf das Prinzip Erfahrungsraum. War hier nicht ein solcher entstanden?

Dann tat er einige Schritte rückwärts, drehte sich abrupt um und zog sein Handy, mit schnellen Schritten gen Ausgang eilend. Er hatte erst die falsche Notrufnummer gewählt und war, als der zweite Teilnehmer antwortete, bereits so durcheinander, dass die Beamtin das Gestammel mit den Worten »Also ein Todesfall im Museum« zusammenfasste, dem Statement aber einen so ironischen Dreh gab, als wäre dies der letzte oder vielleicht der normalste Ort, an dem man solches erwarten konnte, sodass Musswessel ins Telefon bellte: »Natürlich haben wir Todesfälle im Museum«, und das Gespräch beendete. Das mit dem Plural sollte sich als Fehler erweisen.

Kleefeld, drei Monate zuvor, 2. März

»Meine sehr verehrten Damen und Herren, liebe Freunde und Förderer des Jensen-Museums Kleefeld, ich begrüße Sie herzlich zur Eröffnung unserer Ausstellung ›Der Strom des Lebens – Leben am Wasser, Leben mit Wasser‹.«

Dr. Franziska de Beer, die Museumsleiterin, hatte das Wort ergriffen. Der Geräuschpegel legte sich, die zahlreich an diesem Sonntagvormittag zur Vernissage erschienenen Gäste waren gespannt auf ihre Einführungsrede. Heute Abend wurde der zweite Teil der geplanten Ausstellungstrilogie »Der Strom des Lebens« eröffnet.

Das JMK war eine Institution, die sich der Erforschung der Flussniederung und ihrer Kulturlandschaft, den Marschen von Kleefeld, widmete. Eine über Jahrhunderte fruchtbare, von Handel, Gewerbe und Landwirtschaft geprägte Region. Bevor Kleefeld von einem Monarchen im 17. Jahrhundert gegründet worden war, hatte hier nur amphibische Ödnis geherrscht. Die Landschaft, die dem täglichen Wechsel von Ebbe und Flut ausgesetzt war, musste erst einmal kultiviert werden. Viele Kilometer Deich waren notwendig gewesen, bevor das Terrain besiedelt werden und der Stadtbaumeister des Königs mit seiner Arbeit beginnen konnte.

Im Jensen-Museum wurde die Entstehungsgeschichte der Stadt und der umliegenden Marschen erzählt. Jens Jensen, ein umtriebiger Kleefelder Lateinlehrer, hatte die Sammlung im späten 19. Jahrhundert gegründet. Viele Objekte belegten, wie schwer es gewesen sein musste, Deiche zu errichten und den Boden zu kultivieren. Der Große Fluss beherrschte schon damals Land und Leute.

Auch heute Abend ging es um Wasser.

»Wir möchten in unserer Ausstellung zeigen, wie nachhaltig der Fluss das Leben der Menschen und die Entwicklung der Region geprägt hat. Für den Stadtgründer war die Lage am Strom vor fast vierhundert Jahren ausschlaggebend, lieferte er doch zum einen die notwendige Verbindung zu den Weltmeeren und zum anderen ins Binnenland zu den großen Städten, die bald zu wichtigen Handelspartnern wurden. Die Stadt Kleefeld hat sich bis heute ihre Prägung durch den Hafen und die Lage direkt an der Wasserkante bewahrt.«

Manche Ortsbezeichnungen ließen erahnen, dass hier in früheren Zeiten raue Gesetze herrschten, nach Norden erstreckte sich die Gerbersche, nach Süden die Siebrechtsche Wildnis. Die beiden Lehnsherren, nach denen diese Regionen benannt worden waren, gingen mit unrühmlichen Taten in die Geschichte ein, grausame Knechtschaft, Vergewaltigung und Hunger hatten deren Untertanen zu erleiden.

Franziska de Beer scherzte oft, dass sie am Rande der Wildnis lebe. Wie recht sie damit haben sollte, ahnte sie zu diesem Zeitpunkt allerdings noch nicht.

Sie war wie immer vor öffentlichen Auftritten nervös, das hatte sie in all den Jahren, die sie ihren Beruf schon ausübte, nicht abgelegt. In Erwartung des bevorstehenden Frühlings trug sie einen cremefarbenen Hosenanzug, dazu helle Wildlederpumps. Ihre Haare hatte sie hochgesteckt. Ihre äußere Erscheinung war ihr wichtig, perfekt gekleidet zu sein, gab ihr Schutz, wenn so viele Augenpaare auf sie gerichtet waren. Aber sie badete auch in der Menge des Publikums und letztlich in ihrem Erfolg, denn alle waren hier, um ihre Ausstellung zu sehen.

Sie war vor vier Jahren nach Kleefeld gezogen, da war sie eher an ein komfortables Großstadtleben gewöhnt gewesen als an Windstärke neun, Gummistiefel und Kohlfelder, aber sie hatte sich mit den etwas einsilbigen und oft verstockten Marschbewohnern ins Benehmen gesetzt, ja sogar einige von ihnen ins Herz geschlossen. Die ständige Bedrohung durch Wasser und Sturm hatte die Menschen hier über Jahrhunderte geprägt, das war selbst heute, in Zeiten von Küstenschutz und immer höher wachsenden Deichkronen, noch zu spüren. Nach anfänglichen Startschwierigkeiten und Berührungsängsten war Dr. Franziska de Beer angekommen. Man schätzte ihre Arbeit, vor allem ihr Geschick, interessante Kooperationspartner nach Kleefeld zu holen. Seit Franziska die Leitung des JMK übernommen hatte, flossen die Gelder, und mit ihren Projekten hatte sie das Interesse der überregionalen Presse geweckt. Kleefeld in den großen Feuilletons, das hatte es zuvor noch nie gegeben.

Aber ihr Erfolg rief auch Neider auf den Plan.

Franziska de Beer bewohnte am Rande von Kleefeld einen hübsch renovierten Bungalow aus dem Jahr 1959. Er war der letzte in einer Reihe von Häusern, die an einem schmalen Seitenlauf des Großen Flusses lagen, der durch die Siebrechtsche Wildnis floss. Genau auf ihrer Grundstücksgrenze befand sich das Ortsschild, auf der einen Seite stand »Kleefeld«, auf der anderen »Siebrechtsche Wildnis«. Das Haus hatte ihr auf Anhieb gefallen, es war natürlich aus rotem Klinker, und es hatte einige sehr schöne zeittypische Details. Zum Vordereingang gelangte man über eine Terrasse mit weißen hölzernen Gartenmöbeln. Zur Straßenseite war die Terrasse mit einem Glasbild geschlossen, das aus einem Mosaik bunter Scheiben bestand, es zeigte ein Segelboot auf großer Fahrt. Es war ein Wunder, dass das Glasbild all die Jahre überstanden hatte.

Innen gab es ein großes Wohnzimmer mit riesigen Blumenfenstern. Franziska war vor allem von der nierenförmig geschwungenen Fensterbank begeistert. Das Haus war voller breiter Fensterbänke. Zwar hatte sie keinen Sinn für Topfblumen, aber dieses Haus bot endlich Platz für ihre kleinen Tierskulpturen. Sie besaß eine ansehnliche Sammlung von Bronzetieren.

Vom Esszimmer aus konnte sie weit in die Felder schauen. Zwischen Küche und Esszimmer waren aufwendig geschreinerte Einbauschränke erhalten, darin Schubladen mit samtausgelegten Unterteilungen eigens für Besteck. Franziska hatte das alte Familiensilber geputzt, schwere silberne Bestecke aus der wilhelminischen Zeit, jedes Teil versehen mit einem von Ranken eingerahmten »B«. Im ersten Frühjahr hatte sich das riesige Feld hinter ihrem Haus in einen leuchtenden gelben Teppich verwandelt: Raps, wohin sie nur schauen konnte. Aber fast noch mehr beeindruckt hatte sie das frisch gepflügte Feld, als sie im Herbst davor eingezogen war. Die großen, fettig glänzenden Schollen des Marschbodens schienen beinahe in ihr Esszimmer zu fluten. Am tief liegenden Horizont drehten fleißig die Windräder ihre Flügel. Eigentlich mochte sie diese gigantischen Stromproduzenten nicht, aber zu dieser Landschaft gehörten sie dazu.

Franziska griff in ihre rechte Hosentasche, wo sie das Netsuke spürte, einen kleinen rundlichen Hasen aus Elfenbein. Er lag schmeichelnd in der Hand und brachte ihr Glück bei wichtigen Auftritten oder beschützte sie in schwierigen Situationen, so dachte sie zumindest. Auf jeden Fall beruhigte sie der kleine Hase. Er war ihr immer das Lieblingsstück aus der Sammlung von Netsukes gewesen, die sich, seit sie denken konnte, in ihrem Elternhaus befunden hatte. Nun war diese Sammlung von kleinen Figuren, Hasen, Schildkröten, Drachen und japanischen Glücksgöttern, geschnitzt aus Wurzelholz, Büffelhorn und Elfenbein, in ihren Besitz übergegangen.

Franziska schaute ins Publikum, bevor sie weitersprach. »Besonders stolz bin ich auf den Wind-Wellen-Kanal. Er wurde eigens für unsere Ausstellung von den Mitarbeitern des Lehrstuhls für Strömungsmechanik der Helmut-Schmidt-Universität Hamburg geplant und hier vor Ort aufgebaut. Für diese außerordentlich großzügige Unterstützung meinen ganz herzlichen Dank an die HSU, besonders an Herrn Professor Dr. Rainer Fahrenholz, den ich hiermit begrüßen möchte. In dem Wind-Wellen-Kanal können Wellen unterschiedlicher Stärke und Form simuliert werden. Unsere Besucherinnen und

Besucher haben an einem Pult per Fernsteuerung die Möglichkeit, die Frequenzen des Wellenpaddels und die Windstärken zu bestimmen. Das zwanzig Meter messende Glasbecken stellt eine Art Miniaturmodell des unendlichen Meeres dar, gezähmt und mächtig zugleich. Aber dazu wird Ihnen nun Herr Professor Fahrenholz Näheres erzählen.«

Franziska de Beer richtete an alle Beteiligten, Sponsoren und Organisatoren ihre Dankesworte und überließ das Rednerpult Herrn Professor Fahrenholz. Sie steuerte den freien Platz neben ihrem Ehrengast an, der sich gerade erhob, um vor das Publikum zu treten. Sie nickte ihrem Kollegen freundlich zu.

Franziska de Beer war als Chefin des Museums stets darum bemüht, den Teamgeist ihrer Mannschaft zu fördern. Es gelang ihr fast immer, die Begabungen und Interessen jedes Einzelnen anzusprechen. Vor vier Jahren bestand die Belegschaft des Jensen-Museums aus einer Truppe von Mitarbeiterinnen und Mitarbeitern, die alle auf ihre Weise ihre Meriten hatten, doch es herrschte kein Teamgeist, keine Identifikation mit der Institution, keine gemeinsame Idee. Das hatte sich unter Franziska geändert. Bei manchen Mitarbeitern hatte sie sogar das Gefühl gehabt, sie hätten nur darauf gewartet, unter neuer Führung so richtig durchzustarten.

Dazu zählte auf jeden Fall ihre rechte Hand in Sachen Presse- und Öffentlichkeitsarbeit, Eliza Mendes, eine feurige Puerto Ricanerin, die, ohne ihr südländisches Temperament eingebüßt zu haben, in die norddeutsche Mentalität hineingewachsen war. Franziska war jeden Tag froh, eine so verlässliche und fähige Mitarbeiterin zu haben. Wenn sie morgens das Büro betrat, war Eliza meistens schon da und hatte ihren wundervollen Mokamo Dolce aufgesetzt, einen herrlichen Kaffee, der ein bisschen nach frischen Walnüssen und vor allem nach Schokolade schmeckte. Sie bekam ihn regelmäßig von ihrer Familie zugeschickt.

Eliza Mendes war in den frühen siebziger Jahren nach Deutschland gekommen, der Liebe wegen, wie sie immer betonte. Sie hatte ihren Mann Piet in San Juan, ihrer Heimatstadt, kennengelernt. Damals hatten Seemänner noch Gelegenheit gehabt, an Land zu gehen, weil die Schiffe nicht gleich wieder den Hafen verließen, sobald die Ladung gelöscht war. Piet, ein gebürtiger Kleefelder, hatte damals für eine Handelsgesellschaft angeheuert, die Geschäfte mit Kaffee und Früchten machte. Nun war Piet schon längst im Ruhestand, nachdem er viele Jahre im Hafen von Kleefeld für den Zoll gearbeitet hatte. Manchmal holte er seine Frau mittags ab oder trank einen Kaffee im Büro mit ihr. Dann gesellte sich Franziska zu ihnen, sie mochte Piet Harms. Er revidierte für sie immer das Bild des engstirnigen Marschbewohners. Zwar war auch er kein Mann der großen Worte, aber er war warmherzig und humorvoll.

Eliza Mendes, eigentlich hieß sie Mendes-Harms, war eine kluge Frau, die sich von nichts und niemandem blenden ließ, und so zählte sie auch nicht gerade zu den Freundinnen von Adam Caspèr, dem Historiker des JMK. Caspèr, den sie stets nur »den Kasper« nannte, obwohl er viel Aufwand betrieben hatte, um offiziell einen Accent grave auf dem »e« zu tragen, gehörte fast schon zum Inventar des Museums, als Franziska die Leitung übernahm. Einfach war es nicht mit ihm, hatte er sich doch ebenfalls für diese Position beworben und das Institut immerhin fast ein Jahr kommissarisch geleitet. Und nun stand diese weltgewandte und selbstbewusste junge Wissenschaftlerin vor ihm. Franziska erkannte schnell, dass Caspèr kein wissenschaftliches Format hatte, er redete gern und viel, machte sich beim Publikum beliebt, glänzte aber vor allem durch Unzuverlässigkeit. Aber wenn man ihm konkrete Aufgaben erteilte, funktionierte er recht gut, so glaubte sie zumindest.

Eine weitere Schaltstelle im Team, die der Sekretärin, war mit Frau Hufe besetzt. Caroline Hufe war schon sehr lange als städtische Angestellte tätig und vor ein paar Jahren aus dem Vorzimmer des Bürgermeisters ins JMK versetzt worden. Es hatte damals einen Vorfall gegeben, der zwar nicht zur Entlassung von Frau Hufe geführt hatte, aber eben zu ihrer unwiderruflichen Versetzung vom Rathaus ins Museum, was für sie damals eine Demütigung, für die Mitarbeiter der Verwaltungsleitung hingegen eine Entlastung darstellte. Offenbar hatte sie interne Informationen zu ihrem eigenen Vorteil an Dritte weitergeleitet.

Dem Bürgermeister war schon länger aufgefallen, dass es eine undichte Stelle in seiner Belegschaft geben musste, deshalb stellte er ihr eine Falle. Er deutete in Frau Hufes Beisein während eines vermeintlichen Telefonats mit einem Magistratsmitglied an, dass die schon sicher gewähnte Bezuschussung des neuen Patrouillenbootes für das Wasser- und Schifffahrtsamt gestrichen werden würde. Es war stadtbekannt, dass Frau Hufe, wenn auch bisher erfolglos, sich um den Leiter des Wasser- und Schifffahrtsamts, Jacob Menninga, bemühte. Es dauerte kaum einen Tag, bis Menninga empört beim Bürgermeister anrief. Die Falle war zugeschnappt, und Frau Hufe wurde versetzt.

Aber die Hufe hatte durchaus ihre Qualitäten, sie arbeitete schnell und zuverlässig, war erfinderisch und hatte ein phänomenales Gedächtnis. Suchte Franziska etwas in den Magazinen des Museums oder im Archiv, Frau Hufe hatte alles im Handumdrehen aus den Tiefen der Bestände hervorgeholt. Franziska konnte Frau Hufe zu Beginn nur schwer einschätzen, und dass sie ihr auf den ersten Blick sympathisch gewesen wäre, konnte sie nun wirklich nicht behaupten. Sie hatte ein kühles, fast abweisendes Wesen. Aber mit der Zeit änderte sich das. Die Hufe fand, nachdem sie den Rausschmiss aus dem Bürgermeisterbüro verschmerzt hatte, ihr Metier im JMK, und Franziska ging offen auf sie zu.

Es gab aber auch irritierende Situationen, wie einmal bei einem gemeinsamen Mittagessen im »Grünen Heinrich«, dem Lieblingslokal Franziskas, direkt am Marktplatz. Sie mochte es aus zweierlei Gründen: Das Essen war hervorragend, und die Eigentümerin, Johanna Requate, war eine ausgesprochen liebenswürdige Person. Nicht selten setzte sie sich gegen Ende der Mittagszeit zu ihren Gästen, um ein Weilchen zu plaudern.

An dem betreffenden Tag war auch Eliza Mendes mitgekommen, am Tisch ging es um einen ehemaligen wissenschaftlichen Mitarbeiter des JMK, der angeblich Objekte aus dem Sammlungsbestand des Museums hatte mitgehen lassen.

Eliza erzählte, dass der Kollege, als er noch im Dienst gewesen war, gern bis in den Abend hinein arbeitete und in einem Kämmerchen saß, das sich unterm Dach ganz in der Nähe der Magazinräume befand. Dort pflegte er auch zu rauchen. Noch heute, so Eliza, stecke in manchen Kostümen und historischen Trachten, die in dem direkt angrenzenden Raum aufbewahrt wurden, der Geruch des schwarzen Krautes, das der Kollege rauchte.

»Aber wir konnten ihm nie etwas nachweisen, was jammerschade ist, denn wir wissen mittlerweile, dass doch einiges in den Silberbeständen fehlt. Damals war hier noch vieles im Argen, es herrschte nicht die Ordnung, die wir heute haben. Wir werden wohl keines von den verlorenen Objekten wiedersehen.«

Frau Hufes Miene hatte sich bereits verdüstert, wie immer, wenn jemand auf dieses Thema zu sprechen kam. Sie hasste es, wenn die Dinge nicht an ihrem angestammten Platz waren, vielleicht fühlte sie sich aber auch persönlich verantwortlich.

»Das wollen wir doch erst einmal sehen. Irgendwann kriegen wir ihn!« Frau Hufe hatte ihre kleinen Augen, deren Farbe unbestimmbar war, zusammengekniffen, sodass sich eine tiefe Zornesfalte auf ihrer Stirn bildete. Sie sah aus wie ein Adler, der im Begriff war, auf seine Beute herabzustürzen. Dieser Blick hatte Franziska für einen Moment erschaudern lassen.

Es war Jacob Menninga gewesen, der Franziska von der unrühmlichen Karriere ihrer Sekretärin in Kenntnis gesetzt hatte. Im Zuge der Vorbereitungen der Ausstellungstrilogie arbeitete sie sehr viel mit ihm zusammen. Dem überzeugten Junggesellen waren die Avancen der Hufe lästig. Er entstammte einer angesehenen Kleefelder Familie, die auf eine lange Tradition zurückblickte und im politischen wie kulturellen Leben der Stadt eine große Rolle spielte. Er verfügte über gute Kontakte zu sämtlichen Gremien und war über alles immer bestens informiert. Und er mochte Franziska, obwohl ihm zunächst nicht einsichtig gewesen war, dass sich ausgerechnet eine attraktive junge Frau für Stromkilometer, Wind-Wellen-Kanäle und Küstenschutz interessieren sollte. Aber er erkannte schnell ihre Kompetenz und Ernsthaftigkeit. Als Franziska ihre neuen Kolleginnen und Kollegen zu ihrem fünfunddreißigsten Geburtstag in den Garten des Jensen-Museums zu einem kleinen Empfang eingeladen hatte, überreichte Menninga ihr einen Karton mit blauer Schleife, darin ein Paar gelbe Gummistiefel.

»Für die nächste Flut«, hatte er gesagt.

»Ich denke, dass der Wind-Wellen-Kanal als Herzstück dieser Ausstellung sehr viel Fachpublikum ins Haus bringen wird. Dass diese Apparatur heute hier in Kleefeld zu besichtigen ist, verdanken wir der engagierten Arbeit von Frau Dr. de Beer.«

Während Professor Fahrenholz die Zusammenarbeit mit Franziska und dem Jensen-Museum in seiner Rede lobend erwähnte, standen am Ende des bis zum letzten Platz besetzten Saals an die Wand gelehnt Caspèr und die Hufe: Sie hatten die Köpfe zusammengesteckt.

Eliza Mendes, die sie beobachtete, warf einen vielsagenden Blick zu Menninga hinüber. Beide hatten sich am seitlichen Ausgang platziert und sowohl die Redner wie auch den gesamten Saal im Blick.

Adam Caspèr und Caroline Hufe bildeten ein seltsames Gespann. Sie war eine große, hagere Person mit eher herben Gesichtszügen und einer stets korrekt sitzenden Prinz-Eisenherz-Frisur, die blauschwarz schimmerte. Er war eher klein geraten, leicht untersetzt, und sein rotes Kraushaar, das im Nacken lang herunterhing, lichtete sich schon merklich. Heute hatte er einen seiner beigefarbenen Cordanzüge an, dazu ein weinrotes, klein gemustertes Plastron. Er besaß für jedes Outfit ein passendes Tuch. Eigentlich war er eine sympathische Erscheinung. Um seine geringe Körpergröße ein wenig zu kaschieren, trug er meist feine Budapester Herrenschuhe mit einem kleinen Absatz.

»Großartig, sie lässt sich mal wieder feiern, unsere Franziska«, flüsterte er seiner Kollegin ins Ohr.

»Meine Damen und Herren, ich wünsche der Ausstellung viel Erfolg, und ich würde mich sehr freuen, mit dem einen oder anderen bei einem Glas Wein über unser Thema zu diskutieren.«

»Lieber Rainer Fahrenholz, herzlichen Dank für deine außerordentlich freundlichen und fesselnden Worte.« Franziska de Beer war wieder ans Rednerpult getreten.

»Nun möchten wir Ihnen eine erste Kostprobe unseres neuen Wind-Wellen-Kanals geben. Ich möchte Sie bitten, uns in den Saal der Gezeiten zu folgen. Mein Kollege Adam Caspèr wird Ihnen die verschiedenen Betriebsarten des Wellensimulators vorführen.«

Franziska blickte zu ihrem Kollegen hinüber, der immer noch neben der Hufe am anderen Ende des Vortragssaales stand und plötzlich einen hochroten Kopf bekam. In seinen Taschen steckte nichts, und ganz bestimmt nicht die Fernbedienung, die er nun benötigte, um den Kanal in Betrieb zu setzen. Wo hatte er die schon wieder gelassen? Er hob die rechte Hand und zeigte drei Finger, was wohl bedeuten sollte: Ich bin in drei Minuten wieder da.

In der Zwischenzeit bewegte sich die Zuhörerschaft in Richtung Wind-Wellen-Kanal. Viele nahmen das Angebot der dort bereitstehenden Klapphocker in Anspruch und sicherten sich einen guten Platz mit Blick auf den Wellenkanal, aber dort tat sich nichts, das Wasser bildete eine glatte Oberfläche, immerhin leuchtete es grün wie in einem riesigen Aquarium. Allmählich breitete sich Unruhe aus, der Geräuschpegel im Saal stieg an.

Die Direktorin trat vor ihre Gäste: »Meine Damen und Herren, es gibt immer viele technische Schwierigkeiten zu überwinden, wenn neue Installationen in Betrieb genommen werden, der altbekannte Vorführeffekt.« Franziska lachte ins Publikum, doch innerlich kochte sie. Typisch, dachte sie, der Kasper zeigte sich mal wieder von seiner unzuverlässigen Seite. Von ihrem Unmut ließ sie sich jedoch nichts anmerken.

Wieder ans Publikum gewandt, sagte sie: »Herr Caspèr hat das Problem ganz gewiss in wenigen Minuten bewältigt.«

Wie auf ein Stichwort erschien dieser nun sichtlich abgehetzt mit der Fernbedienung in der Hand wieder auf der Bildfläche. Dann betätigte er den Startknopf. Die Beleuchtung im Wind-Wellen-Kanal veränderte ihre Farbstellung von Grün über Dunkelblau zu Blauviolett, mit einem tiefen Grollen und aufheulendem Wind stieg das Wasser langsam an, formierte sich zu einer großen Welle, die nach zwei Dritteln ihrer Wegstrecke zu einer Brechung gelangte, bevor sie auf dem künstlichen Strand auslief.

Das Publikum hatte den Atem angehalten, so schien es, aber nun applaudierte es kräftig.

Franziska ergriff noch einmal das Wort: »Meine Damen und Herren, die Ausstellung ist eröffnet. Bitte stoßen Sie mit uns an.«

Frau Hufe trat auf ihre Chefin und deren Ehrengast zu, ausgerüstet mit einem Tablett voller Sektgläser.

»Meinen herzlichen Glückwunsch, Frau Dr. de Beer, Herr Professor Fahrenholz, zum Wohl.«

***

Caroline Hufe, deren Söhne beide erwachsen und aus dem Haus waren, lebte in einem Bungalow mit begrüntem Innenhof in Kleefeld-Neuendeich, einem direkt hinter dem Deich entstandenen Neubaugebiet der neunziger Jahre. Einen Herrn Hufe hatte es einst gegeben, aber das war schon lange her. Man sagte sich, dass sie dort seltene Orchideen züchtete. Ging man abends durch diesen Stadtteil, so hatte man das Gefühl, in einer Geisterstadt zu sein, so sparsam waren die Straßen beleuchtet, und noch sparsamer beleuchtet waren die Häuser. Entweder verdeckten lichtundurchlässige Jalousien die Fenster, oder es war einfach dunkel, weil sich die Bewohner in den Räumen zur straßenabgewandten Seite aufhielten, nach vorn hin kein einziges Licht. Manche Häuser schienen auch unbewohnt zu sein. Das Ganze wirkte ziemlich unheimlich.

Wenn Caroline Hufe sich nicht um ihre Orchideen kümmerte, verbrachte sie ihre Freizeit mit den Mitgliedern von Sentinels International Kleefeld, kurz SIK genannt, ihren Freundinnen. *Sentinels* stand für Wächterinnen, für einen Club von Frauen, die sich für die Rechte und die Gleichstellung von Mädchen und Frauen weltweit einsetzten. In Kleefeld wurden vielerlei Projekte auf die Beine gestellt. Kinderspielplätze, eine Beratungsstelle für junge Berufseinsteigerinnen, eine provisorische Schule für Flüchtlingskinder, und im Rahmen des großen Wasserthemas am Jensen-Museum waren die Sentinels ebenfalls aktiv.

Franziska de Beer hatte sich darüber zunächst gefreut, sie war für jede Unterstützung dankbar, doch die Aktion der SIK-Frauen hatte sich dann letztlich als eher fragwürdig erwiesen. Der Dachverband der Sentinels International hatte fast zur selben Zeit, als der erste Teil der Ausstellungstrilogie »Der Strom des Lebens« eröffnet wurde, ein Projekt mit dem Titel »Wasser für die ganze Welt« ins Leben gerufen. Die Kleefelder Frauen waren natürlich dabei. Frau Hufe, die zu dieser Zeit gerade Präsidentin des hiesigen Clubs war, hatte bereits in den Mittwochsbesprechungen begeistert davon berichtet. Sie schwärmte von der guten Zusammenarbeit mit dem Leiter der Kleefelder Stadtwerke, Herrn Seeberger. Auch Franziska hatte Rudolf Seeberger für das JMK als Kulturpartner und Förderer gewinnen können und schätzte ihn sehr, darum hielt sie sich damals mit Kritik zurück.

Im Mai 2011 war in der Kleefelder Rundschau Folgendes zu lesen: »Am kommenden Mittwoch sollen die Bürger von Kleefeld baden, duschen, Blumen gießen, Rasen wässern und

Wäsche waschen, dass die Maschinen heiß laufen. Das ist der Wunsch von Caroline Hufe und Dr. Siglinde Eichenberg. Die Kleefelder Stadtwerke spenden 18 Cent pro verbrauchtem Kubikmeter Frischwasser.« Natürlich starben unvorstellbar viele Menschen, darunter zahlreiche Kinder, an Wassermangel, aber durfte man zur Verschwendung einer so kostbaren Ressource aufrufen, um anderswo auf der Welt Brunnen und Zisternen zu finanzieren? Franziska war der Ansicht, dass hier eine selbstgefällige Doppelmoral waltete.

Warnemünde, im Juni 1984

Ramona Weiß erreichte das Hotel Neptun im Ostseebad Warnemünde pünktlich. Ihr Zimmer war schon bezugsfertig, obwohl es noch nicht einmal zwölf Uhr war. Sie ließ ihren Koffer vom Hotelpagen hinaufbringen, drückte ihm ein Trinkgeld in die Hand und ging auf die Glasfront zu. Sie zog die Gardinen zur Seite, öffnete die Fensterflügel und trat auf den Balkon. Vor ihren Augen breitete sich der herrliche Strand aus, und im Westen stieg die markante Steilküste an. An der Seebrücke legte gerade ein Ausflugsdampfer an, auf dessen Ankunft bereits eine Traube von Menschen wartete. Ein Hund flitzte über die lange Brücke in Richtung Anleger, Ramona konnte sein Bellen in der Ferne hören.

Sie hatte noch Zeit. Gern wäre sie hinunter an den Strand gegangen, um barfuß durch den Sand zu spazieren. Aber sie hatte strikte Anweisungen, zunächst die »Vertrauliche Verschlusssache« abzuwickeln, bevor sie sich wieder aus dem Hotel entfernte. Ihr blieb also nichts anderes übrig, als zu warten. Aber sie freute sich auch auf Manfred, doch vor dreizehn Uhr dreißig war nicht mit ihm zu rechnen. Sie machte es sich in einem der Sessel bequem und dachte an Manfred, an seinen blonden lockigen Wuschelkopf, an seine fast türkisblauen Augen. Sie lag so gern in seinen Armen. Mit ihm fühlte sie sich frei, ein Gefühl, das ihr zuvor völlig fremd gewesen war, das sie sogar ein bisschen geängstigt hatte.

Mit dem Bau des Neptun hatte man 1969 begonnen, ein achtzehn Stockwerke hoher, mächtiger Betonklotz, der im rechten Winkel auf den Strand ausgerichtet war und somit von allen Zimmern aus einen Blick aufs Meer gewährte. Der damals in Rostock wirkende SED-Bezirkssekretär Harry Tisch hatte dieses Bauprojekt gemeinsam mit Lotte und Walter Ulbricht angestoßen, das Neptun sollte ein Luxushotel der ganz besonderen Art werden, vor allem aber sollte es den Standards im Westen in nichts nachstehen. So würde es für das Ministerium für Staatssicherheit eine ideale Operationsbasis abgeben. Im Sommer 1971 reisten die ersten Gäste an. Im Neptun stiegen hochrangige Parteifunktionäre ab, aber auch namhafte Politiker aus der Bundesrepublik, unter ihnen keine Geringeren als Willy Brandt, Helmut Schmidt und Hans-Dietrich Genscher.

Die Innenausstattung war eine Meisterleistung des Designs der sechziger Jahre. Vor allem imponierten Ramona die runden Betten, sie fühlte sich darin wie in einem Raumschiff. Als sie ankam, ragten die Kopfkissen wie zwei spitze Berge daraus hervor. Die Wände waren mit goldenen Brokattapeten bespannt, und neben dem Bett befand sich eine Stehlampe mit schwerem Messingfuß und plüschbezogenem Lampenschirm, passend zu den cremefarbenen Lackoberflächen der Möbel. Auf dem kleinen runden Tischchen stand ein Blumenstrauß in einer weinroten Rauchglasvase, gelbe Rosen und blaue Freesien. Und es gab einen Fernseher, groß und mit Zugang zu den Kanälen des Westens.

All das hatte gar nichts mehr von dem Stil der Ostseebäder des 19. Jahrhunderts. Ramona fand das eigentlich schade, sie hatte etwas für die alten Zeiten übrig, obwohl sie den Luxus, den ihr dieses Hotel bot, sehr liebte. Ebenso liebte sie den abenteuerlichen Teil ihrer Reisen, die heimlichen Zusammenkünfte mit Manfred. Ach, wäre er doch nur schon da.

Da klingelte das Telefon auf dem halbrunden Sideboard hinter dem Kopfende des Bettes. Ramona ließ sich in die Kissen fallen, dass die akkurat nach oben zeigenden Zipfel in sich zusammenfielen, streckte einen Arm nach dem Hörer aus und hob ab.

»Hallo?« Sie erkannte seine Stimme sofort.

»Ist dort ›Kleine Wolke 1724‹?« Das Kennwort musste zunächst erfragt werden.

»Wer sonst?« Sie trafen sich immer in demselben Zimmer, aber Manfred konnte es nicht lassen, den Sicherheitscode abzufragen. »Kleine Wolke«, das war der Deckname ihres Auftrags und 1724 die Zimmernummer.

Manfred war ein lieber Kerl, vielleicht etwas naiv und einige Jahre jünger als Ramona. Ihr Verbindungsoffizier hatte ihr ans Herz gelegt, ihn möglichst eng an sich zu binden, das hatte sie nur zu gern getan, aber sie war sich über die Belastbarkeit ihres Partners noch nicht im Klaren.

Sie arbeiteten nun schon ein knappes Jahr zusammen, meistens in geheimer Mission, und das Hotel Neptun in Warnemünde war zu einem vertrauten Ort geworden. Sie gaben das verliebte Paar, zunächst war das nur eine auferlegte Rolle gewesen, aber mit der Zeit hatte sich zwischen den beiden eine Beziehung entwickelt. Manfred Berghof hatte sich in seine Kollegin verliebt, er bewunderte sie.

Ramona Weiß, so ihr Deckname, stammte aus dem Eichsfeld, genauer aus Leinefelde. Nun lebte und arbeitete sie in Ostberlin. Offiziell war sie beim Reisebüro der DDR angestellt, der staatlichen Organisation, die alle Reisen des Landes ausrichtete. Nur der FDGB, der Gewerkschaftsbund der DDR, zuständig für Erholungsreisen im Inland, hatte eigene Ferienangebote.

Das Haus des Reisens befand sich am Alexanderplatz in einem der neuen Hochhäuser und erstreckte sich über zwei Etagen. Der mit einem mächtigen Vordach überfangene Eingangsbereich war mit einem Kunstwerk des Sozialistischen Realismus ausgestattet: einem gigantischen, über zwanzig Meter langen Kupferrelief mit dem verheißungsvollen Titel »Der Mensch überwindet Zeit und Raum«, ein Werk des Künstlers Walter Womacka, der eine wichtige Position im Kunstsystem der DDR bekleidete. Das Relief, das Menschen zeigte, die sich heroisch den Gewalten der Elemente entgegenstellten, alle Grenzen sprengend, mutete angesichts der begrenzten Reisemöglichkeiten der DDR-Bürger zynisch an.

Ramona Weiß war für die Auslandsreisen der besonderen Art zuständig, die nicht jedem DDR-Bürger zuteilwurden.

Urlaubsreisen nach Kuba oder an die jugoslawische Adria zum Beispiel. In diese sogenannten halb sozialistischen Länder durften nur wenige Auserwählte reisen. War Ramona nicht damit beschäftigt, dieses seltene Ferienglück zu vermitteln, fungierte sie als rechte Hand des Generalsekretärs. Diese Position verlangte häufiges Reisen im Dienst des Arbeitgebers und erklärte somit ihre regelmäßigen Abwesenheiten, in denen sie offiziell für die Leitung des Reisebüros unterwegs war, inoffiziell aber für die Staatssicherheit operierte.

Ramona schätzte sich glücklich, als sie damals nach Beendigung ihrer Lehre vom Reisebüro der DDR übernommen wurde. Sie wollte so viel wie möglich von der Welt sehen oder doch zumindest in Gedanken durch ihre Arbeit in ferne Länder gelangen. Und sie liebte es, in Berlin zu leben. Nur nicht zurück ins Eichsfeld. Das war den Spitzeln der Stasi nicht verborgen geblieben.

Anfang der achtziger Jahre, sie hatte gerade ihre Lehre beendet, war sie zum Chef gerufen worden. Zwei seriöse Herren in schlecht sitzenden Anzügen wollten sie sprechen. Ramona wusste sofort, wer sie waren, Mitarbeiter des Ministeriums für Staatssicherheit. Man wollte sie zunächst als IM, als inoffizielle Mitarbeiterin, gewinnen. Eine ganze Zeit lang konnte sie die Bemühungen der Führungsoffiziere abwehren, mit Ausreden, sie sei viel zu geschwätzig für diesen Job, würde sich bestimmt ständig verplappern und könne sich sowieso nichts merken. Aber das Ministerium ließ nicht locker. Sie holten selbstverständlich auch bei ihrem Arbeitgeber Erkundigungen über sie ein, und die Aussagen ihres Chefs stimmten nicht im Entferntesten mit ihrer Selbsteinschätzung überein. Ramona Weiß war weder geschwätzig noch unkonzentriert, im Gegenteil, sie nahm ihre Arbeit sehr ernst, hatte die gesamten Reisedaten der Pauschalreisen ihres Ressorts im Kopf und wickelte alles mit äußerster Präzision ab. Seit sie für das Haus des Reisens arbeitete, gab es keine Klagen.

Es war ihr letztlich nichts anderes übrig geblieben, als einzuwilligen. Sie knüpfte ihre Bereitschaftserklärung allerdings an eine Bedingung, sie wollte auf keinen Fall ihre Eltern ausspitzeln. Die Bedingung wurde angenommen. Ihre Eltern hielten nicht viel vom DDR-System, sie hatten ihre Tochter christlich erzogen. Ramona hatte lange dafür kämpfen müssen, bevor sie ihr erlaubten, bei der FDJ mitzumachen. Ihr Großvater hingegen war ein hochrangiger Offizier der Staatssicherheit gewesen. Noch heute, da er fast achtzig war, verstand sie sich besser mit ihm als mit ihren Eltern, immer gab es Streit um Politik.

Ihre Mutter arbeitete als Erzieherin in einem Kinderhort, der zur katholischen Kirchengemeinde gehörte, und ihr Vater war Redakteur für Sport bei der Lokalzeitung. Das Ministerium für Staatssicherheit hatte ihn längst auf dem Kieker, und er war sicher nur noch auf seinem Posten, weil Ramonas Großvater immer noch sehr viel Einfluss geltend machen konnte.

Nun arbeitete sie schon fast zwei Jahre für die Staatssicherheit. Aus ihrer Position als IM war sie zu einer vielseitig einsetzbaren Stasiagentin aufgestiegen. Zu ihren Aufgaben gehörte das Ausspionieren von Gästen, die aus nicht sozialistischen Ländern in den noblen Interhotels abstiegen: Politiker, Geschäftsleute, Devisenhändler. Offiziell stattete sie den Hotels, die wegen ihrer Exklusivangebote von Interesse waren, Kontaktbesuche ab. Die Abende verbrachte sie in den Hotelbars, sie war eine Art weiblicher Romeo.

Bei der Staatssicherheit bildete man ganz gezielt Romeos aus, meistens junge, gut aussehende Männer, die vorzugsweise im britischen oder amerikanischen Sektor Berlins beschäftigt waren. Als ideale Opfer galten alleinstehende oder geschiedene Frauen um die fünfundvierzig, die innerhalb der Behörden der westlichen Besatzungsmächte Schlüsselpositionen im Bereich der Informationsauswertung innehatten. Ramona also war das weibliche Äquivalent, mit ihrer selbstbewussten Art übte sie eine besondere Anziehungskraft auf verheiratete Männer aus. Sie gab ihnen das Gefühl, plötzlich wieder unabhängig und begehrenswert zu sein.

Ramona war regelmäßig im Hotel Cecilienhof in Potsdam im Einsatz, da dieses Hotel dem Reisebüro der DDR gehörte. Kaiser Wilhelm II. hatte das Anwesen im englischen Landhausstil für seinen Sohn, Kronprinz Wilhelm, und dessen Gemahlin Cecilie ab 1913 erbauen lassen. So entstand der letzte Schlossbau der Hohenzollern und der Ort, an dem das Ende des Deutschen Reiches besiegelt wurde. Denn 1945 tagten hier die alliierten Siegermächte Großbritannien, Amerika und die Sowjetunion, um Deutschland gewissermaßen unter sich aufzuteilen.

Obwohl Ramona sich nicht sonderlich für Politik interessierte, war sie jedes Mal wieder beeindruckt, wenn sie die riesige Halle mit der mächtigen Holzbalkendecke durchschritt. Hier hatten die drei Großen – der englische Premier Winston Churchill, Generalissimus Josef Stalin und der amerikanische Präsident Harry Truman – sich die Köpfe heißgeredet, manchmal glaubte sie, dass der Zigarrengeruch der Politikerrunde noch an den Wänden haftete. Nun ging sie durch diese Räume und genoss deren herrschaftliche Anmutung, manchmal vergaß sie ganz, in welcher Mission sie eigentlich unterwegs war.

Wann immer Ramona sich dort aufhielt, versuchte sie sich vorzustellen, wie wohl das Kronprinzenpaar gelebt hatte. Einen der Privaträume hatte sich Cecilie als Schiffskajüte einrichten lassen. Ein kleiner Raum mit Schiffsfenstern und gewölbter Decke. Maritimes Blau und helle frische Farben verstärkten die Assoziation, auf hoher See zu sein. Ramona gefiel der romantische Zug der Prinzessin. Stand das mächtige »englische« Jagdschloss für Bodenständigkeit und Heimatverbundenheit, so sprachen Weltoffenheit und Fernweh aus dieser Zimmereinrichtung, Fernweh, das auch sie immer verspürte.

Es klopfte dreimal kurz, das musste Manfred sein. Ramona schloss das Buch, in dem sie gelesen hatte, und öffnete die Tür.

»Hallo, Schatz, wie geht's?« Manfred strahlte sie mit seinem leicht spitzbübischen Lächeln an, nahm sie in die Arme und küsste sie.

Ramona, die diesen Augenblick schon so lange herbeigesehnt hatte, erwiderte seinen Kuss leidenschaftlich und sagte etwas vorwurfsvoll: »Wo warst du so lange? Ich bin schon beinahe über meinem Buch eingeschlafen.«

»Ich hatte noch eine Besprechung mit dem obersten Parteisekretär in Rostock.«

»Was wollte er von dir?« Ramona wechselte sofort in ihre professionelle Rolle.

»Nur eine allgemeine Lagebesprechung.«

Aber Manfred machte auf sie einen verwirrten Eindruck. Er schaute sie schräg von der Seite an und drehte das in den Fernseher integrierte Radio auf, laute Musik ertönte, er umarmte sie erneut, sie landeten in der Arena des Bettes, und er flüsterte ihr ins Ohr: »Lass dir bitte nichts anmerken, sie hören alles mit, wir transportieren extrem gefährliches Material, wir müssen vorsichtig sein, später am Strand.«

Manfred hatte geahnt, dass das berüchtigte Zimmer 1718 – schräg gegenüber – besetzt war. Von hier aus überwachte das Ministerium für Staatssicherheit die umliegenden Zimmer, die offenbar reichlich verwanzt waren. Es gab von Zimmer 1718 eine direkte Telefonleitung zur Direktion der Staatssicherheit in Rostock. So war auch das Zimmer von Ramona und Manfred gläsern.

Kleefeld, Mittwoch, 9. April

Jeden Mittwoch um zehn Uhr berief Franziska de Beer das Team des Jensen-Museums zur großen Dienstbesprechung ein. Frau Hufe, die in erster Linie den Publikumsverkehr organisierte, berichtete.

»Für Donnerstag, den 1. Mai steht die Gruppe von Kernphysikern zu einer Führung durch die Sonderausstellung auf dem Plan, Ankunft circa siebzehn Uhr, im Anschluss ist ein Sektempfang gewünscht. Die Gruppe kommt aus Dresden, aus dem Nuklearforschungszentrum Rossendorf. Die Herrschaften, ich glaube, es ist keine Frau dabei, sind bei Zapf im ›Feenschloss‹ untergebracht. Auf ihrem Besichtigungsprogramm steht, soweit ich informiert bin, auch unser hiesiges AKW Lichtenwerder. Herr Caspèr hat sich bereit erklärt, die Führung durch die Sonderausstellung zu übernehmen.«

Franziska zog ihre rechte Augenbraue hoch, was sie immer tat, wenn ihr etwas missfiel oder sie sich auf etwas stark konzentrierte.

»Das ist sehr freundlich, Adam, aber der Wellenkanal ist Chefsache. Die Delegation aus Dresden empfange ich selbst.« Franziska de Beer und Adam Caspèr hatten sich zu Beginn ihrer Zusammenarbeit auf das »Hamburger Du« geeinigt: Man behielt das »Sie« als Anrede bei, benutzte aber die Vornamen.

»Ich würde Sie dennoch bitten, bei der Führung anwesend zu sein und mit den Gästen, die daran Interesse haben, im Anschluss einen Rundgang durch die Dauerausstellung zu machen.«

Wie üblich ging auch diese Mittwochsbesprechung gut strukturiert und reibungslos über die Bühne. Ihre beiden Kolleginnen waren verlässliche Größen. Wie bei allen ihren Tätigkeitsbereichen war Frau Hufe auch bei der Vorbereitung solcher Veranstaltungen äußerst präzise: Die Gläser wurden in akkuraten Formationen aufgestellt, die Farbe der Tischdecke passte immer genau zur Tischdekoration. Frau Mendes kümmerte sich um die Bestückung der Pressemappen, die in demselben Rot gestaltet waren wie die Hausflyer, die Außenbeschilderung des Gebäudes und das Briefpapier, sie nannte es das Hausrot, und sie hatte ein gutes Gespür für Trends. Das zeigte sich vor allem bei der Einrichtung und dem Sortiment des neuen Museumsshops.

Als Franziska ans JMK kam, konnte man ein paar Bücher und einen Kaffeebecher mit dem Konterfei des Museumsgründers Jens Jensen kaufen. Caspèr hatte die Becher in einem Copyshop nach einer etwas karikaturistisch wirkenden Vorlage einer hiesigen Künstlerin anfertigen lassen. Nun gab es einen feinen kleinen Shop mit einem attraktiven Angebot von Waren. Frau Mendes hatte den alteingesessenen Stadtbäcker dafür gewinnen können, Objekte aus Marzipan für den Verkauf zu produzieren – eine Figurine in der Hochzeitstracht der Marschen, ein Tauflöffel, der kleine silberne Gildevogel und natürlich der berühmte Kleefelder Skrei – die Besucher liebten solche Mitbringsel.

Im Fall der Detangling Mouse, des absoluten Hits im Shop, hatte Frau Mendes äußerste Beharrlichkeit bewiesen. Franziska hatte dieses phantastische Zwitterding aus Haarbürste und Computermaus von einer ihrer New-York-Reisen mitgebracht. Ein kompaktes pink-schwarzes Objekt, geformt wie ein sich leicht im Wind bewegendes Blatt mit den Qualitäten eines Handschmeichlers. Nahm man die Kappe von der Unterseite ab, so hatte man eine Haarbürste, mit der man garantiert alle Knoten aus den Haaren entfernen konnte, was bei Franziskas langen Haaren besonders wichtig war. Hinter dem kleinen Kläppchen an der Seite verbarg sich der USB-Chip für die Funkverbindung zwischen Maus und Computer, und betätigte man den Schiebeschalter daneben, so fing die Detangling Mouse rundum zu blinken an.

Franziska hatte sie stets in ihrer Handtasche, denn nicht

nur waren ihre Haare ständig verfilzt – kein Wunder bei der meist starken Brise in den Marschen –, auch die lästigen Kabel von Computermäusen hingen immer irgendwo fest und waren zu kurz. Eliza Mendes war auf Anhieb von diesem kuriosen Objekt begeistert gewesen, und so hatte sie den Hersteller in den USA ausfindig gemacht und es tatsächlich geschafft, für den Shop Sonderkonditionen auszuhandeln, kleine Auflagen mit unterschiedlichen Dekoren, die von Sammlungsgegenständen inspiriert waren.

Es gab einen Detangler mit Porzellandekor, der ostfriesischen Rose, einen mit Brokatstickerei und einen mit dem Abbild einer kunstvoll gearbeiteten Filigranbrosche. Frau Mendes hatte die jeweilige Detangling Mouse zu den Ausstellungsstücken dekoriert. Franziska ließ sie gewähren, obwohl sie eigentlich eine solche Vermischung von seriöser Ausstellung und kommerziellen Absichten nicht mochte; es sah aber in den Vitrinen sehr schön aus, und es war verkaufsfördernd.

Am Ende der Besprechung bat Franziska Adam Caspèr, noch einen Moment zu bleiben.

»Adam, ich habe mir die Mappe mit den Fotografien Ihrer wirklich sehr beeindruckenden Sammlung von Pfeifenköpfen angeschaut, sie beziehen sich alle auf Uwe Jens Lornsen, und alle sind aus Porzellan, nicht wahr? Es sind ja in der Tat, soweit ich das beurteilen kann, sehr seltene Stücke darunter.«

Franziska hatte sich ein wenig auf dieses Gespräch vorbereitet, sodass sie die Sachlage ganz gut einschätzen konnte.

»Nicht zu vergleichen mit den Objekten hier im Haus, ich habe einmal unsere Bestände überprüft. Wer hätte gedacht, dass eine historische Persönlichkeit sich auf so vielen Pfeifenköpfen wiederfindet. Was mir aufgefallen ist, der Sonderdruck von Lornsens Streitschrift ist nicht am Platz. Sie wissen bestimmt, wo sich das Archivale befindet.«

Caspèr errötete leicht, was Franziska natürlich nicht verborgen blieb, aber sie ging darüber hinweg, obwohl es ihr schon etwas seltsam vorkam.

»Sie arbeiten sicher derzeit damit, aber ich würde Sie bitten, mir den Sonderdruck in den nächsten Tagen einmal verfügbar zu machen. Ich denke, der Mann ist ausgesprochen interessant, und ich bin Ihnen sehr dankbar, dass Sie uns Ihre Sammlung für die Ausstellung ausleihen wollen. – Aber nun zu unserem Hauptthema: Wie weit sind Ihre Vorbereitungen zum Thema Staatsschiff, konnten Sie schon potenzielle Leihgeber erreichen?«

Caspèr fühlte sich offenbar ertappt und versuchte vergeblich, ein Gesicht aufzusetzen, das Souveränität und Gelassenheit signalisierte. Musste die heilige Franziska wieder einmal den Finger in die Wunde stecken, dachte er.

»Franziska, es ist alles im grünen Bereich, ich arbeite daran.«

Caspèr verlor sich in endlosen Beschreibungen darüber, wen er telefonisch erreicht habe, wessen Objekte gerade ausgeliehen seien und wo garantiert in den nächsten Tagen eine verbindliche Information zu erwarten sei. Franziska merkte schnell, dass sich ihr Mitarbeiter noch keine ernsthaften Gedanken gemacht hatte.

»Und wie stellen Sie sich die Präsentation von Uwe Jens Lornsen in unserem dritten Teil der Ausstellungstrilogie vor? Ich finde genau wie Sie, dass das politisch gesehen eine Bereicherung für unser nächstes Ausstellungsthema ist.«

Caspèr, der seiner Chefin am Besprechungstisch gegenübersaß, bewegte sich nervös auf seinem Stuhl, und als er seine Hände von den Stuhllehnen hob und wieder sinken ließ, blieben auf dem schwarzen Leder jedes Mal Schweißabdrücke zurück.

»Ja, ganz Ihrer Meinung. Das Wirken von Lornsen war von erheblicher politischer Tragweite, ich dachte, ich fange mit seiner Tätigkeit auf Sylt an …«

Franziska hörte Caspèr eine Weile zu, er beschrieb Lornsens Zeit als Landvogt, würdigte das Museum in Keitum, welches das Leben des schleswig-holsteinischen Beamten auf so vorzügliche Weise aufgearbeitet habe, und verlor sich dann in der Darstellung der Vielfalt seiner Pfeifenkopfsammlung. Es seien welche mit dem Konterfei des Freidenkers dabei, gerahmt in goldenen Ornamenten, andere seien lediglich mit revolutionären Zitaten bedruckt, deswegen aber historisch umso bedeutsamer, und wieder andere zeigten den jungen, stattlich anzusehenden Sylter Landvogt in voller Größe.

Im Grunde hatte ihr Mitarbeiter noch gar keine konkrete Vorstellung, geschweige denn ein Konzept für die Ausstellung, weder für den Freiheitskämpfer noch für das übergeordnete Thema Staatsschiff. Ihr Gefühl hatte sie also nicht getäuscht. Sie konnte ihren Ärger kaum verbergen. Warum ließ sie sich immer wieder von ihm täuschen?

Das war sehr bedauerlich, denn die Figur des Lornsen erschien ihr durchaus wichtig und brauchbar. Als Freiheitskämpfer hatte er sich mit seiner Schrift »Ueber das Verfassungswerk in Schleswigholstein« für ein vereintes und von Dänemark unabhängiges Land eingesetzt, einen Staat, für dessen politische Ordnung er ganz eigene Ideen entwickelt hatte.

In Caspèrs Sammlung befand sich auch eine ganz beachtliche Anzahl von Ansichtskarten. Die dargestellten Motive bezogen sich meist auf Lornsens Geburtsort Keitum. Auf Sylt ging der Tourismus Mitte des 19. Jahrhundert los, und so gab es auch schon Ansichtskarten aus dieser Zeit.

Franziska kannte die Insel gut. Früher war sie oft dort gewesen, im Sommer fast jedes Wochenende. Sie hatte es seltsamerweise nie geschafft, in das kleine Heimatmuseum zu gehen, so war ihr bisher auch die Geschichte Lornsens verborgen geblieben.

Da Lornsens Agitationsschrift einst für beträchtliche Unruhe im Land gesorgt hatte, sah sich die dänische Krone gezwungen, Maßnahmen gegen ihren Urheber zu ergreifen. Man setzte den gerade zum Landvogt von Sylt ernannten Politiker und Juristen ohne Umschweife ab und verurteilte ihn zu einem Jahr Festungshaft. Im Anschluss an seine Inhaftierung wanderte Lornsen nach Brasilien aus. Von der Krankheit seiner Schwester alarmiert, kehrte er nach Europa zurück, ohne seine

Heimat jemals wiederzusehen. In Genf, wo ihn die Nachricht vom Tod seiner Schwester erreichte, beging er Selbstmord. Lornsen, der sein Leben lang an manisch-depressiven Verstimmungen gelitten hatte, war nur vierundvierzig Jahre alt geworden. Eine ebenso bedauernswürdige wie interessante Figur der schleswig-holsteinischen Geschichte.

Franziska ärgerte sich umso mehr, dass Caspèr bisher kein brauchbares Konzept vorlegen konnte. Warum nur, so dachte sie, ergriff er die Chance nicht, seine Privatsammlung an prominenter Stelle zu präsentieren? Sammler wollten doch immer, dass ihre Schätze gezeigt werden. Er hatte sich verzettelt, das lag auf der Hand, und strapazierte ihre Geduld aufs Äußerste – sie musste wohl selbst Wege finden, wie sich Lornsen in der Ausstellung unterbringen ließ.

Franziska zwang sich, das Gespräch noch eine Weile weiterzuführen, teils, weil sie das Thema sehr interessierte, teils, weil sie einfach ratlos war angesichts dieser stoischen Arbeitsverweigerung ihres Mitarbeiters. Irgendwie drängten sich ihr Parallelen zwischen Adam Caspèr und Uwe Jens Lornsen auf. Letzterer hatte sich schon in jungen Jahren stets für schwer krank gehalten; vielleicht ging von diesem Tatbestand die Faszination Caspèrs für den Patrioten aus, vielleicht erkannte sich ihr Kollege, der ein ausgeprägter Hypochonder war, in dessen Biografie wieder.

Aber nun wurde es Zeit. »Adam, ich muss gleich los, da ich noch einen Termin außer Haus habe, seien Sie so gut und fassen Sie mir Ihre Ausführungen kurz stichpunktartig zusammen, und vergessen Sie bitte nicht, mir den Sonderdruck der Streitschrift hinzulegen.«

Sie verabschiedete sich von Caspèr, fuhr noch kurz ihren Computer herunter, schnappte Mantel und Handtasche und eilte zum Gartenausgang. Draußen ging sie am Fenster ihrer Sekretärin vorbei und nahm gerade noch mit einem Seitenblick wahr, dass Caspèr bereits bei Frau Hufe am Schreibtisch saß.

Nach ihrem Termin bei einer reizenden alten Dame, die Franziska einiges aus ihrem Besitz für die Sammlung des Jensen-Museums vermachen wollte, darunter zahlreiche historische Fotografien, Orden und Sportabzeichen, zum Teil noch aus der Zeit des Dritten Reiches – sie war eine bekannte Turnerin gewesen –, ging Franziska in Richtung Hafen, um einen Spaziergang zu machen. Sie genoss die klare Abendluft und beschloss, auf dem Rückweg im »Molenkieker«, einem auf Stelzen stehenden Restaurant, ein Glas Wein zu trinken. Mit dem weiten Blick über den Großen Fluss konnte man dort malerische Sonnenuntergänge beobachten, und wenn man Glück hatte, kam eines der großen Kreuzfahrtschiffe vorbei, die wie gigantische Hochhausfronten auf der anderen Seite der Flussinsel vorbeizogen.

Ihr Leben hier war so anders als das an der Seite ihres Ex-Mannes Albert, als sie die Wochenenden noch auf Sylt verbrachte. Albert war Banker und Lebemann, Vorstandsvorsitzender einer renommierten Hamburger Privatbank. Sie arbeitete damals für eine Versicherung und war für das Ressort Kunst zuständig. Es machte sie immer noch traurig, wenn sie an ihn dachte, sie hatte ihn sehr geliebt, aber seine Eskapaden am Ende nicht mehr ertragen. Er war Quartalstrinker, und wenn er trank, betrog er sie auch.

Sie verscheuchte die trüben Gedanken und lief auf dem Deich Richtung Norden, dabei hatte sie die beiden am Fluss liegenden Atomkraftwerke im Blick. Ihr war oft unwohl bei dem Gedanken, dass man in Kleefeld gleich zwei solcher Anlagen ausgesetzt war. Kürzlich, als sie im Archivkeller des Rathauses etwas zu recherchieren hatte, zog ein Karton, gekennzeichnet mit dem Symbol für Radioaktivität, ihre Aufmerksamkeit auf sich. Da der Karton nicht verklebt war, machte sie ihn auf und fand darin Broschüren für den Ernstfall, den Super-GAU, die offenbar in den achtziger Jahren an die Bevölkerung verteilt worden waren. Heute wurde das AKW Lichtenwerder, das nur wenige Kilometer von Kleefeld entfernt war, in der Bevölkerung kaum noch als Gefahrenherd wahrgenommen.

Franziska selbst hatte kein Aufklärungsmaterial bekommen, als sie sich im Einwohnermeldeamt einfand. Dabei hatte es viele Jahre eine sehr engagierte Protestbewegung gegen das Atomkraftwerk gegeben. Aus ganz Deutschland reisten damals die Demonstranten an. Franziskas Lieblingstante Agnes war in ihren frühen Studentenzeiten eine aktive AKW-Gegnerin gewesen und hatte in Lichtenwerder demonstriert. Zufällig lebte und arbeitete Franziska nun hier. Als ihre Tante sie vor ein paar Wochen besucht hatte, erzählte sie von einer der ganz großen Demonstrationen.

Da nun der Besuch der Kernphysiker aus Dresden unmittelbar bevorstand, wollte Franziska sich zu diesem Thema informieren.

Sie saß bei einem Glas Wein im »Molenkieker« und studierte ihre Ausdrucke. Das Nuklearforschungszentrum Rossendorf bei Dresden war bereits zu DDR-Zeiten gegründet worden. 1956 begann man mit dem Bau des ersten Forschungsreaktors, des ersten Kernreaktors überhaupt im Osten Deutschlands. Die Anlage in Rossendorf, die man im Jahre 1957 in Anwesenheit hochrangiger Parteifunktionäre einweihte, war vom Typ ein Leichtwasserreaktor sowjetischer Bauart. Obwohl man noch in den 1980er Jahren mit der Sanierung der Anlage angefangen hatte, wurde sie bald nach der Wende vom Netz genommen, da sie den westlichen Standards nicht entsprach. Anschließend wurde ihr vollständiger Rückbau eingeleitet.

Für die Staatssicherheit der DDR war das Kernforschungszentrum Rossendorf von großer Bedeutung gewesen. Zur Aufklärung »staatsfeindlicher Handlungen« von Regimegegnern arbeitete man mit radioaktivem Material. Menschen, Dissidenten wie unbeteiligte sogenannte Kontaktpersonen, wurden ungeachtet der gesundheitlichen Gefahren damit in Berührung gebracht. Das Institut für Technische Untersuchungen war der offizielle Auftraggeber, eine Stasieinrichtung unter ziviler

Tarnung. Die Lieferungen bestanden aus unterschiedlichen Substanzen, eine gefährlicher als die andere: Caesium-137, Kobalt-59, Silber-110. Man bestrahlte Stecknadeln, um sie verdächtigen Personen anzuheften, so konnte man sie leichter im Auge behalten. Oder man präparierte Dokumente und Westgeld mit radioaktiver Flüssigkeit, um zu kontrollieren, durch wessen Hände Papiere und Geld gingen.

Franziska, die von alldem bisher nichts gewusst hatte, war fassungslos. Jene Wissenschaftler, die damals in diesem Bereich gearbeitet hatten, schwiegen beharrlich, sie bangten um ihren guten Ruf, in dem sie zum Teil bis heute standen. Zum jetzigen Zeitpunkt gehörte das Institut in Rossendorf einer Gruppe der angesehensten deutschen Forschungszentren an.

Sie blickte von ihren Papieren auf und fragte sich, wer von den angekündigten Wissenschaftlern aus Dresden wohl noch zu der alten Garde gehört hatte. Die Sonne war schon fast versunken und ihr Wein ausgetrunken. Sie überlegte, ob sie noch einen zweiten bestellen sollte. Während sie Ausschau nach dem Kellner hielt, drang plötzlich das Gespräch vom Nachbartisch an ihr Ohr. Ein Paar, sie vielleicht Ende zwanzig, er deutlich älter, stritt sich. Beide trugen Motorradkluft, die Frau, die sich mit den Händen in ihr langes schwarzes Haar fuhr, war sichtlich aufgebracht. In ihrer edlen roten Lederjacke wirkte sie wild, fast ein wenig gefährlich. Sie funkelte ihren Begleiter aus schwarz umrandeten Augen an:

»John, was machen wir in diesem Kaff hier? Du hast versprochen, dass wir nach unserer kleinen Spritztour bald wieder in Berlin sind.«

»Ich habe dir doch gesagt, dass mir dieser Adam noch Geld schuldet, Geld, das ich momentan gut gebrauchen könnte und das lange fällig ist.«

»Adam, ist das einer von deinen Geschäftspartnern?« Das Wort »Geschäftspartner« spie sie fast aus, sodass ihre Verachtung nicht zu überhören war.

Franziska horchte auf. Redeten die beiden etwa über Adam

Caspèr, ihren Mitarbeiter? So häufig kommt der Name hier nicht vor, dachte sie. Steckte er in Schwierigkeiten?

Die junge Frau war mit einem solchen Schwung aufgesprungen, dass der Stuhl nach hinten umkippte. Sie schnappte sich ihren Helm und lief aus dem Lokal. John, ihr Begleiter, legte noch einen Schein auf den Tisch und eilte ihr hinterher. Ein starker Abgang, Franziska hatte die Szene mit Staunen beobachtet. Inzwischen war der Kellner zu ihr an den Tisch getreten und warf ihr einen ebenfalls verwunderten Blick zu.

Kleefeld, Donnerstag, 1. Mai

Es klingelte am Haupteingang des Jensen-Museums, das mussten die Physiker sein. Das Museum war heute am Feiertag gut besucht gewesen, die letzten Gäste hatten gerade erst das Haus verlassen. Frau Hufe eilte mit ihrem forschen Schritt und ihren lauten Absätzen zur Haustür und schloss auf.

Sie war immer die Erste an der Tür, so schnell konnte Franziska gar nicht aus ihrem Büro nach vorn ins Foyer gelangen. Ihr Büro befand sich im seitlichen Verwaltungstrakt, während das ihrer Sekretärin im historischen Teil des Museums in der Nähe des Foyers lag. Franziska hatte sich bewusst in den hinteren Räumen zum Garten hin eingerichtet, da sie die Ruhe und Abgeschiedenheit vom Treiben des Museumsalltags brauchte, um an ihren Forschungsthemen zu arbeiten.

Frau Hufe geleitete die Gruppe in den kleinen Vortragssaal, in dem ihre Chefin die Physiker empfangen wollte. Sie blieb im Gang stehen, und die Männer marschierten an ihr vorbei. Einer nach dem anderen, die meisten seriös gekleidet in Anzug und Krawatte. Als Franziska eintraf, ging gerade ein stattlicher Mittsechziger an ihr vorüber.

»Vielen Dank, Frau Hufe, ich übernehme jetzt unsere Gäste.«

Franziska konnte es nicht leiden, wenn sich ihre Sekretärin als Hausherrin aufspielte. Sie begrüßte die Besucher aus Dresden und erzählte, unterstützt von einer kurzen PowerPoint-Präsentation, etwas über das Leitbild des Museums, über seine inhaltlichen Schwerpunkte sowie über die Konzeption der Ausstellungstrilogie »Der Strom des Lebens«. Dann geleitete sie die Gruppe in die Sonderausstellung.

Im Saal des Wind-Wellen-Kanals angekommen, bat sie um einen Freiwilligen, der am Bedienungspult die gewünschte Windstärke und die mechanische Frequenz des Wellenpaddels einstellen sollte.

Der Auserwählte trat vor. »Herr Gerlinger, heute ist Ihr Ehrentag, ich überlasse Ihnen die Schaltzentrale.«

Dr. Gerlinger hatte eine volle silbergraue und lockige Mähne. Nun sorgte er für Sturmflut im Wind-Wellen-Kanal, und man hatte den Eindruck, dass seine Haare vom Wind mitgerissen wurden. Das Wasser produzierte in dem zwanzig Meter langen Bassin die höchstmöglichen Wellen, die ein eindrucksvolles Bild abgaben. Der Wind heulte fast klagend durch die Ausstellungsräume.

Franziska erklärte die Vorgänge: »Die Windmaschine im Strömungskanal raut die Wasseroberfläche auf, vergleichbar mit der Meeresoberfläche in der freien Natur bei Wind und Sturm. Über die Strecke im Strömungskanal entstehen daraus immer höhere und längere Wellen. Es sind sehr komplexe Energieübertragungen, die für das Wellenwachstum verantwortlich sind. In der Natur gibt es drei Energiequellen: die Gravitationskräfte von Sonne und Mond, den Wind und die Seebeben.«

Nach der Führung ging Franziska auf Dr. Gerlinger zu.

»Es freut mich, dass Sie an unserer Installation so viel Vergnügen hatten, und dabei kommt heute ja noch viel auf Sie zu.«

»Ja, in der Tat«, sagte Gerlinger, »der Wind-Wellen-Kanal ist einmalig, wie gut, dass Sie so hervorragende Kontakte zur Helmut-Schmidt-Universität haben. Eine sehr gelungene Ausstellung, mein Kompliment.«

»Vielen Dank. Ja, die Kollegen in Hamburg haben mich sehr unterstützt. Wenn es darum geht, Sachzusammenhänge zu vermitteln, ist es generell meine Absicht, das auf anschauliche Weise zu tun. Hier kann man wirklich miterleben, wie eine Welle entsteht.«

»Wenn man diese Installation gesehen hat, wird man nie vergessen, wie Seegang zustande kommt und was es mit den Gezeiten auf sich hat.«

Franziska empfand es als eine große Ehre, dass ein profilierter Wissenschaftler wie Gerlinger von ihrer Installation so überzeugt war. Sie selbst hatte tatsächlich lange gezweifelt, ob sich dieser ungeheure Aufwand lohnen würde, ob sie funktionieren und vom Publikum angenommen werden würde.

»Es freut mich, dass Sie das so sehen. In welchem Bereich sind Sie tätig in Rossendorf?«

»Mein Forschungsgebiet ist hauptsächlich dem Gesundheitswesen gewidmet; wir arbeiten an neuen Behandlungsmethoden bei der Volkskrankheit Krebs.«

»Verstehe. Gibt es denn da nennenswerte Fortschritte, ich meine, wenn es darum geht, die Krankheit zu bekämpfen?«, fragte Franziska.

»Unsere Aufgabe ist die Entwicklung von Strategien für Früherkennung, Diagnose und Therapie dieser so komplexen Erkrankung. Mein Ressort widmet sich insbesondere der Weiterentwicklung von Strahlentherapien.«

»Und die Ursachenforschung? Woher kommt diese Krankheit, wieso entsteht sie bei dem einen und bei dem anderen nicht?«

»Das ist eine leider immer noch ungeklärte Frage. Es gibt viele verschiedene Forschungsansätze, aber letztlich noch keine befriedigende Antwort. An unserem Institut ist zum Beispiel auch eine Forschungseinheit dem Thema Gefahr am Arbeitsplatz durch Strahlung gewidmet. In manchen Arbeitssituationen mit elektronischen Geräten ist die Strahlenbelastung so hoch, dass sie gesundheitsschädigend wirkt und unter anderem auch krebsfördernd ist.«

»Oh ja, ich glaube manchmal, den Elektrosmog zu riechen, wenn ich ins Büro komme und Drucker, Kopierer, Computer und Telefone gleichzeitig in Betrieb sind.«

»Na, dass Sie den Elektrosmog riechen können, das bezweifle ich«, Gerlinger musste schmunzeln, »aber dass Sie die Atmosphäre als unangenehm empfinden, das glaube ich sofort, sensible Menschen sind dafür empfänglich.«

Franziska merkte, dass sie leicht errötete, hoffentlich sah das niemand, der silberhaarige Herr flirtete mit ihr. Oder bildete Sie sich das nur ein?

»Wir haben sehr präzise Geräte entwickelt, mit denen wir Strahlen jeglicher Art messen können. Wir gehen auch in die Unternehmen und beraten. Das ist im medizinischen Bereich und in Industriezweigen wie der Automobilindustrie sehr wichtig, weil dort Menschen in direktem Kontakt mit Robotern und hoch technisierten, teilweise Strahlen aussendenden Maschinen arbeiten.«

»Dagegen sind die Geräte in unseren Büros mit Sicherheit harmlos.«

»Sagen Sie das nicht, die Gefahr lauert überall.« Er lächelte Franziska an. Nein, sie bildete sich das nicht ein, Gerlinger flirtete mit ihr, er war ein Charmeur, aber einer der angenehmen Art.

»Ich wünsche Ihnen bei Ihrem Gang durch unsere kulturgeschichtliche Abteilung mit meinem Kollegen Adam Caspèr viel Freude. Im Anschluss erwarten wir Sie zum Empfang im Museumsgarten.«

Es war nämlich so, dass Dr. Harald Gerlinger an diesem Tag und an diesem Ort sein vierzigjähriges Dienstjubiläum und seine unmittelbar bevorstehende Pensionierung feierte.

Im Garten des Museums stand alles bereit. Franziska liebte diese Stimmung. Sie rauchte an einem der Stehtische, nutzte den Moment, bevor der Trubel wieder losging, und ließ den bisherigen Tag noch einmal Revue passieren. Es fing langsam an zu dämmern, die Fliederbäume, die schon prachtvoll blühten, da es in den vergangenen zwei Wochen sehr milde gewesen war, sendeten einen intensiven Duft aus. Das konnte man nun am Abend, wo sich die Luft ein wenig abkühlte, besonders gut wahrnehmen.

Nach und nach tauchte die Besuchergruppe wieder auf, Caspèr hatte den Rundgang durch die kulturgeschichtliche Sammlung beendet. Einige Teilnehmer der Führung waren bereits vorgegangen und unterhielten sich mit einem Getränk in der Hand im Garten.

Auf einmal entdeckte Franziska an einem etwas abseits platzierten Stehtisch einen Mann in Bikerjacke, der ihr bekannt vorkam. Wo hatte sie diesen Typen schon einmal gesehen?

Gleich darauf stellte sich Caspèr dazu.

Natürlich, sie musste nicht lange nachdenken, im »Molenkieker« vor ein paar Wochen, der Motorradfahrer mit seiner impulsiven Freundin. Heute war er allein gekommen und hatte offenbar mit Caspèr, der nicht verwundert schien, seinen Bekannten hier zu treffen, Ernstes zu bereden.

Das Gespräch war nur kurz, aber es ging sicher nicht um die letzten gemeinsamen Ferien, der Unbekannte verabschiedete sich mit einer unmissverständlichen Drohgebärde und verschwand durch das rückwärtige Gartentor. Hatte Caspèr also tatsächlich Dreck am Stecken? Zwar hatte sie das damals schon für möglich gehalten, aber nicht, dass er seine Konflikte ins Museum tragen würde. Das verstieß gegen alle Regeln und erregte bei ihr den Verdacht, dass es um etwas Größeres ging. Zum Glück bemerkte kaum jemand etwas, alle waren beschäftigt und in Gespräche vertieft. Warum machte der Mann nur so viel Ärger in letzter Zeit? Sie musste ihn dringend zur Rede stellen.

Aber nun war definitiv nicht der rechte Zeitpunkt. Die Festgesellschaft fand sich nach und nach ein, und es herrschte ein reges Treiben. Da wollte sie auf keinen Fall eine Szene heraufbeschwören.

Der Konzern hatte sich nicht lumpen lassen: Ein festliches weißes Zelt stand in der Mitte des Gartens, darin Frau Hufes Partytische mit den weinroten Hussen, auch hier das Museumsrot, und gerade wurde durch das Gartentor das Büfett angeliefert. Das Restaurant »Der Grüne Heinrich«, das prominent am Marktplatz von Kleefeld lag, streifte mit seinem rückwärtigen Grundstück den Museumsgarten. Der radiale Grundriss der Stadt produzierte hinter den Fassaden teils sehr schräge Grundstücksformate, manche Häuser hatten deswegen einen grotesk spitzwinkligen Zuschnitt.

Zwei junge Kellner vom »Grünen Heinrich« trugen Tabletts mit Fischspezialitäten heran, Skrei in allen Variationen. Kleefeld war berühmt für seinen Skrei, den norwegischen Winterkabeljau. Schon im 17. Jahrhundert hatten die Kleefelder Fischer die raue Wintersee in Kauf genommen, um den Skrei auf seiner Wanderung von der Barentssee zu den Lofoten zu fangen.

Nun wanderte Skrei nach traditioneller norwegischer Art mit Roter Bete und Butterflocken, getrocknet und mit Honig glasiert, provenzalisch mit Basilikum oder mit Granatapfelkernen und Chorizo-Würfelchen an Franziska vorüber. Einer der Kellner arrangierte gerade den Champagnerkühler auf dem Büfett, die Korken knallten, Crémant de Loire floss perlend in die Gläser, und als alle Gäste versorgt waren, ergriff ein Mitglied des Topmanagements vom Forschungsinstitut Dresden das Wort.

»Meine sehr verehrten Gäste, liebe Kollegen, liebe Freunde, sehr verehrte Frau Dr. de Beer, wir wollen das Glas auf meinen hochgeschätzten, lieben Kollegen Dr. Harald Gerlinger erheben.«

Der Redner, dessen taillierter blauer Anzug leicht im Schein der Fackeln glänzte, die man angezündet hatte, da es langsam dunkel wurde, fasste die berufliche Laufbahn des Jubilars kurz zusammen. Gerlinger war bereits 1972 als Kernphysiker im Nuklearforschungszentrum Rossendorf in der DDR tätig gewesen.

Franziska stutzte. Hieß das nicht auch, dass dieser Mann mit der Stasi zusammengearbeitet hatte? Zu diesem Zeitpunkt arbeitete das Forschungszentrum schon im Dienst des sogenannten »Operativ-Technischen Sektors« des Staatssicherheitsdienstes. Das hatten ihre Recherchen ergeben. Was konkret bedeutete das?

Der Redner umschiffte diese heikle Phase der Biografie geflissentlich und konzentrierte sich auf Gerlingers Forschungsarbeit der vergangenen zwanzig Jahre, in denen er sich vor allem mit der Nuklearmedizin beschäftigt hatte.

Franziska hörte gar nicht mehr zu, ihr traten die schrecklichen Bilder wieder vor Augen, die sie bei ihren Recherchen im Internet gesehen hatte. In der geheimen Stasiuntersuchungshaftanstalt Berlin-Hohenschönhausen gab es den sogenannten Fotoraum, wo die Inhaftierten, Kritiker und Gegner des DDR-Regimes, erkennungsdienstlich, wie es hieß, behandelt wurden. Die Ausstattung schien noch aus den Folterkammern des Dritten Reiches zu stammen: Vor einer weißen Wand, die nur aus Pappe bestand, war ein Stuhl befestigt, der sich für Frontal- und Profilaufnahmen der Häftlinge drehen ließ. Zwischen Stuhl und Kamerastativ verlief eine lange dunkle Platte, alles sehr primitiv aus Holz. Joseph Beuys hätte eine Installation daraus machen können.

Franziska war von diesen Bildern und Tatsachen zutiefst entsetzt. Indizien ließen den Schluss zu, dass sich hinter der Pappwand auf Kopfhöhe der Inhaftierten ein Röntgengerät befunden hatte, mit dem hohe Strahlendosen verabreicht worden waren, um für nachhaltige gesundheitliche Schäden zu sorgen, die in manchen Fällen sogar zum Tod geführt hatten. Jürgen Fuchs, einer der berühmtesten Dissidenten der DDR, inhaftiert in Hohenschönhausen, war mit gerade mal achtundvierzig Jahren an Leukämie gestorben. Ein ähnliches Schicksal ereilte den Philosophen und Politiker Rudolf Bahro.

Die Staatssicherheit experimentierte nachweislich seit den siebziger Jahren mit strahlenden Substanzen. Aus den Akten der Gauck-Behörde ging hervor, dass Mielkes Männer mit Radionukliden und Röntgentechnik auch außerhalb medizinisch-therapeutischer Zwecke experimentiert hatten. Unter der Rubrik »Schädigung durch Beibringen radioaktiver Stoffe« wurden Versuche durchgeführt, um herauszufinden, wann für den Menschen eine lebensbedrohliche, ja tödliche Gefahr gegeben war.

Nach Beendigung des offiziellen Programms – es gab noch einige Festredner, die zu Ehren des heutigen Jubilars gesprochen hatten – kam Harald Gerlinger auf Franziska zu. »Ich hätte mir keinen schöneren Ort für meine Verabschiedung wünschen können. Ich danke Ihnen vielmals, Frau Dr. de Beer, das bedeutet mir sehr viel. Ich liebe den Norden, und ich denke sogar darüber nach, mich hier niederzulassen. In Dresden möchte ich auf keinen Fall bleiben.«

»Es freut mich sehr, dass es Ihnen bei uns gefällt. Ja, man kann hier sehr gut leben, die Marschen haben einen ganz eigenen Reiz.«

Franziska musste sich zusammenreißen, um sich nicht anmerken zu lassen, wie aufgewühlt sie war. Wie konnte ein so sympathischer Mensch für ein so grausames Regime gearbeitet haben? Sie hoffte, Gerlinger würde ihre emotionale Befangenheit nicht bemerken. Sie wusste nicht, was sie mehr aufbrachte, die Tatsache, dass Gerlinger für viele Jahre Teil dieses Regimes gewesen war, oder die, dass man es heute einfach vergessen zu haben schien. Aber vielleicht war ja auch alles ganz anders, über Gerlinger als Person wusste sie natürlich nur wenig.

»Sagen Sie, Frau Dr. de Beer«, ihr Gegenüber löste sie aus ihren Gedanken, »wäre es möglich, dass ich bei Ihnen ein Manuskript ausdrucke? Ich muss leider morgen ganz früh in die Schweiz fliegen, wo ich vor der Nachhaltigkeitskommission an der Universität Zürich einen Vortrag halte. Der Rest der Truppe bleibt ja noch zur Besichtigung des Kernkraftwerks Lichtenwerder. Es wäre schön, wenn ich während des Flugs Gelegenheit hätte, noch einmal in den Vortragstext zu schauen. Die Datei habe ich zwar bereits dorthin geschickt, aber manchmal hat eine Papierversion ihre Vorteile.«

»Das ist überhaupt kein Problem. Ich rufe kurz bei meiner Sekretärin durch, ob sie noch im Haus ist. Sie wird Ihnen helfen.«

Franziska informierte Frau Hufe und erklärte Harald Gerlinger den Weg.

Gerlinger hatte an die halb offene Tür geklopft. Mit dem USB-Stick in der Hand trat er vor den Schreibtisch von Frau Hufe. Sie sah von ihrer Arbeit auf, sodass er direkt in ihre Augen schaute, kleine wasserblaue Augen. Ihm fiel wieder ein, dass er schon am Vormittag bei der Ankunft im Museum kurz das Gefühl gehabt hatte, diese Frau zu kennen, aber dann war er abgelenkt worden.

»Herr Dr. Gerlinger, Frau Dr. de Beer hat mich informiert, ich mache sehr gerne einen Ausdruck für Sie.«

»Entschuldigen Sie, Frau Hufe, richtig? Kennen wir uns von irgendwoher?«

Sie war von ihrem Platz aufgestanden, um den Schreibtisch gegangen und nahm den USB-Stick an sich. Sie ergriff ihn mehr, als dass er ihn ihr gab.

»Wo finde ich Ihre Daten?«

»Unter dem File ›Nachhaltigkeit‹, da ist nur eine Datei drin. Sagen Sie, könnte es nicht doch sein, dass wir uns schon einmal irgendwo begegnet sind? Vielleicht auf dieser großen Tagung für Nuklearmedizin in Berlin? Wann war die denn noch gleich? Ich glaube, 2003.«

»Nein, Herr Dr. Gerlinger, ich habe mich noch nie für Nuklearmedizin interessiert, Sie müssen sich irren. – ›Zürich Mai 2014‹, ist das die richtige Datei?«

»Ja, ganz recht.«

Gerlinger konnte seinen Blick nicht von Caroline Hufe lassen, seine Vermutung, dass er diese Frau aus der Vergangenheit kannte, nahm immer mehr Form an.

Frau Hufe hatte sich wieder gesetzt.

»Herr Gerlinger, ich erledige das nachher und lasse Ihnen die Seiten dann ins Hotel bringen. Momentan habe ich ein kleines Problem mit dem Drucker.«

Sie stand wieder auf, wie um das Gespräch zu beenden, ging auf ihn zu und gab ihm den Datenträger zurück.

»Ihren Stick können Sie schon wieder mitnehmen, ich habe mir die Daten Ihres Vortrags auf meine Festplatte gelegt«, sagte Frau Hufe und verabschiedete sich.

Gerlinger ging zurück zu seinen Kollegen, die nun langsam in Aufbruchsstimmung waren.

»Harald, was ist los, ist dir eine Laus über die Leber gelaufen? Fünfundsechzig zu werden kann doch nicht so schlimm sein.«

Gerlinger konnte nur mühsam das unangenehme Gefühl abschütteln, das die Begegnung mit der Sekretärin in ihm hervorgerufen hatte.

»Nein, nein, alles in Ordnung, ich bin nur ein bisschen müde.«

»Du wirst doch jetzt nicht schwächeln. Wir gehen noch an die Bar im Hotel, da darfst du nicht fehlen.«

»Seid mir nicht böse, aber ich muss morgen früh raus und zum Flughafen nach Hamburg, mein Taxi ist schon für sechs Uhr dreißig bestellt.«

»Ach, komm, es ist noch früh.« Der junge Kollege im blauen Anzug ließ nicht locker.

»Also gut, aber nur auf einen Drink.«

Wahrscheinlich keine schlechte Idee, mich ein bisschen abzulenken, dachte Gerlinger. Hatte er sich vielleicht doch getäuscht? Es lag natürlich schon alles mehr als fünfundzwanzig Jahre zurück, aber diese Augen waren unverwechselbar. Auch diese kurz angebundene, herrische Art.

Kleefeld, Freitag, 2. Mai

Franziska eilte zu ihrem Meeting mit Jacob Menninga. Sie war mit ihm im Museum verabredet. Es ging um den dritten Teil ihrer Ausstellungstrilogie, der stärker kulturpolitisch ausgerichtet werden sollte, nachdem in dem aktuell gezeigten zweiten Teil die Naturwissenschaften vorherrschten.

Menninga war ein hochgewachsener und gut aussehender Mann Anfang fünfzig. Ihm fielen seine glatten dunkelblonden Haare, die er seitlich gescheitelt hatte, ohne ein einziges graues Haar in die Stirn. Seine Augen waren weder blau noch grün, sie waren bunt, mit einem tiefblauen äußeren Ring und gelben Flecken im Inneren der Iris. Er bewegte sich bedacht, niemals hektisch. Heute trug er einen cognacfarbenen Anzug, darunter ein weißes T-Shirt und dazu Sneakers, das ließ ihn fast jungenhaft aussehen.

»Frau Dr. de Beer, wie schön, Sie zu sehen, das blaue Kleid steht Ihnen hervorragend.« Jacob Menninga, der bereits im Foyer auf sie gewartet hatte, kam auf sie zu, wie immer zurückhaltend, charmant und höflich. Er war der Einzige in ihrem Kollegenkreis, der Komplimente zu machen verstand.

Hier in den Marschen galt schon ein Kommentar wie »Das hätte schlechter sein können« oder »Da kann man ja nicht meckern« als großes Lob. Franziska tat sich mit dieser reservierten Art der Kleefelder schwer. Durch ihre Jahre im Rheinland war sie verwöhnt, dort teilte man sich mit, sagte, was man dachte, hier konnte auch schon kein Kommentar als Kompliment durchgehen. Daran würde sie sich nie gewöhnen, umso mehr freute sie sich, Menninga zu sehen. Wie gut ihm sein Anzug stand. Hoffentlich bemerkte er nicht, dass sie ihn bewundernd musterte, und hoffentlich wurde sie jetzt nicht auch noch rot.

»Herr Menninga, ich hoffe, Sie haben gute Nachrichten für mich.«

Die Familie von Jacob Menninga verfügte schon seit Generationen über ein beachtliches Vermögen. Seit der Zeit um 1800 gehörte ihr einer der größten Landwirtschaftsbetriebe der Region, der die expandierenden Städte im Lande belieferte und Handelspartner im Ausland, vor allem in Holland, hatte. Das war noch heute so. Menninga selbst stellte eher eine Ausnahme dar, er hatte sich immer für die Seefahrt interessiert, eine Seefahrtschule besucht und das Kapitänspatent erworben. Er war auch eine Weile zur See gefahren, während sein Bruder die Geschäfte und den Hof übernommen hatte. Leiter des Wasser- und Schifffahrtsamts Kleefeld war er seit zehn Jahren, die Verbundenheit mit seiner Heimat war dann doch stärker gewesen als seine Abenteuerlust.

Nun hatte er auch Anteile an den Familiengeschäften. Die Landwirtschaftlichen Betriebe Menninga, die Hackfrüchte und Getreide aller Art produzierten, belieferten unter anderem die Pharmaindustrie. Und über diese Verbindung hatte Jacob Menninga einen Sponsor für den geplanten Nachbau eines Wikingerschiffs gefunden: Bernhard von Notzing, Hauptaktionär der norwegischen Pharmagruppe Selna Phototech Pharma. Er wollte das ganze Schiff finanzieren, war nach seinen eigenen Schilderungen Feuer und Flamme für das Drachenboot, rotweiß gestreifte Segel sollte es natürlich haben.

Franziska war sprachlos. Damit hatte sie nicht gerechnet. Wenn sie das Schiff, wie sie es sich immer erträumt hatte, nach dem Vorbild des Originals im Osloer Museum nachbauen ließe, entstünden voraussichtlich Kosten im sechsstelligen Bereich. Sie hatte schon im letzten Jahr bei der Nielsen-Werft, die ganz in der Nähe von Kleefeld am Kleinen Fluss lag, einen Kostenvoranschlag machen lassen. Der Werftbetreiber, dem das Projekt gefiel, hatte mit dem Bootsskelett bereits begonnen, aber solange die Finanzierung nicht gesichert war, ging der Bau nicht weiter. Das Wikingerschiff würde genauso wie der Wind-Wellen-Kanal fester Bestandteil der Dauerausstellung werden.

»Frau de Beer«, Franziska merkte, dass sie sich einen Augenblick in Gedanken verloren hatte, »ich möchte Ihnen Herrn von Notzing sehr gerne vorstellen, es ist sein ausdrücklicher Wunsch, Sie kennenzulernen. Er ist in der nächsten Woche in Kleefeld.«

»Natürlich, wann immer es passt, für ein Treffen mit Herrn von Notzing verschiebe ich alle Termine. Ich weiß gar nicht, was ich sagen soll, das ist eine so großartige Nachricht, Herr Menninga.« Franziska wäre ihm am liebsten um den Hals gefallen. »Wir können nun unser wichtigstes Exponat für die nächste Ausstellung weiterbauen lassen! Ich kann es noch gar nicht fassen.« Franziska freute sich wie ein kleines Kind, sie hätte Luftsprünge machen können.

Menninga lächelte Franziska de Beer an, er hatte es geschafft, sie über die Maßen zu beeindrucken, ja sie sogar ihrer Sprache zu berauben, das war normalerweise nicht so leicht, er freute sich im Stillen über seinen Erfolg.

»Ich muss mich jetzt leider verabschieden, Termine, Sie wissen …«

»Ja, selbstverständlich, ich begleite Sie noch zum Ausgang.«

Franziska de Beer und Menninga gingen den verwinkelten Gang entlang, der von ihrem Büro ins Foyer des Museums führte. Sie war noch immer wie berauscht von der phantastischen Nachricht. Das Drachenboot würde den gesamten rechten Flügel im Neubau ausfüllen, ein hervorragender Einstieg in die Ausstellung. Und später bliebe das Boot in der neuen Dauerausstellung ein Publikumsmagnet. Die Stadt hatte den großen, lichtdurchfluteten Anbau bereits ein halbes Jahr bevor sie ihre Stelle angetreten hatte, vollendet. Offenbar war der kommissarische Leiter von dieser wunderbaren Architektur zu keinerlei Aktion inspiriert worden, was sie damals sehr erstaunt hatte. Heute wusste sie, dass Caspèr viel redete, aber viel Zeit ins Land ging, bis er seinen Reden Taten folgen ließ, oft genug geschah auch gar nichts. Bis die große Trilogie angelaufen war, hatten die Räume leer gestanden. Aber den Kasper verscheuchte sie ganz schnell wieder aus ihren Gedanken, er sollte ihr die Freude über diese unglaubliche Nachricht nicht verderben.

Sie waren am Haupteingang angelangt.

»Herr Menninga, Sie sind mein Glücksbote, hoffentlich auf bald.«

***

Caroline Hufe wirkte in dem teilweise verglasten Innenhof ihres Atriumbungalows, dort hatten es ihre Orchideen gut. Sie schillerten in den prächtigsten Farben, und ihre Blüten waren von außerordentlicher Formschönheit. Beim nächsten Orchideenzüchter-Wettbewerb würde sie mit ihrer *Paphiopedilum godefroyae* mit Sicherheit einen Preis gewinnen. Die Pflanze hatte ungewöhnlich viele Blüten, und die Farbintensität war erstaunlich, fast erschreckend, denn die Maserung ließ die Pflanze gefährlich aussehen. Frau Hufe war stolz auf dieses Exemplar; auf ihr Wundermittel war eben Verlass. Niemand sonst verfügte darüber.

Da sie Insekten hasste – Käfer, Ameisen, Fliegen und Bienen hatten in ihrem Orchideengarten nichts zu suchen –, bevorzugte Caroline Hufe Orchideenarten, die sich durch Selbstbestäubung fortpflanzen konnten. Sie war fasziniert von dem Gedanken, dass diese schönen Gewächse nur sich selbst brauchten, um sich zu vermehren – wozu sich dem anderen Geschlecht anvertrauen?

Orchideen galten schon seit Tausenden von Jahren als Heilmittel und Aphrodisiakum. Die ältesten Überlieferungen von Orchideen stammten aus dem Kaiserreich China. Konfuzius setzte sie als Synonym für Anmut, Liebe, Reinheit und Eleganz ein; über all das verfügte Caroline Hufe nicht. Mit Carl von Linnés 1753 erschienenem Werk »Species plantarum« erhielten die verschiedenen Orchideenarten erstmals Namen und eine Spezifizierung. Dieses Werk, mit zauberhaften Illustrationen ausgestattet, war für Caroline Hufe die Bibel ihrer Leidenschaft.

Franziska war eines Tages zufällig Zeugin einer bemerkenswerten Szene geworden. Gerade hatte ein Kurier ein Paket bei Frau Hufe im Museum abgegeben, das anscheinend privater Natur war. Die Kollegin konnte es kaum erwarten, die Verpackung zu öffnen und den offenbar kostbaren Inhalt in den Händen zu halten. Sichtlich nervös, aber mit äußerster Vorsicht und ausgerüstet mit weißen Handschuhen, nahm sie die in Seide eingeschlagenen Bücher aus dem Paket. Waren da Tränen der Rührung in ihren Augen? So hatte Franziska die Hufe noch nie gesehen. Als sie den Raum betrat – sie hatte alles durch die nur angelehnte Tür verfolgt –, schrak Caroline Hufe zusammen.

»Frau Dr. de Beer, was kann ich für Sie tun?« Frau Hufe hatte versucht, die Bücher unter die Seidenpapiere zu schieben, sie hatte nicht bemerkt, dass Franziska schon eine Weile in der Tür stand, der Kurier war längst durch die Zwischentür zum Garten hin wieder verschwunden.

»Frau Hufe, ich habe gerade gesehen, dass eine Lieferung angekommen ist.«

Sie legte das Seidenpapier beiseite und hielt Franziska fast andächtig eines der beiden antiquarischen Bücher hin. Sie hatte die Titelseite aufgeschlagen: »Caroli Linnaei. Species Plantarum: Exhibentes Plantas Rite Cognitas, Ad Genera Relatas«.

Das Frontispiz zeigte ein Porträt des Gelehrten in typisch barocker Manier, in leichter Dreiviertelansicht und gewandet in einer üppigen seidenen Robe mit Spitzenbesatz. Der Zweig, den Linné in der Hand hielt, und das Buch, das ihm als Attribut beigegeben war, verwiesen auf seinen Beruf des Botanikers und Zoologen. Es handelte sich um eine auf Latein verfasste Ausgabe der ersten Auflage aus dem Jahr 1753. Die kostbaren Ledereinbände waren mit aufwendigen goldeingelegten Prägungen versehen.

»Ich warte schon so lange auf diese Bücher«, sagte Caroline Hufe immer noch in einem andächtig verklärten Ton.

Auf diesem Wege hatte Franziska von der Leidenschaft ihrer Sekretärin für Pflanzen und insbesondere für Orchideen erfahren. Das Werk von Linné kam aus einem berühmten Schweizer Auktionshaus, es musste ein Vermögen gekostet haben.

Kleefeld, Montag, 5. Mai

Es war kurz vor zwölf Uhr. Franziska wartete auf Jakob Menninga und Bernhard von Notzing, ihren zukünftigen Sponsor für das Wikingerschiff. Sie hatte sich gut vorbereitet, aber ein wenig nervös war sie doch. Sie stand am Fenster und schaute in den Museumsgarten, wo ein Elsternpaar sich um einen kleinen glitzernden Gegenstand zankte. Die diebische Elster, dachte sie, als es auch schon am Haupteingang des Museums klingelte, denn montags war ja geschlossen.

Frau Hufe öffnete die Tür und führte die Herren herein. Für einen Moment war Franziska sprachlos, nicht zwei, sondern drei Männer kamen in ihr Büro, Menninga und von Notzing gleich zweimal.

Menninga brach als Erster ihr erstauntes Schweigen.

»Frau Dr. de Beer, Bernhard und sein Zwillingsbruder Leopold von Notzing.« Sie glichen sich wie ein Ei dem anderen, zum Glück konnte man sie an ihrer Kleidung unterscheiden. Sie waren vom Typ her eher etwas untersetzt, Menninga überragte sie beinahe um einen Kopf. Bernhard von Notzing trug eine rot gemusterte Fliege und einen bräunlich grünen Anzug aus Harris Tweed. Sein Bruder Leopold war sportlicher in Cargohosen und Parka gekleidet.

»Frau Dr. de Beer, wie schön, Sie endlich kennenzulernen, Herr Menninga hat uns schon so viel von Ihnen erzählt. Ich freue mich ganz außerordentlich, dass ich Ihnen zusammen mit Selna Phototech Pharma unter die Arme greifen kann. Ihr Ausstellungskonzept ›Der Strom des Lebens‹ hat uns sehr überzeugt.« Bernhard von Notzing ergriff Franziskas Hand und hauchte einen Kuss darüber. »Ich habe meinen kleinen Bruder mitgebracht, den ich endlich auch einmal wieder zu Gesicht bekomme, weil er sich ausnahmsweise nicht in mongolischen Jurtensiedlungen oder an chinesischen Universitäten herumtreibt. Er ist fünfzehn Minuten jünger als ich.« Bernhard von Notzing lachte.

Die von Notzings, die ursprünglich aus den Marschen stammten, besaßen in einer Kleinstadt nicht weit von Kleefeld entfernt eine prächtige Jugendstilvilla. Bernhard residierte dort, wann immer er sich von seinen Geschäften in Norwegen losreißen konnte, und Leopold lebte dort, wenn er nicht seiner Passion nachging und die Yaks im Hochland des Himalaja oder in den Steppen Zentralasiens erforschte. Eigentlich war Leopold von Notzing Veterinär, aber seit er vor ein paar Jahren seine Yak-Kamel-Stiftung gegründet hatte, traf man ihn in seiner hiesigen Tierarztpraxis nur noch selten an.

»Meine Herren, nehmen Sie doch Platz, was kann ich Ihnen anbieten?« Frau Hufe hatte den Besprechungstisch mit Kaffee, Tee und kalten Getränken eingedeckt. Außerdem gab es Skrei aus Marzipan.

»Ich habe für Sie eine Präsentation vorbereitet, damit Sie sich ein Bild von meinem geplanten Projekt machen können.«

Als alle Platz genommen hatten, startete Franziska ihre Einführung. Der Hausgrafiker hatte eine Animation von den Ausstellungsräumen angelegt, sodass sie das Wikingerschiff darin platzieren und von allen Seiten zeigen konnte.

Das Oseberg-Schiff im Norwegischen Museum für Kulturgeschichte Oslo maß im Original circa zweiundzwanzig Meter Länge und fünf Meter Breite. Für Kleefeld sollte es etwa halb so groß nachgebaut werden. Damit würde es fast die gesamte Länge des neuen Ausstellungssaals füllen. Das Schiff war an Bug und Heck so prächtig mit Schnitzereien verziert, dass man es lange für eine königliche Yacht oder ein Zeremonialschiff gehalten hatte. Die Bauweise sprach dafür: Es war nicht hochseetauglich und daher eher für repräsentative Zwecke vorgesehen. Dendrologische Untersuchungen hatten ergeben, dass man die Eichen, die für den Schiffsbau verwendet worden waren, im Jahre 820 gefällt hatte.

Das Oseberg-Schiff wurde 1904 in einem Grabhügel auf

dem Oseberg-Hof, einem Bauernhof am westlichen Ufer des Oslofjords in Norwegen, von dem Archäologen Gabriel Gustafson ausgegraben. Ein Schiffsgrab mit prächtigen Grabbeigaben stand in der Wikingerzeit nur den Mächtigen und Reichen zu. So dachte man lange, dass die ältere der beiden dort bestatteten Frauen keine Geringere gewesen sei als Asa, die sagenumwobene Stammesmutter der norwegischen Könige. Vermutlich aber war sie eine Hohepriesterin, die eine Verbindung zu den Göttern darstellte. Die Frauen wurden im Jahr 834 beigesetzt.

Franziska bekam bei diesem Teil der Geschichte immer eine Gänsehaut: eine alte, weise Frau und ihre junge Gehilfin, die nachweislich ermordet worden war – tausend Jahre in einem Schiff begraben.

»Hier sehen Sie die bemerkenswerten Verzierungen an der Außenhaut des Schiffes, Rankenwerk mit Drachenköpfen und Greifentieren. Da wir es uns nicht leisten können, über mehrere Monate einen Schnitzer zu beschäftigen, und es darüber hinaus schwierig werden dürfte, jemanden zu finden, der diese kunstvollen Ornamente herstellen kann, kam ich auf die Idee, die Ornamente mit einem Beamer auf die Schiffswand zu projizieren.«

»Aber Frau de Beer, heutzutage muss doch keiner mehr schnitzen, dafür gibt es doch moderne Techniken«, warf Leopold von Notzing ein. »Das ist doch eine fade Sache, mit einem Beamer.«

Franziska blickte Leopold von Notzing fragend an.

»Also bei uns an der Universität von Schanghai wird so etwas mit 3-D-Druckern gemacht. Wir haben erst kürzlich ganz hervorragende Ergebnisse erzielt, als es darum ging, die Geschirre und den Schmuck eines Haustieryaks nachzubilden.«

»Herr von Notzing, das wäre selbstverständlich die sehr viel elegantere Lösung, aber wir verfügen leider nicht über einen solchen 3-D-Drucker.«

»Sehen Sie mal, wie perfekt das Zaumzeug für die Yaks geworden ist.« Leopold hatte sein Handy aus einer der Seitentaschen seiner Cargohose hervorgeholt.

Nun schaltete sich der Zwillingsbruder ein: »Wir haben im Konzern schon seit einiger Zeit in der Sektion Marketing 3-D-Drucker in Gebrauch, es wäre möglicherweise kein Problem, auch für Sie ein solches Gerät zu besorgen. Und was halten Sie denn davon, den Drucker in Aktion in die Ausstellung zu integrieren? So hätten wir etwas Prozesshaftes, etwas, das im Entstehen ist, Stück für Stück könnten die Ornamente am Schiff angebracht werden, und die Besucher schauen zu. Ich glaube, das wäre eine Sensation.«

»Aber ist so ein Gerät nicht kompliziert zu bedienen?« Franziska hatte den Überlegungen der Zwillinge bis dahin freien Lauf gelassen.

»Sie bekommen von uns im Doppelpack Techniker und Drucker. Der könnte hier vor Ort jemanden anlernen, das ist gar nicht so schwierig, wie man denkt.«

»Und ich habe auch schon eine Idee, wer dafür in Frage kommt«, merkte Menninga an. Alle drei blickten fast synchron in seine Richtung.

»Na ja, in unseren Betrieben kümmert sich ein sehr talentierter junger Mann um die IT-Angelegenheiten. Die Landwirtschaftlichen Betriebe Menninga stellen ihn für das Ausstellungsprojekt so lange wie nötig frei.«

Die Gebrüder von Notzing waren zufrieden, sie beide konnten ihr Know-how, ihre Fachkompetenz und nicht zuletzt auch ihre Machtposition als Sponsoren einbringen. Menninga, der etwas abseits saß, nickte Franziska anerkennend zu.

Bernhard von Notzing schaute in die Runde.

»Nach Ihrer wirklich überzeugenden Präsentation haben Sie uns von der Inszenierung des Wikingerschiffs eine plastische Vorstellung gegeben. Selna Phototech Pharma könnte sich keine bessere Publicity wünschen, unser Logo als gebautes Ausstellungsobjekt. Unsere Marketingabteilung wird einen Sponsorenvertrag aufsetzen.«

An dieser Stelle unterbrach ihn der Bruder: »Und damit, mein lieber Bernhard, wäre eigentlich der Punkt gekommen, an dem du sagst: ›Ja, wir machen das, in Kleefeld wird es bald ein zweites Oseberg-Schiff geben.‹«

Die Rollen der Zwillingsbrüder waren klar verteilt, Bernhard war der eher nüchterne Geschäftsmann, während Leopold den kreativen und umtriebigen Part übernahm. Jetzt aber hatten sie ihre Rollen getauscht, und Leopold sorgte für den Schlussstrich.

Franziska stand auf und wusste, dass sie nun etwas Ungewöhnliches tat, sie reichte Bernhard von Notzing die Hand, wie zur Besiegelung der beschlossenen Verträge.

»Was würde man an dieser Stelle in Norwegen sagen?«

Bernhard von Notzing antwortete: »Ganz einfach: ›*Ting besluttet.*‹«

Nachdem sich die von Notzings verabschiedet hatten, saßen Franziska und Menninga noch ein Weilchen beisammen.

»Na, das war doch großartig.« Menninga lächelte Franziska an und biss genüsslich einem Marzipankabeljau den Kopf ab.

Franziska merkte, wie die Anspannung langsam nachließ. Sie hatte nicht im Traum damit gerechnet, dass die Besprechung mit den von Notzings so gut laufen würde, sie fand die Zwillingsbrüder sehr bemerkenswert.

»Ich hatte mir insgeheim gewünscht, für die Ornamente so etwas wie einen 3-D-Drucker zu bekommen, aber Geräte, die die technischen Voraussetzungen haben, um so feine Details wie bei dem Oseberg-Schiff auszudrucken, müssen schon sehr hochwertig sein.«

»Sehen Sie es doch einmal so: Der Nachbau des Wikingerschiffs ist nahezu ein Millionenprojekt, da fällt doch so ein Drucker nicht mehr groß ins Gewicht. Und machen Sie sich nicht so viele Gedanken, Bernhard von Notzing braucht Abschreibungsprojekte für die Steuer und Werbeflächen für den Konzern, jetzt kann ich es Ihnen ja sagen, Sie sind für SPP ein Glücksfall.«

»Ach, aus dieser Perspektive habe ich das noch gar nicht betrachtet.«

Franziska schaute Jacob Menninga direkt in die Augen, vielleicht einen Moment zu lange, aber es fühlte sich gut an.

»Frau de Beer, ich würde sehr gerne den Erfolg mit Ihnen feiern. Darf ich Sie zum Essen ausführen? Vielleicht am Freitag?«

Kleefeld, Dienstag, 6. Mai

Die Halsschlagadern traten hervor, und seine Gesichtsfarbe wechselte von einem hektischen Rot zu Aschgrau. Adam Caspèr konnte die Wahrheit nicht vertragen.

Franziska hatte einige Anläufe unternommen, um ein vernünftiges Gespräch mit ihm zu führen, aber er wich ihr nur aus.

»Wie haben Sie sich denn vorgestellt, das Lornsen-Projekt in Teil drei zu integrieren? Sie arbeiten nun seit zwei Monaten daran, und Sie haben mir immer noch kein Konzept vorgelegt, geschweige denn eine Kostenkalkulation. Der Rahmen liegt doch schon seit Monaten fest, Sie müssen ihn nur füllen. Und wenn Sie Schwierigkeiten hatten, warum haben Sie sich nicht an mich gewandt?«

»Wenn ich widersprechen darf, Sie haben nie einen konkreten Termin genannt, außerdem ist im Bereich des Publikumsverkehrs und der telefonischen Anfragen so viel zu tun, dass ich Frau Hufe helfen muss.«

Franziskas Vermutung schien sich zu bestätigen: Die beiden verbrachten mehr Zeit zusammen, als für ihre Arbeit notwendig gewesen wäre.

»Sie müssen Frau Hufe helfen? Das ist überhaupt nicht Ihre Aufgabe. Wie kommen Sie darauf? Sie halten sich ab sofort vom Sekretariat fern. Das ist keine Bitte, das ist eine Dienstanweisung. Also, Adam, Ihr Lornsen-Projekt muss jetzt leider in den Hintergrund treten. Ende des Monats müssen dem Ministerium in Kiel die Konzepte vorliegen. Ihre Pfeifenköpfe können meinetwegen als kleine Kabinettausstellung integriert werden. Sie arbeiten mir ab sofort nur noch in Sachen ›Staatsschiff‹ zu.«

Caspèr verfügte bereits seit Wochen über eine Liste mit Exponaten, die in der kommenden Ausstellung präsentiert werden sollten. Er hatte die Bestände des Museums daraufhin zu prüfen beziehungsweise herauszufinden, in welchen Sammlungen man nach Leihgaben anfragen könnte. Caspèr war für die reibungslose Abwicklung des Leihverkehrs zuständig. Das bedeutete, dass er mit den Leihgebern die Versicherungs- und Transportbedingungen zu klären, Termine zu koordinieren und eine Kostenaufstellung durchzurechnen hatte.

»Innerhalb von zehn Tagen liegt mir ein klarer Fahrplan vor, mit Fakten und Daten, wann welche Exponate woher kommen und was sie kosten. Und noch etwas: Ich weiß nicht, was Sie in Ihrer Freizeit tun, das geht mich auch nichts an, aber ich möchte Sie bitten, Ihre dubiosen Bekanntschaften aus dem Museum herauszuhalten. So einen Auftritt wie neulich beim Empfang der Physiker möchte ich nicht noch einmal erleben.«

»Das ist eine Unverschämtheit, mein Privatleben geht Sie in der Tat nichts an, das war ein alter Freund von mir.«

»Freunde meiner Mitarbeiter und des Hauses sind stets willkommen, aber dieser Mann war kein Freund, das können Sie mir nicht erzählen. Ich hoffe, ich habe mich klar ausgedrückt.«

Franziska stand nun hinter ihrem Schreibtisch, womit sie das Ende dieses Gesprächs und vor allem das Ende ihrer Gesprächsbereitschaft noch unterstrich.

»Vielen Dank, Adam. Wenn Sie keine Fragen mehr haben, sind wir durch.«

Caspèr war sprachlos. So hatte er seine sonst so großzügige Chefin noch nie erlebt. Sicher, er war mal wieder nicht rechtzeitig fertig geworden, aber was waren schon ein paar Tage, wenn es um ein so großartiges Lebenswerk wie das von Uwe Jens Lornsen ging? Caspèr stand im Gang und war immer noch grau im Gesicht. Was für eine Ungerechtigkeit war ihm da widerfahren! Und das von einer, die noch nicht einmal von hier stammte. Was bildete die sich eigentlich ein? Seine Ausstellungsidee war genial und Uwe Jens Lornsen ein Visionär, der zur Leitfigur der Ausstellung hätte werden sollen. Aber Frau de Beer hatte nur ihre Staatsschiffe im Kopf. Was sollte ein so abgehobenes Werk wie der Sozialkistentransporter mit der Geschichte seiner Heimat zu tun haben? Außerdem hatte er schon einmal versucht, den Eigentümer anzurufen, aber solche Leute erreichte man ja nie.

Lornsen war ein Volksheld, er stand für das Prinzip Freiheit. Franziska hingegen, so sein Gefühl, wollte das Konzept in Richtung Staat, sprich Herrschaft lenken. Typisch Direktorin!

Es tat einen jähen Schlag. Die Gartentür des Museums wurde mit gehöriger Wucht zugeworfen. Adam Caspèr hatte das Institut verlassen.

Diese Unterredung war längst fällig gewesen. Hoffentlich würde er nun seine Aufgaben erledigen, dachte Franziska, nachdem Caspèr gegangen war und sie sich erschöpft in ihren Schreibtischstuhl zurückgelehnt hatte.

»Das Staatsschiff« war konzeptionell breiter angelegt: eine Geschichte von Politik und Macht, von Staatsoberhäuptern, Nationalisten, Kriegshelden und deren Schiffen, von Skandinavien bis an den Gardasee. Kleefeld nahm darin natürlich einen besonderen Raum ein. Staatsmacht und Herrschaftssymbole sollten im Fokus stehen.

Eine Seehandelsmacht demonstrierte ihre Dominanz zuallererst durch ihre Flotte, prangte doch an der Nordfassade der Stadtkirche von Kleefeld ein Anker – eine Siegestrophäe aus der gewonnenen Seeschlacht gegen die Hamburger. In der Geschichte der Kunst war das Schiff als Synonym für den Staat ein gängiges Motiv, die Hierarchie an Bord verkörperte das System des Staates in Form eines Mikrokosmos.

Hatte sich der dänische König noch mit einem Anker an der Kirchenfassade begnügt, ließ dreihundert Jahre später der Italiener D'Annunzio als Herrschaftssymbol für den italienischen Staat ein ganzes Schiff auf einen Hügel in seinem Garten am

Gardasee setzen. Dieses Schiff, die Puglia, das an den Kämpfen um die dalmatinische Küste beteiligt gewesen war, zeigte nach Dalmatien. Franziska plante, eine Serie von Fotografien der Puglia auszustellen. Dem Wikingerschiff als Repräsentanten für die frühen Machtstrukturen Skandinaviens stand nun dank der großartigen Spende der Selna Phototech Pharma nichts mehr im Wege.

Der sogenannte Sozialkistentransporter verkörperte für Franziska das Ende des Staatsschiffs, ja seine Ad-absurdum-Führung. In der venezianischen Prunkgondel wurden nur noch zwei leere Kisten transportiert, mit den Aufschriften »PASTA« und »SOZIAL«. Das Kunstwerk war 1989 im Jahr des Mauerfalls entstanden. Die Fachwelt lieferte unterschiedliche Interpretationen, für Franziska stellte sich in diesen beiden leeren Holzkisten das verlorene Erbe des Gemeinwesens dar, der Verlust der *res publica*, die Auflösung lang gewachsener sozialer Gefüge und Organisationsformen menschlichen Zusammenlebens. So trug das Schiff auch den Namen »Monkey Business«, Affengeschäfte. Damit verwies es auf mittelalterliche Darstellungen des Narrenschiffs.

Ja, wie auf einem Narrenschiff, so fühlte sich Franziska manchmal.

Caspèr war zum Marktplatz gegangen, nachdem er das Institut verlassen hatte. Er wollte nun erst einmal einen Kaffee trinken und in Ruhe eine Zigarette rauchen, das tat er selten, doch nun musste es sein. Aber er hatte nichts zu rauchen dabei. Da erblickte er Caroline Hufe, die mit ihrer SIK-Schwester Hilke Strömfeld, der Frau des Bürgermeisters, vor dem »Grünen Heinrich« saß und die letzten Sonnenstrahlen des Tages genoss. Das war seine Rettung. Caspèr ging hinüber.

»Welche Laus ist dir denn über die Leber gelaufen, du siehst ja fürchterlich aus. Komm, setz dich zu uns!«

Caspèr erzählte, was passiert war.

Caroline Hufe hatte aufmerksam zugehört. »Es geht hier

aber nicht nur um deine Pfeifenköpfe, um Wissen und Kenntnisse«, sagte sie. »Es geht vielmehr darum, dass dieser Frau soziale Kompetenz fehlt.«

»Soziale Kompetenz«, das war ein Begriff, den Caroline Hufe der Ausschreibung der Direktorenstelle des JMK entnommen hatte.

»Die de Beer erlaubt sich in letzter Zeit sehr viel, die wäre doch ohne uns vollkommen aufgeschmissen. Sie hat gar keine Ahnung von der Geschichte der Marschen, Adam kennt sich da zehnmal besser aus.«

»Und Lornsen hat sie völlig zurückgestellt, dabei habe ich die seltensten Pfeifenköpfe. Lornsen kann man doch nicht einfach so unter den Teppich kehren. Stattdessen muss ich mich jetzt um dieses bekloppte Affenschiff kümmern.«

Caspèr hatte sich mittlerweile eine von Frau Hufes Zigaretten angezündet und stieß verächtlich den Rauch aus. Frau Hufe rauchte Eve, lange dünne Damenzigaretten, aber das war ihm jetzt egal. Die de Beer hatte ihn von seinem Posten verdrängt, nun nahm sie ihm auch noch seinen Lornsen. Er zog gierig an seiner Zigarette. Was für eine Schmach!

»Soll sie doch wieder in ihrem schicken New York verschwinden, wir brauchen hier so etwas nicht. Sozialkistentransporter, Kippenberger. Pah!« Caspèr schnaubte wie ein Drache und pustete den Rauch der Zigarette, die kaum eine Wirkung zeigte, wieder aus.

Caroline Hufe schwieg eine ganze Weile, bis sie sagte: »Adam, ich bin ganz auf deiner Seite, das können wir nicht auf uns sitzen lassen. Wir müssen etwas unternehmen.« Die Frau des Bürgermeisters schaute erwartungsvoll in die Runde.

»Was willst du denn tun?«, fragte Adam geknickt.

Caroline Hufe sah ihre Freundin an, die aber nur auf ihre Antwort wartete.

»Hilke, ich weiß ja, dass dein Mann, dass die Stadtoberen, wenn ich das mal so sagen darf, unsere Direktorin sehr schätzen – von uns aus betrachtet, also von Adam und mir aus, ergibt sich da doch ein etwas anderes Bild. Ich würde dich aber bitten, dass unsere kritische Haltung vorerst unter uns bleibt.«

Die Hufe nahm einen tiefen Zug von ihrer Zigarette, die sie sich soeben angezündet hatte.

Caspèr blickte resigniert zu Boden, wo er auf seiner Kippe herumtrat. »Madame hat sich doch überall lieb Kind gemacht. Sie ist der Boss.« Er erhob sich, bedankte sich für die Zigarette, trank den letzten Schluck seines Kaffees noch im Aufstehen und eilte davon. Er hörte nicht mehr, wie die Hufe den Satz aussprach: »Besondere Fälle erfordern besondere Maßnahmen. Nennen wir es ›Operation Bärenfalle‹.«

»Was meinst du denn jetzt damit?«, fragte Hilke Strömfeld ihre Freundin, deren Blick entschlossen den Kandelaber in der Mitte des Platzes fixierte.

»Ach, nicht so wichtig, war nur so dahingesagt.«

Caspèr überquerte den Marktplatz in Richtung Hafen. Er bemühte sich, auf dem unregelmäßigen Kopfsteinpflaster so zu gehen, dass die Absätze seiner Schuhe nicht von den scharfen Kanten ruiniert wurden. Das sah ein bisschen komisch aus, vermutlich weil er mehr tänzelte, als dass er ging. Er lief mit gesenktem Blick und in Gedanken bei dem Gespräch mit seiner Chefin. Gerade noch im letzten Moment, als er den Kopf hob, erkannte er John, als ob die de Beer ihn auf den Plan gerufen hätte.

John Mayer, der mit seiner völlig durchgeknallten Freundin – wie hieß sie doch gleich, er glaubte sich an den Namen Eve zu erinnern, wie die Zigaretten seiner Kollegin – in einem Strandkorb vor dem »Klabautermann« saß, dem Fischrestaurant am Hafenkopf. Mayer war also noch im Lande. Zum Glück waren die beiden in ein Gespräch vertieft, sie stritten sich, das war selbst aus der Distanz auszumachen. Es hätte nicht viel gefehlt, und er wäre ihnen in die Arme gelaufen. Er drehte ab und ging durch die Große Nübelstraße zum Museum zurück. Ihm blieb heute aber auch gar nichts erspart, ausgerechnet John Mayer. Aber das war ja absehbar gewesen, er konnte ihn nicht auf ewig vertrösten.

Adam Caspèr war nicht nur ein unzuverlässiger Kollege, er war auch ein Spieler, und so hatte er sich in einer endlosen Schleife von Schulden verstrickt. Forderte der eine das Geld zurück, so lieh er es sich vom Nächsten und so weiter. Aber John Mayer wartete schon sehr lange auf sein Geld, und es handelte sich um keine geringe Summe.

Vor einem Jahr hatte Caspèr das Wasser bis zum Hals gestanden, er musste die Pfändung seines Hab und Guts fürchten. Er hatte gehofft, das Problem in der Spielbank lösen zu können. Caspèr fuhr regelmäßig nach Kiel ins Spielcasino. Roulette war seine Leidenschaft, Karten interessierten ihn nicht, ebenso wenig die Automatenspiele. Er liebte die Atmosphäre am Roulettetisch. Die gepflegten Manieren der Spieler, die Anspannung, wenn der Croupier wieder sein »Nichts geht mehr« verkündete und die Kugel im Kessel kreiste. Caspèr mochte die erste Zahlenkolonne, 1 bis 18: Manque, und Rot. Rot war seine Farbe.

An jenem Abend hatte er, nachdem er schon einen ganz beachtlichen Gewinn hatte einstreichen können – damit wären zumindest einige Rechnungen zu bezahlen gewesen –, zum Schluss noch einmal alles, was er hatte, auf Rot gesetzt. Er war sich seiner Sache absolut sicher. Vielleicht hatte es an den zwei Gläsern Rotwein gelegen, dass er das Schicksal derart herausforderte, normalerweise trank Caspèr nicht, wenn er spielte. Die Kugel blieb auf der 2, einem schwarzen Feld, liegen. Alles war verloren und Caspèr erneut gezwungen gewesen, sich Geld zu leihen.

Jetzt schuldete er Mayer fast zehntausend Euro. Sie waren einmal so etwas wie gute Freunde gewesen, John Mayer und er. Mayer hatte damals eine Kneipe in Kiel betrieben, dort hatten sie sich kennengelernt. Die Absprache war, dass Caspèr ein Vierteljahr Zeit haben sollte, das Geld zurückzuzahlen. Das war nun schon über ein Jahr her, und er war noch immer zahlungsunfähig. Er musste Mayer immer wieder vertrösten. Bei dem letzten Zusammentreffen vor ein paar Tagen im Museum, das Franziska de Beer dummerweise beobachtet hatte, war der Ton deutlich schärfer geworden. John Mayer hatte seine Hintermänner.

Kernforschungszentrum Rossendorf bei Dresden, im Juli 1984

Harald Gerlinger beugte sich über die Reling des Reaktorbeckens. Er hatte eine Kette in der Hand, an deren Ende ein Beutel mit Saatgut im Reaktorwasser dümpelte.

»Einen Moment bitte, ich bin gleich bei Ihnen, nur noch ein paar Minuten.« Dieser Reaktor wurde hauptsächlich zur Herstellung von Neutronen für die Forschung in den Bereichen Humanmedizin, Biologie, Landwirtschaft und Materialwissenschaften eingesetzt. Gerlinger war erst kürzlich zum Leiter dieser Abteilung ernannt worden und unter anderem dafür verantwortlich, die Experimente im Bereich der Mutagenese zu begleiten.

Hinter den Reaktorgebäuden lagen drei große Glashäuser, in denen man mit radioaktiv präpariertem Saatgut an der Züchtung von widerstandsfähigeren und ergiebigeren Getreidesorten arbeitete. In Westdeutschland hatte man bereits in den sechziger Jahren in den sogenannten Atomgärten Züchtungserfolge mit Kartoffelpflanzen erzielt. Herausgekommen waren robuste Mutanten, denen Schädlinge nichts mehr anhaben konnten.

Gerlinger schwenkte das Saatgut noch einmal hin und her, zog den Beutel an der Kette aus dem Kühlwasser und bugsierte ihn in einen Eimer. Mit dem Eimer in der Hand ging er über die Brücke zur Treppe, die hinunter zur Schaltzentrale führte, wo die Besucherin auf ihn wartete.

»Sie kommen heute selbst und wollen die übliche Menge abholen, Sie waren schon lange nicht mehr hier«, sagte er statt einer Begrüßung. Zwei Flaschen mit nicht weiter ausgewiesenem Inhalt standen schon auf dem Tisch bereit. Er verpackte sie jeweils in einen stabilen, mehrfach gepolsterten Behälter, schraubte die Deckel fest zu und verstaute sie in einen verschließbaren Koffer, den er der Wartenden im grauen Kostüm übergab.

»Passen Sie gut darauf auf!«

Sie lächelte Gerlinger an und griff nach dem Kofferschlüssel. »Vielen Dank!«

Sie war schon im Hinausgehen, als Gerlinger sie fragte: »War das unbedingt nötig?«

»Ich weiß nicht, wovon Sie sprechen.«

»Oh doch, das wissen Sie ganz genau, und Sie wissen ebenfalls, was sie dort mit ihm machen.«

»Es tut mir leid, ich kann Ihnen nicht folgen.«

Sie drehte sich noch einmal um und blickte Gerlinger mit ihren kleinen, fast durchsichtigen Augen an, bevor sie durch die Stahltür verschwand, die sich automatisch hinter ihr schloss.

Manfred Berghof war vor ein paar Tagen abgeholt worden. Gerlinger wusste nicht, wo sie ihn hingebracht hatten, vermutlich nach Berlin ins Untersuchungsgefängnis Hohenschönhausen. Manfred war ein noch sehr junger und engagierter Mitarbeiter des Instituts für Technische Untersuchungen, einer Partnereinrichtung des Kernforschungszentrums Rossendorf. Er hatte gerade sein Physikstudium mit Bravour beendet und vor Kurzem seinen Posten angetreten. Eine seiner Aufgaben bestand darin, Botendienste zu erledigen, Unterlagen und Materialien, die für die Forschung besonders wertvoll waren, von A nach B zu befördern. Man hatte ihn darüber im Dunkeln gelassen, dass das Institut für Technische Untersuchungen eine Stasieinrichtung unter ziviler Tarnung war und dass er mit hochradioaktivem Material durchs Land reiste. In seiner Position waren Gerlinger diese sogenannten »zwischenbetrieblichen Einrichtungen« natürlich bekannt.

Manfred Berghof hatte sich ihm anvertraut. Durch einen Zufall hatte er in Rostock eine Akte zu Gesicht bekommen, aus der eindeutig hervorging, was er beförderte und wozu dieses Material diente. Man verabreichte ahnungslosen Inhaftierten Medikamente, die mit radioaktiven Flüssigkeiten angereichert waren, oder die Opfer wurden ohne ihr Wissen radioaktiver Bestrahlung ausgesetzt. Die Akte schilderte den Krankheitsverlauf eines ehemaligen Dissidenten, den man über einen längeren Zeitraum verstrahlt hatte, und zwar mit Dosen, die mehr als das Sechzehnfache über dem Richtwert lagen: starke Müdigkeit, Übelkeit, Haarausfall, Sterilität und massiver Verlust von weißen Blutkörperchen, bei einer Strahlenbelastung von zwei bis drei Sievert. Man erwartete, dass bei diesem Stadium der Strahlenkrankheit dreißig Prozent der Fälle letal endeten.

Diese von Berghof überbrachten grausamen Nachrichten waren für Gerlinger neu gewesen und hatten ihn zutiefst erschüttert. Er hätte niemals angenommen, dass durch die Ergebnisse seiner Forschung Menschen auf so perfide Weise zu Schaden kommen würden, man sogar einen tödlichen Verlauf einkalkulierte. Er hatte seine Tätigkeit vor seinem Gewissen stets damit gerechtfertigt, dass das Material lediglich zur Markierung und zur Wiederauffindung von Verdächtigen und brisanten Dokumenten angewandt wurde. Das System gab eben immer nur so viel preis wie unbedingt notwendig.

Berghof informierte nicht nur Gerlinger, sondern auch seine Kontaktperson Romana Weiß. Er war um sie besorgt, wollte sie warnen, weil er tatsächlich in sie verliebt war. Ein großer Fehler. Gerlinger wusste, was mit seinem Kollegen passieren würde, und ebenso, dass er nichts dagegen tun konnte, wenn er nicht auch in die Fänge des Regimes gelangen wollte.

Ramona Weiß war eine absolut linientreue Agentin der Staatssicherheit, kalt wie eine Hundeschnauze.

Kleefeld, Freitag, 9. Mai

Franziska hatte rechtzeitig begonnen, sich über ihr Outfit Gedanken zu machen. Sie freute sich auf den Abend mit Jacob Menninga, er hatte sie zum Abendessen eingeladen, um die zugesagte Unterstützung von Selna Phototech Pharma zu feiern und, so seine Worte, noch »das eine oder andere zu besprechen«. Sie stand im Badezimmer vor dem Spiegel und schminkte sich ihre Augen. Sie wollte für ihr Rendezvous – wenn es denn eines war, so sicher war sie sich da gar nicht – gut aussehen, ihr Make-up sollte natürlich wirken. Sie entschied sich für einen goldenen Lidschatten und rosafarbenen Lippenstift. Sie würde ihr dunkelblaues Etuikleid anziehen und ein helles großes Kaschmirtuch mitnehmen, denn es wurde abends frisch. Sie hatte das »Aale Fährhuis« gegoogelt, es lag am Kleinen Fluss. Ein idyllischer Ort, den man über eine Autofähre erreichte, eine kleine Kettenfähre, auf der nur wenige Autos Platz fanden.

Als sie fertig war, hatte sie immer noch mehr als eine halbe Stunde Zeit, bis sie abgeholt werden würde. Sie könnte sich die Fingernägel lackieren, aber da würde garantiert etwas schiefgehen, wie sie sich kannte. Also ließ sie es lieber bleiben. Manchmal, wenn sie einen wichtigen Termin hatte, machte sie etwas im letzten Moment, was sie unweigerlich in Verzug brachte, dann trat bei ihr das Gefühl ein, zu spät zu kommen, etwas zu verpassen. Heute würde ihr das nicht passieren.

Sie nahm auf ihrer Chaiselongue Platz und blätterte in einer Illustrierten, aber sie konnte sich für keinen der Artikel begeistern, immer wieder kam ihr in den Sinn, was in den letzten Tagen im JKM passiert war. Caspèr hatte ihr trotz mehrfacher Erinnerung den Sonderdruck von Lornsens Streitschrift nicht ausgehändigt, ebenso wenig war ein Konzept oder der Ansatz einer Niederschrift seiner Ideen zum bevorstehenden

Ausstellungsthema auf ihrem Schreibtisch gelandet. Mit seinen üblichen Ausreden, dass er dicht dran sei, aber nun Außentermine habe und dass die Arbeit mit dem Publikum schließlich vorrangig sei, entzog er sich ihrem Zugriff.

Und heute war es dann geschehen. Caspèr war schon lange aus dem Haus, das Sekretariat nicht mehr besetzt. Franziska hatte sich dort niedergelassen, um etwas in der Datenbank zu recherchieren. Das Telefon klingelte unaufhörlich, sodass sie den Anruf schließlich entgegennahm. Der Seschat-Verlag. Die Dame am anderen Ende wollte unbedingt noch ihr Anliegen loswerden, es war Freitagnachmittag, und so notierte sie bereitwillig Franziskas E-Mail-Adresse, an die sie die ersten Andrucke des Faksimiles schicken konnte: eines Faksimiles der Streitschrift von Uwe Jens Lornsen.

Seschat, dachte Franziska, die ägyptische Göttin der Schreib- und Rechenkunst, Schutzpatronin der Sammlungen von Dokumenten und Urkunden. Caspèr gab in ihrem Namen also Archivgut ohne ihr Wissen aus dem Haus! Sie hatte plötzlich wieder das Bild der ägyptischen Göttin vor Augen, deren Haupt ein Emblem mit siebenstrahligem Stern zierte, es hatte aus einem Stapel Papier auf Caspèrs Schreibtisch hervorgelugt, die goldenen Strahlen der Sechat hatten im Sonnenlicht geglänzt; es war der Briefkopf des Verlages gewesen.

Sie hatte Caspèr zunächst zur Rede stellen wollen, hatte sich dann aber gefragt, was seine Beweggründe gewesen sein konnten. Sie hätte der Idee eines Faksimiles vielleicht sogar zugestimmt, es wäre eine schöne Sache für den Museumsshop gewesen. Aber Caspèr hatte an ihr vorbeigeplant.

Gab es noch mehr Heimlichkeiten oder gar Intrigen? Die Stimmung war in letzter Zeit schon merkwürdig, vor allem wenn Adam Caspèr und die Hufe zusammensaßen. Sie war zu dem Entschluss gelangt, den Stiftungsrat des Jensen-Museums zu informieren, ohne vorher mit Caspèr zu sprechen. Noch bevor sie das Büro verließ, schrieb sie eine Mail an Torsten Ducere, den Präsidenten der Stiftung.

Ärger und Enttäuschung hatte sich angesichts dieser eigenmächtigen Tat in ihr ausgebreitet. Und noch immer fiel es ihr nicht leicht, sich auf den bevorstehenden Abend, der eigentlich schön zu werden versprach, einzustimmen. Wer war Caspèr wirklich? Er umgab sich mit zwielichtigen Gestalten und zettelte heimlich Projekte an. Bisher hatte sie ihn eher für harmlos, ja sogar arglos gehalten, und auf ihre Menschenkenntnis konnte sie sich eigentlich ganz gut verlassen. Sollte sie sich in ihm so getäuscht haben?

Sie zwang sich, an etwas anderes zu denken. Morgen würde sie bereits im Flieger nach New York sitzen. Bevor sie nach Kleefeld gekommen war, hatte Franziska an der New York University gearbeitet. Sie war in engem Kontakt zu ihren Kollegen dort geblieben, und nun hatte man sie zu einer Tagung eingeladen. Sie würde eine knappe Woche in New York sein, und da die Konferenz nur über zwei Tage lief, blieb ihr noch genügend Zeit für die Stadt und für ihre Freunde.

Sie musste die Causa Caspèr nun erst einmal hintanstellen. Den gemeinsamen Abend mit Jacob, insgeheim nannte sie ihn schon so, wollte sie sich nicht verderben lassen. Schon bald würde er sie abholen kommen. Sie fühlte ein leichtes Kribbeln im Bauch. War sie tatsächlich aufgeregt? Durch ihre Zusammenarbeit kannten sie sich doch schon ganz gut. Heute war es aber etwas anderes.

Nun klingelte es an der Tür. Franziska wurde aus ihren Gedanken gerissen. Sie erhob sich ein bisschen zu schnell von ihrer Chaiselongue, sodass ihr schwarz vor Augen wurde. Deshalb hielt sie einen Moment inne, bevor sie in ihre Schuhe schlüpfte und zur Tür ging.

Als sie öffnete, stand da Jacob mit einem Blumenstrauß aus weißem Flieder und blauen Schwertlilien, und mit ihm kam ein wunderbarer Duft ins Haus.

»Meine Liebe, guten Abend.« Jacob küsste sie zur Begrüßung auf die Wangen.

»Die sind aber schön! Kommen Sie doch rein.« Franziska

nahm die Blumen und ging damit in die Küche, um nach einer Vase zu schauen.«

»Wir sollten gleich losfahren, denn an diesen schönen Abenden ist immer viel Verkehr an der Fähre.« Jacob war im Eingangsbereich stehen geblieben und betrachtete die kleine Bronzeplastik. Sie hat einen guten Geschmack und einen Sinn für Kunst, dachte er.

»Ich stelle nur schnell die Blumen ins Wasser, dann können wir gleich los«, rief Franziska aus der Küche. Sie trat noch einmal mit dem in die Vase drapierten Strauß ins Foyer, würdigte die Blumen und brachte sie dann ins Wohnzimmer. Dort griff sie nach ihrer Handtasche und dem Schal und war abfahrtbereit.

Jacob hatte ein sehr feines Menü geordert, das Restaurant verfügte nur über eine kleine Speisekarte und kochte daher auf Bestellung. Es gab Salat und Gemüse, Fisch und Geflügel und zum krönenden Abschluss ein Aprikosensorbet. Franziska war sehr überrascht, Jacob musste sich über ihre Essgewohnheiten informiert haben, und er hatte genau den richtigen Wein ausgesucht, einen Weißburgunder. Franziska entspannte sich tatsächlich. Es würde ein zauberhafter Abend an einem zauberhaften Ort werden.

Sie erzählte Jacob, was sie heute im Museum entdeckt hatte, und kurioserweise wusste er bereits davon. Offenbar hatte der Vorsitzende des Stiftungsrats ihn sofort informiert, nachdem er ihre Mail gelesen hatte. Manchmal konnte Ducere einen erstaunen, war er doch eigentlich ein Phlegmatiker, wie er im Buche stand, und er kam nie aus sich heraus. Aber er war freundlich und gebildet, Franziska mochte ihn, doch was Jacob von dem Telefonat berichtete, empörte sie nahezu. Ducere hatte die Ansicht geäußert, Caspèr habe sich nicht persönlich bereichern, ja sie vielleicht sogar überraschen wollen. Das fand auch Jacob seltsam, und noch seltsamer fand er, wie das anschließende Gespräch gelaufen war. Torsten Ducere und Karl Höved, der Vize, der wohl auch schon im Bilde war, hatten ihren Gefallen an der Idee geäußert, die Lornsen-Schrift als Faksimile herauszubringen. Ducere hatte am Telefon sogar darüber spekuliert, in welcher Form man sie den Museumsbesuchern anbieten könnte. Er kannte sich sehr gut mit den heroischen Taten des Sylter Landvogts aus. Franziska hatte schon früh verstanden, dass Lornsen auch heute noch, zumindest bei historisch bewanderten Personen, als Held galt.

Erst als Jacob gegenüber den beiden insistiert hatte, dass Adam Caspèr, ohne sich mit seiner Vorgesetzten abzusprechen, ein sehr wertvolles Dokument außer Haus gegeben und ein aufwendiges und damit auch kostspieliges Faksimile in Auftrag gegeben habe, hatte man sich darauf einigen können, dass dies gegen alle bekannten Regeln eines öffentlich-rechtlichen Betriebs verstieß und daher Konsequenzen nach sich ziehen musste.

Schließlich hatten sie sich darauf verständigt, dass der Stiftungsratsvorsitzende eine Erklärung von Caspèr verlangen würde, zunächst in einem Gespräch unter vier Augen. Franziska hatte die Produktion bereits gestoppt und die Schrift umgehend durch einen Kurierdienst zurückholen lassen.

»Wie gut, dass ich ein paar Tage verreise und ein wenig Abstand zu der ganzen Sache gewinnen kann. Ich freue mich so auf New York, auf meine Freunde dort und das multikulturelle Leben. Oder denken Sie, dass ich jetzt lieber hierbleiben sollte?«

Sie schaute Jacob traurig an, die Angelegenheit setzte ihr sehr zu, das Vertrauensverhältnis im Team war durch den Alleingang von Caspèr empfindlich gestört worden. Und offenbar fand der Vorstand nicht wirklich etwas verwerflich daran.

»Auf gar keinen Fall, Franziska, das wird sich alles aufklären. Außerdem bin ich ja auch noch da. Sie brauchen sich keine Sorgen zu machen.«

Er nannte sie beim Vornamen, und in seiner Stimme klang ernsthafte Besorgnis mit.

Im Restaurant waren sie völlig ungestört. Nur der junge Kellner tauchte ab und zu auf. Sie hatten einen Tisch mit Blick auf den Fluss, es gab einen farbenprächtigen Sonnenuntergang, und später spiegelte sich der Schein des Mondes in der glatten öligen Wasseroberfläche wider.

Nach dem Essen saßen sie bei Kaffee und Konfekt in der Diele am Kamin. Franziska genoss es, eingehüllt in ihren Kaschmirschal in die Flammen zu schauen und sich mit Jacob zu unterhalten. Die Ereignisse des Tages hatte sie ausgeblendet, nun befand sie sich ganz im Hier und Jetzt. Im Hintergrund spielte Musik, und als die ersten Takte eines Walzers erklangen, bat er sie zum Tanz.

Franziska, die immer Probleme damit hatte, sich führen zu lassen, überließ sich ganz der Musik und ihrem Tanzpartner. Es fühlte sich gut an, in Jacobs Armen über die Diele zu schweben. Nachdem der Walzer verklungen war, nahm er ihr Gesicht zärtlich zwischen seine Hände und küsste sie.

Später am Abend hatte Jacob sie ganz gentlemanlike nach Hause gefahren und sie an der Haustür verabschiedet. Nun lag sie im Bett und konnte noch immer die Nähe seines Körpers spüren. Dieser schon so überraschend vertrauten Nähe nachzufühlen, tat gut, aber ebenso wichtig war für sie die Tatsache, dass vor ihr ein paar Tage fernab von Kleefeld und dem JMK lagen.

Sie lebte und arbeitete nun schon seit vier Jahren in Kleefeld, und bis vor Kurzem hatte sie immer das Gefühl gehabt, dass die Dinge gut liefen, dass das, was sie anstrebte, mit dem, was sie erreicht hatte, in einem ausgewogenen Verhältnis stand. Auch im Moment konnte sie zufrieden mit sich und ihrer Arbeit sein, die von Notzings finanzierten ihr ein ganzes Schiff. Zudem bahnte sich zwischen Jacob und ihr eine Beziehung an, die in ihr ein Gefühl hervorrief, das sie kaum beschreiben konnte. War es das Gefühl von Sicherheit?

Natürlich hatte ihr die *liaison amoureuse* zu Erik Olafson, dem norwegischen Konsul, auch etwas bedeutet. Erik war charmant und intelligent, aber er war wie ein Blatt im Wind, nur eine augenblickliche Erscheinung. Jacob war anders, und er würde sie bestimmt auch bei den Problemen, die sie im Museum auf sich zukommen sah, unterstützen, auch wenn sie diese noch nicht konkret benennen konnte. Es war mehr ein Unbehagen, das sich in ihr ausbreitete.

Aber was sollte passieren? Die Sache mit der Lornsen-Schrift würde sich bestimmt klären, Caspèr würde seinen Fehler einsehen. Und Frau Hufe war doch eigentlich eine integre Person.

Franziska schloss ihre Augen, wischte ihre Zweifel beiseite und schlief augenblicklich ein.

Kleefeld, Dienstag, 13. Mai

Vor dem Restaurant »De Danzdeel«, dem Clublokal der Sentinels International Kleefeld, parkten schon einige Fahrzeuge, auch der minzgrüne Škoda von Dr. Siglinde Eichenberg stand schon da, als Caroline Hufe vorfuhr.

»Liebste Schwester, komm, nimm hier Platz, wir haben dir schon ein Weißbier bestellt«, begrüßte Dr. Eichenberg ihre Clubschwester und beste Freundin gewohnt überschwänglich. Die Wächterinnen über Recht und Ordnung der weiblichen Bevölkerung sprachen sich als Schwestern an.

Hilke Strömfeld, die Ehefrau des Bürgermeisters und seit etwa einem Jahr Mitglied des SIK, schaute ein wenig finster zu der Begrüßungsszene hinüber. War sie etwa eifersüchtig?

Caroline Hufe winkte ihrer neuen Freundin fröhlich zu und nahm dann Platz.

Frau Dr. Eichenberg, die vor Kurzem von Caroline Hufe das Amt der Präsidentin übernommen hatte, eröffnete die Sitzung.

»Liebe Schwestern, ich freue mich, euch zu unserem heutigen Treffen begrüßen zu dürfen. Auf unserer Tagesordnung stehen vier Punkte, unter dem Tagesordnungspunkt ›Besonderes‹ hat natürlich jede von euch die Möglichkeit, außerplanmäßige Themen anzusprechen.«

Dr. Siglinde Eichenberg war Fachärztin für Allgemeinmedizin und Chirurgie gewesen. Bis zu ihrer Pensionierung und der gleichzeitigen Schließung des kleinen Klinikums von Kleefeld hatte sie dort einen Chefarztposten innegehabt. Das war eigentlich kaum zu glauben, denn die Eichenberg rauchte wie ein Schlot, hatte deswegen auch eine tiefe, raue Stimme und eine noch viel verruchtere Lache. Sie war bestimmt nicht größer als eins sechzig und sehr hager. Meistens trug sie einen Rollkragenpullover, aus dem ihr Hals herausragte wie der einer alten, weisen Schildkröte. Sie wirkte in ihrer Gesamterscheinung sehr burschikos, was ihr Kurzhaarschnitt mit exakt geradem Pony noch betonte.

Seitdem Frau Dr. Eichenberg im Ruhestand war, widmete sie sich voll und ganz der Arbeit für die Sentinels International Kleefeld. In der Politik hatte sie schon immer mitgemischt. Als Fraktionsvorsitzende ihrer Partei nahm sie an jeder Magistratssitzung teil, und wehe, auf der Gegenseite stand ein Kritiker. So klein die Eichenberg war, so groß waren ihre Worte.

»Möchtest du mit deinem Bericht beginnen?«, fragte Frau Dr. Eichenberg ihre Schwester Hilke Strömfeld.

Diese nickte und berichtete von dem Fahrradkurs für Migrantinnen, den sie zusammen mit einem Vertreter der Polizeidirektion und der Migrationsbeauftragten der Stadt Kleefeld betreut hatte. Zum Abschluss des Kurses hatten alle Kursteilnehmerinnen eine Fahrradtour am Deich entlang des Großen Flusses bis zum Unterfeuer unternommen, dem alten Leuchtturm im Norden von Kleefeld. Dort konnte man über den Deich gehen und gelangte durch eine Gartenpforte in das »Galeriecafé Mertens«, das Lieblingscafé von Caroline Hufe und Hilke Strömfeld. Die Eigentümerin und Betreiberin des Cafés, selbst Künstlerin, war natürlich auch Mitglied bei den Sentinels.

Erika Mertens ergänzte den Bericht der Strömfeld um die Information, dass es Eierlikörtorte und Butterkuchen gegeben habe. Das war ihr besonders wichtig, da es ihr gelungen war, für die Torte alkoholfreien Eierlikör zu besorgen. Für Muslime, denen der Genuss von Alkohol strengstens verboten war, wäre es ein großer Affront gewesen, eine Torte mit Alkoholgehalt serviert zu bekommen, aber die Eierlikörtorte war nun einmal der absolute Hit im »Café Mertens«, ohne die kam keine Veranstaltung der SIK-Schwestern aus.

Noch einige weitere Frauen berichteten von ihren Aktionen, es wurden Termine abgesprochen, neue Aufgaben verteilt, auf einem Tablet kreisten Fotos, bis schließlich der letzte Punkt der Tagesordnung abgearbeitet war. Frau Dr. Eichenberg schaute in die Runde: »Gibt es unter ›Besonderes‹ noch Beiträge?«

Ulrike Landmann, eine Schwester der ersten Stunde, meldete sich zu Wort. »Ich möchte einen Vorschlag für ein neues Clubmitglied machen. Ich finde, es ist an der Zeit, der Leiterin des JMK, Frau Dr. de Beer, unsere Mitgliedschaft anzubieten. Sie ist Kunst- und Kulturwissenschaftlerin, soweit ich im Bilde bin, eine noch nicht bei uns vertretene Disziplin, und sie spielt eine wichtige Rolle im Kulturleben von Kleefeld.«

Ulrike Landmann war von Beruf Betriebsfachwirtin und hatte nach dem Tod ihres Mannes vor nun schon mehr als zehn Jahren die Geschäfte des Familienunternehmens geleitet, einer angesehenen und erfolgreichen Firma, die Schiffsschrauben herstellte. Nachdem sie einen Geschäftsführer eingestellt hatte, konnte sie sich aus dem aktiven Tagesgeschäft der Firma zurückziehen. Da sie aber nicht untätig bleiben wollte und sich für Kultur und Geschichte interessierte, machte sie Führungen im Museum. Sie schätzte ihre Chefin sehr.

»Ja, darüber habe ich auch schon nachgedacht«, stimmte Frau Dr. Eichenberg zu. »Frau Dr. de Beer macht hervorragende Arbeit, und sie ist darüber hinaus ein so umgänglicher Mensch. Ich habe sie erst gerade wieder im Rathaus erlebt.«

Es herrschte einen Moment Stille am Tisch, dann sagte Caroline Hufe: »Liebe Schwestern, ihr habt sicher nicht bedacht, dass ihr mich damit in eine schwierige Situation bringt. Franziska de Beer ist meine Vorgesetzte, ich stehe also in einem Abhängigkeitsverhältnis zu ihr, das könnte meine unbefangene Arbeit bei den Sentinels erheblich beeinträchtigen.«

»Vielen Dank, liebe Ulrike, wir haben Rede und Gegenrede gehört. Wir werden darüber im Vorstand beratschlagen.« Damit beendete Frau Dr. Eichenberg den offiziellen Teil der Sitzung.

Einige der Frauen blieben noch, die große Runde löste sich in kleine Gesprächsgrüppchen auf. Dr. Eichenberg hatte unterdessen Bier nachgeordert.

»Was hast du gegen die de Beer? Ich glaube kaum, dass sie die Chefin raushängen lassen würde.«

»Mit gefällt ihr Stil in letzter Zeit nicht. Was sie gerade mit unserem Caspèr gemacht hat, das ist ausgesprochen ungerecht. Ich finde, hier zeigt sich einmal wieder, dass weibliche Führungspersonen sehr viel machtsüchtiger sind als ihre männlichen Kollegen. Dafür stehen wir doch nicht ein. Unsere Arbeit sollte doch nicht zum Ziel haben, das Machtgebaren von Männern zu übernehmen.«

Siglinde Eichenberg trank nachdenklich einen großen Schluck von dem gerade vor ihr abgestellten Pils. Noch mit Schaum an der Oberlippe sagte sie: »Vielleicht hast du recht. Wir sollten auch darauf achten, dass wir nicht zu elitär werden.«

Kleefeld, Freitag, 16. Mai

Draußen hörte man den Spielmannszug, er bewegte sich am Fleth entlang zum Marktplatz, wo an diesem Nachmittag das Skrei-Fest beginnen würde. Kleefeld befand sich im Ausnahmezustand. Niemand arbeitete, alle standen an der Straße, um den Spielmannszug zu sehen und anschließend zum Marktplatz zu begleiten. Der *Lutefisk*, wie er auf Norwegisch hieß, war den Kleefeldern heilig. Dabei war es jedes Jahr das gleiche Ritual: Auf dem Marktplatz drängten sich Tausende von Menschen vor der Tribüne, auf der eine berühmte Persönlichkeit aus Politik oder Wirtschaft das Skrei-Fest mit dem sogenannten »Letzten Biss« eröffnete. Damit entließ man den Kabeljau wieder ins Eismeer, während die Stockfische bereits auf ihren Stangen trockneten.

Um zu ihren Laichplätzen zu gelangen, traten die Fische jedes Jahr die weite Reise nach Süden zur norwegischen Inselgruppe der Lofoten an. Die See dort, mehr als tausend Kilometer entfernt vom eigentlichen Habitat des Skreis im arktischen Eismeer, lag im Einfluss des milden Golfstroms und bot aus diesem Grund ideale Voraussetzungen zum Laichen. Die Fangzeit war auf die Periode von Januar bis April begrenzt, dann wanderte der Kabeljau zurück in die Arktis. Der Skrei war früher direkt an Bord geschlachtet, an Holzgerüsten getrocknet und gesalzen worden, um dann später als Stockfisch verkauft zu werden. Stockfisch war in früheren Jahrhunderten ein sehr wichtiges Nahrungsmittel für die Wintermonate und auf langen Schiffsreisen unentbehrlich. Amerika wäre sicher ohne Stockfisch nicht entdeckt worden.

Nun war es wieder so weit, ganz Kleefeld stand kopf. Franziska hatte für diese Art von Volksfesten eigentlich wenig übrig, nicht selten endeten sie in Massenbesäufnissen und Vandalismus, aus dem Rheinland kannte sie das vom Karneval. Außerdem gab es Skrei längst das ganze Jahr über, seit Gunther Zapf eine neue Methode entwickelt hatte, den Fisch frisch zu halten, ohne ihn gleich zu pökeln und zum Trocknen aufzuhängen.

Zapf war ein sehr sympathischer und cleverer Geschäftsmann, in Kleefeld in der Gastronomie und im Hotelgewerbe engagiert, groß, blond, schon ein bisschen vom Seeklima gegerbt, aber durchaus attraktiv. Franziska mochte ihn, er hatte den oft so unbeweglichen Kleefeldern vieles voraus, er entwickelte immer wieder neue Ideen, wenn es ums Geschäft ging, und er gehörte natürlich auch zu den Kulturpartnern des JMK. Als Franziska das erste Mal mit Gunther Zapf zusammengetroffen war, um über eine mögliche Zusammenarbeit zu sprechen, hatte er sie in sein Restaurant zum Kaffee eingeladen. Diese seltsame und auch lustige erste Begegnung würde sie nie vergessen.

Als sie das Lokal betreten hatte, stand Zapf zweimal vor ihr. Der Skrei-Papst höchstselbst und sein Double, ein Pappkamerad, wie Franziska dann bei genauerem Hinsehen erkannte, den er gerade beiseite räumen wollte. Zapf warb mit einer lebensgroßen Darstellung seiner selbst für seinen Fisch, in historischer Kleidung mit einer mittelalterlich anmutenden Mütze auf dem Kopf und einem Stockfisch in der Hand. Nachdem Franziska sich von dem Schreck erholt hatte, verlief das anschließende Gespräch sehr erfreulich.

Dieses Jahr war es der Staatssekretär Ralf Hämmerle, der die Landesregierung vertrat und das Fest eröffnete. Wie in jedem Jahr wurde der rituelle Akt mit einem Trommelwirbel des Spielmannszugs angekündigt, die Akteure kamen auf die Tribüne: der Fischmeister Gisbert Lucke, Staatssekretär Hämmerle und zwei junge Damen. Die eine kredenzte den kostbaren Fisch auf einem silbernen Tablett, die andere hielt in einem Körbchen eine Reihe von kleinen, aber hochprozentigen Schnäpsen bereit, die sogenannten »Verteiler«, denn Fisch musste ja bekanntlich schwimmen.

Gisbert Lucke gab dem Staatssekretär ein schönes weißes Stück vom Skrei, gewürzt mit Koriander und Petersilie. Hämmerle biss beherzt hinein und verspeiste den Happen. Eigentlich sah der Staatssekretär aus, als hätte er eine saure Gurke am Stück verschluckt und müsse dies tunlichst verbergen.

»Der Lutefisk wird uns fehlen«, tönte es über die Lautsprecher. Man reichte Hämmerle einen Schnaps, und unter dem Jubel des Publikums prostete man sich zu.

Jetzt waren die »Molenkieker« dran, der Kleefelder Shantychor, der sich bereits im Hintergrund der Bühne aufgestellt hatte. Es ertönte: »Wo die Nordseewellen trekken an den Strand …«

Es war kein wirklich schöner Anblick, ein Mann von Amt und Würden mit einem Stück Fisch zwischen den Zähnen. Bisher hatte noch nie eine Frau das Skrei-Fest eröffnet; wenn es um den guten Geschmack ging, war das zumindest in Kleefeld immer noch Männersache. Und wenn abends im Regionalfernsehen davon berichtet wurde, schien die Frage nach dem guten Geschmack keine Rolle mehr zu spielen. Traditionell wurde dann nur der zweite Höhepunkt des Festes übertragen: eine gierig herandrängende Masse scheinbar ausgehungerter Kleefelder, die versuchten, eines der gratis angebotenen Kabeljauhäppchen zu ergattern. Ein Bild, das jedes Jahr wieder die Titelseiten der regionalen Zeitungen zierte.

Das Team des Museums hatte sich fast vollständig unter die Festbesucher gemischt. Auf dem Marktplatz herrschte dichtes Gedränge, es gab viele Informations- und Verkaufsstände.

Besonders vor dem Stand der Sentinels International Kleefeld hatte sich eine große Traube von meist weiblichen Gästen gebildet. In diesem Jahr riefen die Vereinsschwestern unter dem Motto »Alle meine Kleider« dazu auf, abgelegte, aber noch tragbare Kleider, die nicht mehr gebraucht wurden, zu stiften. Entstanden war eine skurrile, vogelscheuchenartige Installation, die weit über die anderen Stände hinausragte. Die im Wind flatternden Gewänder erweckten den Anschein eines arabischen Bazars.

Adam Caspèr war nicht mitgegangen. Die Trompeten und Hörner des Spielmannszugs klangen leicht verzerrt durch den Wind und wurden in der Ferne immer leiser, das letzte Klingeln des Schellenbaums verhallte silbern.

Caspèr, der gerade von seiner Arbeit aufschaute, lauschte den Klängen hinterher, das Fenster seines Büros stand offen. Er war im Museum geblieben, er hatte keine Lust auf den Trubel und außerdem ganz entsetzlich schlechte Laune, denn er hielt mal wieder Diät. Seine Hosen zwickten, den Gürtel etwas lockerer zu schnallen half nicht mehr. In solchen Phasen aß er fast nur Magerquark. Magerquark mit Stevia, einem neuartigen Süßstoff. Die Dose mit dem Steviapulver war leider zu Hause geblieben, ebenso sein USB-Stick mit wichtigen Daten. Er hatte heute seinen Kopf nicht beisammen. Wie spät war es eigentlich?

Magerquark ungesüßt, das würde er nicht überstehen. Er ging in die Küche, um nach Ersatz zu suchen. Auf dem Weg dorthin stieß er auf Caroline Hufe, die in einem ziemlichen Tempo aus dem hinteren Gang geschossen kam, wo sich die Küche befand.

»Was machst du denn noch hier, Caroline?«

Die Hufe, die sich total erschrocken hatte, war für einen Moment irritiert.

»Ich denke, du bist längst bei der Eröffnung des Skrei-Festes bei deinen Schwestern auf dem Marktplatz.«

»Da komme ich auch her, aber ich habe vergessen, die Kleiderspenden des Museums mitzunehmen. Wir haben doch einiges ausgesondert, was nicht museumswürdig war.«

»Ah …« Caspèr wunderte sich, da seine Kollegin normalerweise immer an alles dachte, ganz im Gegensatz zu ihm. Er sah noch, wie sie etwas in die Mülltonne warf, als sie durch den Garten zurück zum Marktplatz eilte, ihr weites grasgrünes

Leinenkleid mit den großen aufgesetzten Taschen flatterte im Wind. Hatte sie denn nun den Kleiderbeutel dabei?

Egal, er widmete sich wieder seinem Problem. Womit könnte er seinen Quark nur versüßen? Er fand im Regal ein fast volles Fläschchen mit Süßstoff, er kannte diese Marke zwar nicht, aber das war einerlei, Hauptsache, süß. Er träufelte eine großzügige Portion in den Quark und nahm die Packung mit an seinen Schreibtisch. Gedankenverloren schaute er auf den Bildschirm, ein Blog zur schleswig-holsteinischen Geschichte. Caspèr hatte einen Artikel zum Leben von Lornsen auf Sylt entdeckt, was ihm wie ein Affront erschien. Wer wagte es, sich mit seinem Nationalhelden auseinanderzusetzen? Verärgert las er weiter und löffelte dabei seinen Quark aus. Eigentlich schmeckte der gar nicht süßer als vorher, er schmiss den Rest in den Papierkorb. Darüber würden sich am Montag die Putzfrauen wieder aufregen, aber das sollte nicht seine Sorge sein.

Draußen in der Ferne war der Spielmannszug zu hören, nun stürmte wahrscheinlich das Festpublikum auf die armen Frauen mit den Kabeljauhäppchen. Insgeheim verabscheute Caspèr diesen Fisch.

Franziska stand mit einem Glas Prosecco in der Hand neben Jacob Menninga im Festzelt. Das war nicht selbstverständlich. Sie war zu Beginn ihres Wirkens in Kleefeld nicht ins VIP-Zelt gebeten worden. Das hatte sich erst geändert, nachdem sie eine Affäre mit dem norwegischen Konsul eingegangen war. Hier hatten vor allem die großen Steuerzahler und Wirtschaftsträger und natürlich die Politiker Zugang, die Vertreter von Kultur und Bildung waren da zweitrangig. Die Familie Menninga stand nicht nur für Tradition, sie repräsentierte auch einen für Kleefeld bedeutenden Wirtschaftssektor.

Jacob hatte Franziska als seine Begleiterin angemeldet. Das würde sicher einiges an Aufsehen erregen, obwohl sie ja durch seine Position als Wissenschaftlicher Beirat der Stiftung eng zusammenarbeiteten. Franziska hatte sich über die Einladung sehr gefreut, sie genoss es, an Jacobs Seite dem Geschehen beizuwohnen. Er verkörperte im Gegensatz zu den steifen Amtsvertretern auf nahezu selbstverständliche Weise Rang und Einfluss.

Als sie zu dem dichten Treiben auf dem Marktplatz hinüberschaute, blieb ihr Blick an der Kleiderstele der SIK-Schwestern hängen. Sie hatte von ihrer leicht erhöhten Position einen guten Blick auf das Geschehen, das VIP-Zelt war über einem Podest aufgebaut, und die zum Marktplatz hin offene Seite war mit einem kleinen Zaun von dem gemeinen Volk abgeschirmt. Es hätte Franziska nicht gewundert, wenn es ein Jägerzaun gewesen wäre. Ihr Blick wanderte von den flatternden Kleidern zum linken Rathausbogen, der eine Zufahrt zur Rückseite des Museumsgeländes gewährte. Dort sah sie eine Frau in grasgrünem Kleid heraneilen und erkannte darin ihre Sekretärin, nur sie trug solche Farben. Noch etwas weiter links konnte sie nun vor der Confiserie auch Ulrike Landmann und weitere Vereinsschwestern ausmachen.

Auf der anderen Seite des Marktplatzes, gegenüber vom Rathaus, hatte man wie jedes Jahr die Gestelle mit dem Stockfisch aufgebaut. Dort hingen sie zu Hunderten, paarweise an den Flossen zusammengebunden, über den Stöcken. Diese steifen, knorzeligen Fische, die in getrockneter Form einen hellen Beigeton annahmen, wirkten grotesk. Franziska fragte sich gerade, ob man jedes Jahr dieselben Stockfische nahm und sie bis zum nächsten Skrei-Fest wieder einlagerte. Es war ja schließlich ein Dauerfisch.

»Franziska«, Jacob berührte fast unmerklich ihre Hand, »schau doch mal, der Konsul tritt auf die Tribüne.«

Und mit ihm der Bürgervorsteher Westerburg, Betreiber des hiesigen Kanuclubs. Bei einem solchen Volksfest war zur Eröffnung natürlich der sehr volksverbundene Westerburg gefragt. Er positionierte sich vor dem Mikrofon und begann mit seinen Begrüßungsworten. Er hatte zwar seine Rede auf kleinen Zettelchen vorbereitet, aber schaute nicht wirklich darauf, was ihm in dem Moment zum Verhängnis wurde, als ihm der Name des Konsuls nicht mehr einfiel. Zum Glück soufflierte jemand aus dem Hintergrund den vergessenen Namen, sodass es nicht allzu peinlich wurde.

In solchen Momenten schämte sich Franziska für die anderen. Sie wusste ganz genau, wie Erik Olafson hinterher über den Bürgervorsteher lästern würde. Erik hasste diese Verpflichtungen in der Provinz. Da fiel ihr plötzlich ein: Erik wusste ja noch gar nichts von ihr und Jacob. Franziska hatte seit etwa drei Jahren ein loses Verhältnis mit Erik Olafson, aber es war schon einige Monate her, dass sie ihn gesehen hatte.

Das war im letzten Herbst in Frankfurt zur Eröffnung der Buchmesse gewesen, Norwegen firmierte damals als Gastland. Franziska war eigens nach Frankfurt gereist, um Erik zu treffen. Das Ganze endete dann aber in einem Desaster, da Erik nicht wusste, dass seine Frau auch nach Frankfurt kommen würde. Sie hatte sich eigentlich auf der Rückreise von ihrem Urlaub auf Malta befunden und war aufgrund von Streiks auf dem Frankfurter Flughafen und nicht wie ursprünglich geplant in Hamburg gelandet. Als Franziska und Erik in gelöster Stimmung die Lobby des Frankfurter Hofs betraten, konnte der Konsul gerade noch verhindern, dass sie seiner Frau buchstäblich in die Arme liefen. Bevor er seine Gattin überschwänglich begrüßte, hatte er Franziska mehr im Befehlston als bittend ins Ohr gezischt, sie solle umgehend ihre Sachen aus dem Zimmer holen und unauffällig das Hotel verlassen.

Nach dieser entwürdigenden Situation, für die Erik sich nie wirklich entschuldigt hatte, wollte sie erst einmal keinen Kontakt mehr zu dem norwegischen Konsul, dem schönen blonden Erik mit den eisblauen Augen. Da sie sich auf dem Skrei-Fest kennengelernt hatten, trafen sie sich jedes Jahr dort, seine Frau kam zu solchen Anlässen nie mit. Gelegentlich gab es auch dazwischen ein Wiedersehen, aber der Konsul war ein viel beschäftigter Mann und Familienvater.

Franziska, die erst gestern aus New York zurück war, litt

noch an Jetlag, und der Sekt verstärkte diese Wirkung. Sie genoss den leicht berauschten Zustand. Jetzt gerade ertönte Blasmusik, und gleich würde ihr »Skrei-Verhältnis« das Wort ergreifen. Sie musste lachen, sie konnte diesem grässlichen Stockfisch nichts abgewinnen.

»Was amüsiert dich, meine Liebe?«

»Oh, da drüben dieses Gebilde aus Kleidern von den besten Schwestern, sieht es nicht aus wie eine riesige Vogelscheuche?«

Sie musste sich nun gut überlegen, wie die Situation zu meistern war, denn Erik würde nach seiner Rede mit Sicherheit ins VIP-Zelt kommen, und Jacob sollte von ihrem Verhältnis nichts wissen.

Das norwegische Konsulat pflegte eine sehr rege Beziehung zu Kleefeld, was wegen der jahrhundertelangen Verbindung zu diesem Land auch nicht weiter verwunderte. Der Gründer von Kleefeld, der große Christian IV., war nicht nur König von Dänemark gewesen, sondern schließlich auch König von Norwegen. So kam es vor, dass der Konsul des Öfteren Termine in Kleefeld hatte. Auch zur Eröffnung des dritten Teils ihrer Ausstellungstrilogie war er als Redner vorgesehen, der größte Förderer und das prominenteste Exponat stammten schließlich aus Norwegen. Das Wikingerschiff stand bildhaft für den norwegischen Staat.

Das würde sich alles finden, wichtig war nur, dass nun Jacob neben ihr stand. Sie fühlte sich in seiner Gegenwart so wohl, jeglicher Stress fiel augenblicklich von ihr ab, und dies an einem Tag, der für viele höchste Anspannung bedeutete.

Nun wollte sie die Feststimmung genießen. Es war tatsächlich – obwohl erst Mitte Mai – schon ein bisschen sommerlich. Aber die Kleefelder hatten immer viel Glück, zum Skrei-Fest wurde es meistens schön. Das Fest war auch als Ausklang der kalten Jahreszeit gedacht, der Kabeljau trat seinen Weg zurück in die Arktis an, und hier wurde es warm.

In New York hatte sie bereits die Natur in voller Blüte erlebt. Ende April blühten in Greenwich Village ganze Alleen in

Zartrosa, Weiß und Rot. Und dann war es sommerlich warm, denn einen richtigen Frühling wie zu Hause gab es in New York gar nicht, man hatte das Gefühl, der Winter ginge unmittelbar in den Sommer über. Von einem auf den anderen Tag verlagerte sich das Leben nach draußen, auf dem Washington Square plätscherte plötzlich wieder das Wasser im Brunnenbecken, die Parks und Spielplätze füllten sich mit Nannys und Kindern, und vor den Cafés saßen die Leute auf der Straße. Es war wie ein plötzliches Erwachen aus dem Winterschlaf. Und so war es auch hier, in den Gärten blühte der Flieder, und die Menschen befreiten sich aus der Winterstarre.

Caspèr hatte sie seit ihrer Rückkehr aus New York noch nicht zu Gesicht bekommen. Sie war sehr gespannt auf die Stimmung im Museum, obwohl sie von Frau Mendes immer auf den aktuellen Stand gebracht worden war. In den paar Tagen ihrer Abwesenheit habe sich Caspèr wieder Chefallüren zugelegt. Morgens, wenn er das Institut betrat, habe er erst einmal eine Runde gemacht, um alle Mitarbeiter des Teams mit Handschlag zu begrüßen, eine etwas lästige Angewohnheit, wie Eliza fand und sehr eindrücklich in ihren E-Mails beschrieb, da Caspèr immer etwas verschwitzte Hände hatte. Als kommissarischer Direktor gehörte das zu seinen morgendlichen Ritualen. Anschließend saß er mit einem ersten Kaffee ausgiebig bei Frau Hufe im Büro, um den Tag zu besprechen. Auch an dieses Ritual habe man wieder angeknüpft.

Folgte man Elizas Beschreibungen, so ließ sich die Vermutung nicht von der Hand weisen, dass Caspèr und die Hufe auffällig häufig die Köpfe zusammensteckten. Franziska nahm an, dass in der Zwischenzeit ein Gespräch mit dem Stiftungsrat wegen der Lornsen-Schrift stattgefunden und Caspèr seiner Freundin sicher sein Leid geklagt hatte. Von Eliza war in dieser Sache nichts zu erfahren, aber Caspèr hätte ihr diese Schmach bestimmt nicht erzählt.

Für Franziska war die Zeit in New York sehr ergiebig gewesen. Es hatte gutgetan, sich wieder einmal im Kreis von

Wissenschaftlern auszutauschen und Kontakte zu knüpfen. Nun war sie in der Alten Welt zurück. Aber auch wenn sie im JMK sicher zunächst eine schwierige Stimmung erwarten würde, freute sie sich auf die Arbeit am dritten Teil der Ausstellungstrilogie.

»Ich hole uns noch ein bisschen was zu trinken. Was darf ich dir mitbringen, Franziska?«

»Oh, ich glaube, ich muss mal auf ein alkoholfreies Getränk ausweichen, bring mir doch bitte ein Wasser mit.«

Inzwischen waren die Reden zum Thema »Letzter Biss« beendet. Auf der Bühne hatten sich die »Molenkieker« wieder in Position gebracht und schmetterten »Rolling Home«. Die Kleefelder Shanty-Singers waren ganz große Klasse.

»Hallo, schöne Franziska, lange nicht gesehen.«

Da Erik von der Seite ins VIP-Zelt gekommen war, hatte Franziska ihn nicht bemerkt.

»Wie geht es dir?«

»Gut.« Sie war zu oberflächlichem Geplänkel nicht aufgelegt, außerdem würde Jacob mit den Getränken gleich wieder hier sein. »Wie geht es deiner Frau?«

»Hör zu, Franziska, ich konnte damals nichts dafür, niemand konnte ahnen, dass meine Frau am Frankfurter Flughafen stranden würde, mir hat das so unendlich leidgetan.«

»Das zumindest hättest du mir in den letzten Monaten irgendwann einmal sagen können.«

»Ja, da hast du recht, aber du weißt ja, wie mein Terminplan aussieht ...« Olafson schien selbst zu merken, wie unglaubwürdig er sich gerade anhörte, das konnte er kaum wiedergutmachen. »Mit wem bist du hier?«, fragte er. Ich habe vor ein paar Tagen versucht, dich zu erreichen.«

»Ich bin erst gestern aus New York zurückgekommen.«

»Du warst wieder in New York? Wie beneidenswert.«

In dem Moment erschien Jacob mit den Getränken.

»Jacob, darf ich dir Erik Olafson vorstellen?«

»Erik, wie schön, dich zu sehen, das war ja gerade eine peinliche Sache mit unserem Bürgervorsteher, da muss ich mich doch gleich für meine Stadt entschuldigen, aber Westerburg ist eigentlich ein ganz prima Typ.«

Die Herren kannten sich, Franziska musste innerlich erst einmal tief durchatmen, die Situation war viel weniger angespannt, als sie befürchtet hatte.

»Was machen die Geschäfte?«

»Alles bestens. Wie du weißt, werden mehr als fünfzig Prozent unserer Erzeugnisse in Norwegen verarbeitet, und die Tendenz ist eher steigend. Norwegen ist unser wichtigster Geschäftspartner. Schön, dass dich der Skrei jedes Jahr wieder nach Kleefeld bringt. Du bist eben auch ein Wanderer, wie der Fisch, wanderst zwischen deinem Land und deinen vielen repräsentativen Verpflichtungen hin und her.«

Franziska musste schmunzeln. Ohne es zu wissen, sprach Jacob eine von Eriks hervorstechendsten Charaktereigenschaften an. Allerdings würde sie selbst eher von einem Wanderer zwischen seiner Ehefrau und seiner Geliebten sprechen. Vielleicht musste man die »Geliebte« sogar in den Plural setzen. Ja sicher! Wieso hatte sie nie daran gedacht? Erik hatte überall seine »Skrei-Verhältnisse«.

»Du bist bestimmt schon im Bilde, dass einer unserer größten Kunden die nächste Ausstellung von Frau Dr. de Beer sponsert.«

»Wir haben Erik Olafson schon für die Eröffnung des ›Staatsschiffs‹ im September als Redner eingeladen.«

»Ich stehe selbstverständlich zur Verfügung«, sagte Erik, »Kleefeld liegt mir sehr am Herzen.«

»Das Wikingerschiff verkörpert die alte Macht der nordischen Staaten, ich bin sehr stolz auf dieses Exponat.«

»Das kannst du auch sein. Wie weit sind denn die Arbeiten an dem Schiff? Ich kenne die von Notzings gut. Bernhard, mit dem ich vor Kurzem telefoniert habe, erwähnte, dass eine Besichtigung im Dock der Nielsen-Werft unmittelbar bevorstehe.«

»Ja«, hakte Jacob ein, »wir haben Anfang Juni einen Termin. Wenn du willst und es dein Terminkalender zulässt, bist du herzlich dazu eingeladen.«

Franziska merkte, dass sich die Situation verselbstständigte, sie wollte nicht, dass Erik und Jacob bei diesem Termin beide zugegen wären. Glücklicherweise war der Konsul ein viel beschäftigter Mann.

»Das ist sehr bedauerlich, ich bin ab Montag für einige Wochen auf Auslandsreisen. Aber grüßt mir bitte die von Notzings.«

Franziska atmete innerlich auf.

Dann sagte der Konsul: »Meine Liebe, ich bin wie üblich im Feenschloss untergekommen.«

Am Kleinen Fluss, Mittwoch, 4. Juni

Es war immer noch gutes Wetter, ein laues Lüftchen ließ die Blätter der Kopfweiden leise flüstern, die hier den Kleinen Fluss säumten. Die Nielsen-Werft befand sich kurz vor der Mündung in den Großen Fluss. Als Franziska de Beer zusammen mit dem Bürgermeister und der Presse die Werft erreichte, standen Bernhard von Notzing und sein Bruder bereits an dem Dock, wo das Wikingerschiff in Arbeit war. Jacob Menninga und der Pressesprecher der Werft unterhielten sich angeregt mit ihnen.

»Herr Bürgermeister, seien Sie gegrüßt, Frau Dr. de Beer.« Jacob lächelte ihr freundlich zu. Sie hatten beschlossen, ihre beginnende Beziehung erst einmal geheim zu halten. Die Eröffnungsfeierlichkeiten des Skrei-Festes lagen schon mehr als zwei Wochen zurück, und dieser Termin war der erste offizielle nach ihrer Rückkehr aus den USA, den sie zusammen mit Jacob in seiner Funktion als Mitglied des Stiftungsrats wahrnahm. Franziska musste sich sehr auf die Situation konzentrieren, noch nie zuvor hatte es einen Mann in ihrem Leben gegeben, der sie emotional derart berührte und aus dem Konzept bringen konnte.

Dann gab es eine Unterbrechung. Vor dem stark abgeschirmten Werksgelände fuhr ein Taxi vor, dem Caspèr entstieg; er kam wieder einmal zu spät. Alle sahen zu, wie er den Fahrer durch das Fenster der Seitentür bezahlte, er hatte das offenbar in Filmen gesehen. Allerdings schien er sich nur mit Mühe von dem Wagen lösen zu können. Er stieß sich mit beiden Händen vom Dach des Taxis ab, um sich umzudrehen und auf die Gruppe zuzugehen.

Franziska verkniff sich eine spitze Bemerkung und begrüßte ihren Kollegen. »Schön, Adam, dass Sie auch zu uns stoßen. Wir hatten den Eindruck, es geht Ihnen nicht so gut.«

»Es wird schon.«

»Dann darf ich Ihnen unseren Historiker Adam Caspèr vorstellen.«

Caspèr nickte nur in die Runde, um sich sogleich etwas in den Hintergrund zu stellen. Franziska registrierte das mit leichter Verwunderung, sonst zeigte sich ihr Kollege nicht so menschenscheu, im Gegenteil, Reden war seine große Stärke. Sie schaute zu ihm hinüber, irgendetwas stimmte nicht mit ihm. Neben der Tatsache, dass er sehr blass war, fast durchsichtig erschien, fehlte etwas. Natürlich, das obligatorische Plastron war nicht da, ein Manko, das ihn irgendwie nackt aussehen ließ. Dann blieb ihr musternder Blick an seinen Schuhen hängen, dunkle Schuhe, die irgendwie klobig und grob wirkten.

Inzwischen hatte Jacob die Vorstellungsrunde abgeschlossen. Bürgermeister Strömfeld, der bei der letzten Stiftungsratssitzung nicht anwesend sein konnte, und die Gebrüder von Notzing waren einander bekannt gemacht worden. Der Bürgermeister ließ seine üblichen Sprüche und Späßchen ab; nach außen hin stets gut gelaunt, war er immer bemüht, eine *bella figura* zu machen.

Erhard Strömfeld verstand sich als Bürgermeister neuen Typs, weniger als Meister denn als Moderator. Zwischen Stadtverwaltung und Bürgerschaft zu vermitteln, hieß für ihn, die Bürger dazu zu bewegen, ihre Sache selbst in die Hand zu nehmen. Die Verwaltung wuchs unter ihm zwar jedes Jahr um mehrere Stellen, aber dessen ungeachtet stand sein Programm unter den Vorzeichen von Bürgerbeteiligung, Eigenverantwortung, Privatisierung, Ehrenamt.

Die öffentliche Hand leerte sich in Kleefeld zusehends beziehungsweise verteilte großzügig die kommunalen Aufgaben an andere, an Firmen, an Public Private Partnerships und an Vereine. Das Krankenhaus, das Schwimmbad, die Bibliothek, das Fremdenverkehrsamt, der öffentliche Nahverkehr, die

Müllabfuhr, all diese Einrichtungen und Ämter waren schon abgegeben und umgewandelt worden, sie durften im günstigsten Fall auf Zuschüsse von der Gemeinde hoffen.

Was Franziska anging, fühlte er sich unsicher. Einerseits sah er sie als Gegenwarts-, nicht als Geschichtstyp und, für eine Museumsleiterin erstaunlich, er konnte mit ihr prahlen, wenn er auf Kreis- und Landesebene seine Kollegen traf. Strömfeld wusste, wie gut er, wie gut Kleefeld es in dieser Beziehung hatte. Das Jensen-Museum als fortschrittlichste und erfolgreichste Kulturinstitution, als »Leuchtturm«, große Klasse, leider aber auch sehr kostspielig.

Hier tat sich die problematische Seite auf: Im Grunde hätte er das Museum getrost seiner Stiftung überlassen können, finanziell wie organisatorisch. Auf Empfehlung seines Coachingteams handelte er mit dem Museum bestimmte Zielvereinbarungen aus, was die Gewährung kommunaler Zuschüsse anging, und »leider« wurden diese Vereinbarungen jedes Mal übertroffen. Ein sauersüßes »Leider«, das Strömfeld so oft aufstieß, wenn ihm die anderen Vertreter aus dem Ressort Kultur und Bildung die hohen Zuschüsse vorhielten, die an das Museum gingen.

Was ihn ebenfalls störte, war die Haltung der Museumschefin, die beides für selbstverständlich nahm, ihre Leistungen und die Leistungen der Kommune. Dankbarkeit war da nicht im Spiel, auch keine Anerkennung dafür, dass er mit jedem Euro für Museumszwecke gegen seine Philosophie verstieß, die Philosophie eines sich selbst verwaltenden und finanzierenden Kleefelds. Wenn die Sponsoren aber jetzt so energisch an- und einsprangen, wie sich das mit der Selna Phototech Pharma andeutete, dann würde sein Grundsatzprogramm reiner und von einem peinlichen Widerspruch befreit werden.

Mittlerweile hatte die Besuchergruppe in der Mensa der Werft Platz genommen. Durch die Fenster konnte man einen Blick auf das sich schon in der Entstehung befindende Schiff werfen.

In diesem frühen Stadium mutete es an wie das Gerippe eines Wals. Jacob Menninga übernahm in Absprache mit Franziska als Leiter des Schifffahrtsamts und als Mitglied des Stiftungsrats die Moderation der Werftbesichtigung. Er schilderte die Konstruktion des Oseberg-Schiffs, die in der »für die Wikingerzeit typischen Klinkerbauweise« bestand. Franziska war diese Bezeichnung bisher nur aus der Architektur geläufig gewesen, in den Marschen war alles aus Ziegelstein. Es gab in Kleefeld sogar noch eine der letzten Ziegeleien im gesamten Umkreis, Kleefelder Klinker, die wurden bis weit über die Marschen hinaus verkauft.

Franziska hatte sich natürlich längst mit allen fachlichen Aspekten des Oseberg-Schiffes vertraut gemacht, aber sie hörte Jacob fasziniert zu, ohne wirklich darauf zu achten, was er sagte. Sie sah ihn gern an, wie er sich bewegte, seine Gestik. Sie hatten sich nach ihrer Rückkehr aus New York mehrere Male getroffen und waren sich nähergekommen. Sie spürte selbst über die Distanz des Raumes die Anziehungskraft, die von ihm ausging.

Als Jacob zum Ende gekommen war, ergriff der Bürgermeister das Wort: »Frau Dr. de Beer, ich bin sehr beeindruckt. Der Nachbau des Oseberg-Schiffs wird eine ganz große Sache, mit diesem spektakulären Exponat erlangt das Museum einmal mehr eine *peer position* in der Museumslandschaft der Westküste, was sage ich, ganz Schleswig-Holsteins. Damit ist es den großen Institutionen, den Landesmuseen und städtischen Einrichtungen in Schleswig oder Kiel ebenbürtig.«

Strömfeld, der *»peer«* wie *»pear«*, Birne, aussprach, hatte noch einige weitere Worte des Lobes, die nun aber eindeutig an die Presse gewandt waren. Die Journalisten schrieben fleißig mit, hier auf dem Land kannte man in dieser Branche noch Bleistift und Papier. Jochen Reeder von der Kleefelder Rundschau zwinkerte Franziska zu. Er vertrat das für ihre Pressearbeit wichtigste Medium, und glücklicherweise hatte er für ihre Arbeit und für Kultur generell einen Sinn. Aber heute waren auch Kollegen von den überregionalen Tageszeitungen aus Hamburg, Flensburg und Kiel anwesend. Bürgermeister Strömfeld konnte sich einmal mehr davon überzeugen, dass die Bezuschussung des JMK keineswegs übertrieben und durchaus noch aufzustocken war.

»Wir verstehen uns als Kompetenzzentrum, in dem Wissenschaft, Forschung und die Vermittlung von Bildung als gesellschaftliches Interesse eng miteinander verflochten sind«, setzte er seine Rede fort. »Das alles ist nur möglich durch die großzügige Stiftung von Selna Phototech Pharma und die Gebrüder von Notzing. Die Stadt Kleefeld ist ihnen zu großem Dank verpflichtet. Ihr in der Gegenwart verankertes Unternehmen zeigt uns den Weg, den das Museum so erfolgreich geht, die Geschichte mit der Jetztzeit zu verbinden.«

Der Bürgermeister sah bei seinen letzten Worten zu dem Historiker des JMK hinüber. Adam Caspèr saß zusammengesunken auf seinem Stuhl am Rande der Mensa vor dem Fenster mit Sicht auf das Schiff. Auch dem unvorbereiteten Blick fiel auf, dass die nach vorn geneigte Kurve seines Oberkörpers auf unheimliche Weise mit der Kurve des Schiffsbugs übereinstimmte.

Caspèr, der sich schon seit Tagen nicht gut fühlte, wurde nach seinem Schwächeanfall in der Kantine von einem Mitarbeiter der Nielsen-Werft nach Hause gebracht. Er war eigentlich ganz froh, sich auf diese Weise des unmittelbaren Zugriffs seiner Chefin entziehen zu können, denn die Sache mit der Lornsen-Schrift stand immer noch zwischen ihnen, obwohl er sich entschuldigt hatte. Ihm war die Situation höchst unangenehm, er versuchte, Franziska aus dem Weg zu gehen, aber das war bei einer so engen Zusammenarbeit kaum möglich. Und dann saß ihm auch noch John Mayer im Nacken, bei seinem derzeitigen Kontostand würde er nicht umhinkommen, seine Mutter um Geld zu bitten. Das war das Schlimmste.

Er hatte rasende Kopfschmerzen, er musste sich hinlegen. Er ging in den ersten Stock seines Hauses und dort direkt ins

Schlafzimmer, schüttelte das Kopfkissen auf und fiel augenblicklich in einen bleiernen Schlaf.

Er träumte, er stünde vor Gericht. Die Richterin, Frau Dr. de Beer in lilafarbener Robe und mit streng zurückgenommenem Haar, redete mit erhobenem Zeigefinger auf ihn ein. Er nahm alles wie durch eine Glasglocke wahr, das Gesicht seiner Chefin wirkte dadurch entstellt, fast sardonisch. Ihre Worte erreichten ihn nur verzerrt, wie aus des Wassers Tiefe gesprochen. Dann ergriff sie ihren Richterhammer, holte Schwung und ließ den Hammer auf seinen Block sausen, was ihren Worten noch mehr Autorität verlieh. Hinter ihr stand grinsend John Mayer in seiner schwarzen Bikerkluft und daneben seine Mutter, seltsam diaphan in ihren hellen Kleidern. Caspèr fühlte sich klein, und sein Rücken schmerzte, seitlich in den Zuschauerbänken saßen seine Kolleginnen Hufe, Mendes und Landmann. Caroline Hufe lachte hämisch, Frau Landmann brachte Empörung zum Ausdruck, und Frau Mendes legte den Kopf in den Nacken und formte ihre Lippen, als wollte sie sagen: »Verräter«.

Caspèr schreckte schweißgebadet aus seinem Alptraum auf. Jetzt geisterte John Mayer schon durch seine Träume. Oder war er am Ende hier gewesen? Er brauchte eine Weile, um die Bilder zu vertreiben, er konnte gar nicht genau ermessen, was Realität und was Traum war. Das ganze Team des Museums klagte ihn an. Aber was hatte er denn Verbotenes getan? Er hatte sich doch nur geborgt, was ihm sowieso zustand. Wenn die de Beer seinen Lornsen nicht wollte, so würde er eben eine andere Einrichtung finden, wo seine Kollektion von Pfeifenköpfen ausgestellt werden konnte. Andernorts hatte man Sinn für den Volkshelden aus Sylt. Und das mit dem Geld würde sich auch finden.

Da er sich etwas besser fühlte, stand er auf. Draußen dämmerte es bereits, er hatte den ganzen Tag verschlafen. Vielleicht würde er die Gelegenheit nutzen, um später kurz ins JMK zu fahren, er musste unbedingt noch etwas erledigen. Er zog sich an und kochte sich einen Tee, eigentlich sollte er auch etwas essen, aber schon bei dem Gedanken daran drehte sich ihm der Magen um. Er ging ins Bad und machte sich kurz frisch, ein Augenpaar schaute ihn aus tiefen, dunklen Augenhöhlen an, aber er musste ins JMK.

Kleefeld, Donnerstag, 5. Juni

Als ihr Handy klingelte, war es kurz nach acht. Zuerst ging sie gar nicht ran, aber der Anrufer blieb hartnäckig und versuchte es gleich noch einmal.

»Hallo, spreche ich mit Frau Dr. de Beer?«, fragte die Stimme am anderen Ende.

»Ja, ich bin am Apparat, wer ist denn da?«

»Hauptkommissar Kähler, ich muss Sie bitten, ins Museum zu kommen, es hat einen Vorfall gegeben.«

»Was ist denn geschehen?« Franziska saß augenblicklich aufrecht im Bett. Eigentlich wollte sie, nachdem es gestern so spät geworden war, an diesem Vormittag von zu Hause aus arbeiten und erst nachmittags ins Büro gehen.

»Ihr Techniker hat heute früh einen Ihrer Mitarbeiter gefunden, ertrunken in diesem Wellenbecken.«

Franziska meinte für einen Moment, sich verhört zu haben, bis der Beamte ihr kurz schilderte, dass der Haustechniker Musswessel bei seinem morgendlichen Kontrollgang erst den eingeschalteten Wind-Wellen-Kanal bemerkt hatte und dann die Leiche darin.

»Ich komme, so schnell ich kann«, sagte Franziska und legte zitternd auf.

Franziska war einen Moment wie vor den Kopf gestoßen. Der Beamte hatte nicht gesagt, wer da im Wind-Wellen-Kanal ertrunken war. Sie musste so schnell wie möglich ins Museum, auch wenn ihr davor schauderte.

Jacob erklärte sich sofort bereit, sie zu begleiten, nachdem sie ihm erzählt hatte, was geschehen war. Franziska suchte ihre Kleider zusammen und verschwand im Bad, während Jacob in der Küche Kaffee machte.

Franziska war zutiefst erschüttert, die wunderbare Nacht mit Jacob war durch die grausame Nachricht aufs Jähe beendet.

Sie schaute in den Spiegel und war kaum in der Lage, sich der Situation zu stellen. Sie konnte Jacobs zärtliche Umarmung, in der sie die ganze Nacht geschlafen hatte, noch spüren.

Als sie am JMK ankamen, traf auch gerade die Feuerwehr ein, mehrere Einsatzwagen der Polizei standen bereits vor dem Gebäude. Nachdem der Haustechniker Alarm geschlagen hatte und Wachdienst und Polizei informiert waren, musste erst einmal das Gebäude gesichert werden, denn es war ja nicht ausgeschlossen, dass es sich um ein Gewaltverbrechen handelte und sich noch Täter in den Räumen befanden. In solchen Fällen wurde automatisch das Landeskriminalamt eingeschaltet, und die Polizei rückte mit einem Sondereinsatzkommando an.

Alle Eingänge und Verbindungswege zwischen den verschiedenen Trakten, in denen die Verwaltung, das Archiv und das Museum untergebracht waren, mussten kontrolliert werden, eine nicht ganz einfache Aufgabe bei dem schwierigen Grundriss, den Alt- und Neubau im Zusammenhang bildeten. Eine ganze Horde von Beamten in Spezialausrüstung, schwarzen Schutzanzügen mit schusssicheren Westen und Helmen, schwer bewaffnet mit Maschinenpistolen und Schlagstöcken, hatte sich in kürzester Zeit das gesamte Gebäude erschlossen. Die Männer orientierten sich an den Plänen der Feuerwehr, die an den Alarmtüren angebracht waren. Zum Glück achtete der Haustechniker immer sehr genau darauf, dass diese Unterlagen am Platz waren. So hatte der ganze Spuk gar nicht so lange gedauert; ein schieres Wunder, dass nichts zu Bruch gegangen war.

Sobald man sicher sein konnte, dass sich niemand Unbefugtes mehr im Museum befand, hatte der Leiter des Einsatzkommandos vom LKA seine Leute zurückgepfiffen, sie aber zur Sicherheit an wichtigen strategischen Punkten im Haus postiert.

Als Franziska und Jacob das Museum durch den Haupteingang betraten, stießen sie direkt auf einen der schwer bewaffneten Beamten und wichen erschrocken zurück. Da der Mann sein Visier, das mit einer Reihe von verschiedenen optischen Linsen ausgerüstet war, nach oben geklappt hatte, gab er ein ziemlich groteskes Bild ab. Der Einsatzbeamte sah aus wie ein Tiefseetaucher aus der Truppe von Kapitän Nemo. Im Gürtel trug er ein Funkgerät, das leise vor sich hin zischte, sein Maschinengewehr baumelte über der linken Schulter.

Franziska gab sich schließlich einen Ruck: »Darf ich mich vorstellen, Dr. de Beer, ich bin die Direktorin des Instituts, das ist Jacob Menninga, Mitglied des Stiftungsrats. Wir wurden angerufen.«

»Bergmann.« Der Polizist nahm nun seinen Helm ganz ab, und zum Vorschein kam ein junges Gesicht, umrahmt von dichten blonden Haaren.

»Gut, dass Sie da sind, Sie werden schon erwartet. Wir haben hier die Lage gesichert, so weit ist erst einmal alles klar, Sie finden meinen Chef in den hinteren Räumen, ich komme mal mit.«

Er gab seinem Kollegen ein Handzeichen, sprach kurz etwas in sein Funkgerät, was sie nicht verstanden, aber sie wohl ankündigte, und ging voran in den Raum, wo der Wind-Wellen-Kanal installiert war.

Franziska schreckte zusammen, es war Caspèr, das sah sie schon von Weitem. Man hatte zwar das Wellenpaddel ausgeschaltet, aber Adam Caspèr trieb noch immer gut beleuchtet in dem Becken. Es sah unheimlich aus.

Ein Mann in Zivil kam ihnen entgegen, vermutlich der zuständige Ermittler. »Frau Dr. de Beer, schön, dass Sie so schnell kommen konnten«, sagte der Mann und stellte sich dann als Hauptkommissar Kähler vor.

Franziska ging auf das Becken zu, sie wurde magisch von diesem schrecklichen Bild angezogen. Es wirkte wie ein Kunstwerk auf sie, wäre da nicht ein Mensch gewesen, Caspèr, der in dem stimmungsvoll beleuchteten Becken schwebte. Das leicht grünliche Licht, das normalerweise die Gischt der Wellen konturierte, sorgte jetzt dafür, dass die Szenerie vollkommen entrückt und fremd wirkte. Jacob war ihr gefolgt und stand nun hinter ihr.

»Komm!« Er nahm sie an die Hand und führte sie in den Nebenraum.

»Setzen Sie sich«, sagte dort Kähler. Man hatte aus den verschiedenen Ausstellungsräumen Sitzbänke zusammengestellt. Auf der Bank ein wenig abseits sprach eine Polizeibeamtin mit Herrn Musswessel, der ihr aus der Ferne zunickte.

»Was ist passiert?« Franziska zitterte inzwischen am ganzen Körper.

»Wir wissen noch nicht, was genau geschehen ist, aber Ihr technischer Assistent konnte uns sagen, dass es sich bei dem Toten im Becken um Ihren Mitarbeiter Adam Caspèr handelt, stimmt das?«

Franziska, die sich noch nicht wieder gefangen hatte, nickte nur.

»Gleich wird die Spurensicherung eintreffen, und die Feuerwehr muss dann erst einmal den Leichnam aus dem Wasser bergen.«

Man hatte bereits rund um den Wind-Wellen-Kanal rotweißes Flatterband gespannt.

»Franziska, geht es dir nicht gut?« Jacob berührte sie an der Schulter, sie war ganz blass geworden. »Hätten Sie bitte ein Glas Wasser für Dr. de Beer?«

Einer der umstehenden Polizisten eilte los und kam auch bald mit einer Flasche Wasser und einem Glas zurück. Franziska trank. Langsam fühlte sie sich besser.

»Ich glaube, ich bringe Frau de Beer jetzt erst einmal nach Hause.«

»Wir hätten aber noch einige Fragen an Sie«, erwiderte Kähler.

»Können wir das auf später verlegen? Sie sehen doch –«

»Lass nur, Jacob, ich kann Ihnen schon ein paar Fragen beantworten.«

»Zuallererst möchte ich natürlich wissen, wen wir benachrichtigen sollen. Hatte Herr Caspèr Familie?«

»Soweit ich weiß, nicht. Er lebte alleine. Es gibt eine Mutter, er hat sie gelegentlich erwähnt, aber sie wohnt nicht in Kleefeld. Ich weiß nicht, wo.«

»Was hat gestern im Museum genau stattgefunden?«

»Der Verein ›Leben im Wattenmeer‹ war hier für eine Abendführung. Wir bieten für Gruppen auch außerhalb der Öffnungszeiten Führungen an. Die Führung hatte meine ehrenamtliche Mitarbeiterin Frau Landmann übernommen.«

»Wann war die Gruppe im Haus?«

»Von circa achtzehn bis neunzehn Uhr dreißig.

»Wann schließt das Museum normalerweise?«

»Um achtzehn Uhr.«

»War denn Frau Landmann alleine mit der Gruppe?«

»Nein. Ich habe zur Auflage gemacht, dass bei Publikumsverkehr immer mindestens zwei Personen im Haus sind, bei größeren Gruppen und Veranstaltungen ist natürlich noch mehr Personal notwendig.«

»Wer war denn gestern Abend noch da?«

»Frau Hufe, Caroline Hufe, die Sekretärin des JMK.«

»Vielen Dank, Frau Dr. de Beer. Das wäre so weit erst einmal alles. Wir kommen wieder auf Sie zu. Ich würde Sie bitten, nach Möglichkeit noch zu bleiben.«

Der Hauptkommissar verabschiedete sich von Franziska und Jacob und ging auf den Feuerwehrmann zu, der gerade eingetreten war.

Es stellte sich nun das Problem, wie man den Leichnam bergen sollte, ohne wichtige Spuren zu vernichten. Das Spurensicherungsteam hatte seine Arbeit bereits aufgenommen. Rund um das Becken, vor allem am rückwärtigen Wartungszugang, setzten die Forensiker ihre Lasergeräte ein, um Fingerabdrücke sicherzustellen. Andere inspizierten den Fußboden nach Spuren oder nahmen sich die verschiedenen Eingänge des Instituts vor. Bisher gab es keine Hinweise, dass fremde Personen im Gebäude gewesen waren.

»Moin, Harms.« Der Feuerwehrmann schüttelte Kähler die Hand.

»Guten Morgen, Herr Harms. Haben Sie sich schon ein Bild von der Lage gemacht? Wie werden Sie den Leichnam aus dem Wasser holen?«

»Na ja. Entweder abpumpen oder tauchen. Es ist ja nicht gerade wenig Wasser in diesem Wellenkanal.«

Obwohl das Wellenpaddel nicht mehr in Betrieb und damit der Wasserspiegel erheblich gesunken war – es gab jetzt eine gleichmäßige, glatte Wasseroberfläche –, stand der Pegel immerhin noch auf einer Höhe von zwei bis drei Metern im Becken, links im tieferen Bereich sogar bis zu vier Meter.

Kähler überlegte einen Augenblick. Wieso tauchen? Als er nun zum Becken schaute, sah er, was geschehen war: Der Leichnam war auf den Grund des Beckens gesunken. Der schwebende, von grünem Licht gesäumte Tote hatte sich in ein dunkles undefinierbares Etwas auf dem sandigen Grund des Wind-Wellen-Kanals verwandelt. Die Kollegen in den weißen Schutzanzügen wuselten offenbar unbeteiligt an diesem großen Ereignis um das Becken herum. Ausgerüstet mit forensischer Technik, Taschenlampen und Kamera, verrichteten sie ihre Arbeit.

»Haben Sie denn einen Taucher dabei?«

»Nein, wir wurden ja nicht darüber informiert, dass Wasser im Spiel ist, aber wir haben einen Taucher bei der Feuerwehr, den muss ich nur anfordern. Einen Moment bitte.«

Harms trat ein paar Schritte zur Seite und zückte sein Handy.

Kähler wurde allmählich ein bisschen nervös, vor allem, weil der Kollege Siebenstub vom Landeskriminalamt, der für den Auftritt des Sondereinsatzkommandos verantwortlich war, mit Frau Dr. de Beer und ihrem Begleiter im Gespräch war. Was mischte der sich jetzt in seine Ermittlungen ein? Das ganze Spektakel hier war doch sowieso eine reine Farce, eine ganze

Einsatztruppe in voller Montur, und wahrscheinlich handelte es sich um Suizid.

Irgendwie waren die Informationen bei der Einsatzzentrale der Polizei nicht ganz eindeutig gewesen. Auf jeden Fall hatte man mit mehreren Toten im Museum gerechnet. Sobald es um Kapitalverbrechen an öffentlichen Plätzen und in öffentlichen Einrichtungen ging, war das LKA zuständig, und bei einer akuten Gefahrensituation rückte ein Sondereinsatzkommando an. Die Tatsache, dass es noch gar keinen Publikumsverkehr gab, da das Museum frühmorgens noch geschlossen war, hatte keiner bedacht. Aber so früh war es jetzt nicht mehr, und Kähler wurde von einem Gewirr junger, krakeelender Stimmen aus seinen Gedanken gerissen.

Franziska, die sich immer noch im Gespräch mit dem Einsatzleiter des LKA befand und die Kinder ebenfalls gehört hatte, sprang auf, um das Schlimmste zu verhindern. Die Kinder durften auf gar keinen Fall bis zum Wind-Wellen-Kanal gelangen. Sie hatte die vierte Klasse der Jensen-Grundschule vollkommen vergessen. Wo war denn bloß Frau Hufe?

Gerade noch rechtzeitig fing Franziska die Schulklasse ab. Im Haus wimmelte es von Einsatzbeamten, und keiner von ihnen kontrollierte die Tür. Franziska erklärte der Lehrerin, dass das Museum heute aus Sicherheitsgründen geschlossen bleibe, ein technisches Problem. Sie wollte jegliche Form von Panik verhindern.

Im nächsten Moment sah sie auch schon Herrn Musswessel herbeieilen, den vermutlich ebenfalls die Kinderstimmen alarmiert hatten. Er geleitete die Gruppe wieder zum Ausgang und versicherte seiner Chefin, dass er umgehend für einen Aushang am Eingang und einen entsprechenden Eintrag auf der Homepage des JMK sorgen würde. Heute durfte auf keinen Fall Publikum ins Haus. Das hatte ihm bereits der Beamte des LKA mitgeteilt. Franziska ging nun sichtlich erschöpft zurück in die Ausstellungsräume.

»Ist es denn nicht möglich, dass jemand am Eingang aufpasst? Beinahe wären hier Kinder herumgesprungen.« Franziska brachte ihren Ärger deutlich zum Ausdruck.

Siebenstub sprach etwas in sein Funkgerät. An Franziska gewandt, sagte er: »Nur eine vorübergehende Kommunikationslücke, meine Leute sind nun wieder am Haupteingang.«

»Jetzt habe ich meinen IT-Spezialisten schon gebeten, das Haus abzuschließen.«

»Okay«, sagte Siebenstub, »aber es werden heute noch längere Zeit viele Personen ein und aus gehen müssen. Sie wissen ja, dass die rückwärtige Zufahrt zum Institutsgelände sehr schmal ist, Einsatzwagen der Feuerwehr beispielsweise passen da gar nicht durch. Bitte sprechen Sie in Zukunft alles mit mir ab, Frau Dr. de Beer, das erleichtert unsere Arbeit.«

Franziska schaute konsterniert zu Jacob hinüber, sagte aber nichts. Auch verschwieg sie, dass Musswessel im Moment eine aktuelle Nachricht für Besucher bezüglich der Schließung des Museums auf die Homepage setzte.

»Frau Dr. de Beer, wir benötigen von Ihnen alle Daten Ihrer Mitarbeiter und Mitarbeiterinnen, natürlich in erster Linie von denen, die gestern und heute Morgen im Haus waren. Wir werden die Mitglieder Ihres Teams einzeln kontaktieren und befragen. Wie ist das Haus gesichert, gibt es Wachpersonal, das nachts patrouilliert?«

»Nein, wenn die Alarmanlage anschlägt, werden automatisch unser Sicherheitsdienst und die Polizei informiert. Aber es hat ja keinen Alarm gegeben, wenn ich das richtig verstanden habe.«

»So ist es.«

»Haben Sie denn eine Idee, was Ihr Mitarbeiter in der Nacht oder spätabends noch im Museum wollte?«

»Nein, das kann ich mir gar nicht erklären, außerdem ging es ihm gestern bei einem Meeting in der Nielsen-Werft offensichtlich schlecht, er hat sich danach noch krankgemeldet.«

»Könnte es sein, dass er hier verabredet war?«

»Auch dazu kann ich leider nichts sagen. Eigentlich sollte das außerhalb der üblichen Dienstzeiten nicht vorkommen.«

»Aber Ihr Kollege hatte einen Alarmschlüssel?«

»Natürlich. Meine Mitarbeiter sollen freien Zugang zu ihren Arbeitsplätzen haben, außerdem ist – war er ja mein Stellvertreter. Adam Caspèr hatte einen Generalschlüssel.«

»Frau Dr. de Beer, die Frage muss ich allen stellen, wo waren Sie gestern Abend?«

Franziska blickte zu Jacob hinüber, der seine Zustimmung signalisierte, indem er die Augenlider niederschlug und fast unmerklich nickte.

»Ich war bei Herrn Menninga zu Hause.«

»Die ganze Nacht?«

»Ja, die ganze Nacht.«

Es fiel ihr überhaupt nicht schwer, das zu sagen, im Gegenteil, es löste ein Gefühl der Wärme in ihr aus.

Nun kam die Feuerwehr mit ihrem Taucher hinzu. Franziska wunderte sich, das Becken war doch gar nicht so tief, aber der Taucher hatte eine Sauerstoffflasche und eine Tauchermaske dabei. Über dem Arm hing seine Neoprenmontur, schlaff wie die Außenhaut einer aufblasbaren Puppe, bei der man die Luft rausgelassen hatte. Nach kurzer Absprache mit dem Einsatzleiter des LKA installierten die Feuerwehrleute eine Art mobilen Kran neben dem Wasserbassin, der hatte gerade durch das Eingangsportal gepasst. Ein Kamerad half dem Taucher in seine Ausrüstung, und nun ließ er sich ins Wasser gleiten. Franziska verfolgte das Schauspiel gebannt. Es war wie eine Filmaufführung. Am Boden im tieferen Teil des Beckens lag der zusammengesunkene Caspèr, zu dem sich der Taucher hinabließ, wobei er eine schwarze Silhouette gegen das grüne Licht bildete.

Mit dem Kran wurde eine Bahre auf den Beckengrund abgesenkt, und nun begann der Taucher, die Leiche zu drehen, um sie auf die Bahre zu ziehen. Dabei blähte sich erneut Caspèrs offener Sakko auf. Der Taucher kämpfte eine ganze Weile mit dem toten Körper, ehe es ihm gelang, ihn auf der Bahre zu platzieren. Es wirkte so, als wollte man ein Geschöpf gegen seinen Willen aus seinem angestammten Habitat entfernen. Das Einzige, was Franziska in diesem Moment bemerkte: Caspèr trug wieder kein Plastron.

Der Kran setzte die Bahre mit dem Leichnam vor dem Wasserbassin ab, Franziska war etwas zurückgewichen, denn der Rechtsmediziner stand bereits mit dem Koffer in der Hand parat. Um das Wasser ringsum aufzufangen, hatte man Folien ausgelegt. Nun lag Caspèr vor dem Wind-Wellen-Kanal, der beigebraune Anzug klebte an seinem Körper, bis auf die Sakkotaschen, die immer noch aufgebläht waren wie Hamsterbacken.

Der Mediziner begann mit seinen Untersuchungen, die beiden Kommissare waren ebenfalls hinzugekommen. Franziska wurde von einem Gefühl tiefer Trauer ergriffen, sie merkte, wie sich ihre Augen mit Tränen füllten. Jacob war nun neben Franziska getreten und legte seine Hand auf ihren Unterarm.

»Komm, du brauchst eine Pause, ich habe mit Herrn Kähler abgesprochen, dass ich dich jetzt nach Hause bringe. Wir gehen dann später aufs Präsidium. Herr Musswessel hat sich bereit erklärt, vor Ort zu bleiben, und solange die Spurensicherung hier noch zu tun hat, ist auch die Polizei im Haus. Vorerst wirst du das Museum geschlossen halten müssen.«

Franziska nickte. Sie fühlte sich schrecklich, erst jetzt, wo man Caspèr aus dem Becken geborgen hatte und er vor ihren Füßen lag, wurde sein Tod für sie zur unumstößlichen Wahrheit. Sie wischte sich mit dem Handrücken die Tränen aus den Augen.

Als Franziska sich zum Gehen umwandte, stand plötzlich Frau Hufe vor ihnen. Wo war sie eigentlich die ganze Zeit gewesen?

»Frau Hufe –« Franziska setzte an, ihrer Sekretärin die Lage zu erklären, aber diese war offenbar schon im Bilde.

»Das ist Ihre Schuld, Sie haben Adam in den Tod getrieben. Sie und Ihre ewigen Forderungen, Sie und Ihre haltlosen Verdächtigungen, Sie haben Adam auf dem Gewissen!«

Sie ging auf Franziska los, blickte sie mit ihren vor Wut starren Augen an, auf der Stirn eine tiefe Zornesfalte. Jacob konnte gerade noch verhindern, dass sich die Frau an ihrer Chefin vergriff. Sie schrie aus vollem Hals: »Das ist Ihre Schuld, das ist Ihre Schuld ...«

Mittlerweile hielt ein Polizist sie zurück, und der Sanitäter der Feuerwehr war herbeigeeilt und zog eine Beruhigungsspritze aus seinem Notkoffer. Frau Hufe wehrte sich mit Händen und Füßen, aber die Spritze wirkte schnell, und plötzlich war Ruhe. Sie sackte zusammen wie ein Hampelmann, bei dem ein Kind die Lust verloren hatte, weiter am Bändchen zu ziehen.

»Was war denn das?« Hauptkommissar Kähler, der der Szene sprachlos beigewohnt hatte, schaute Franziska ratlos an.

»Ich kann es Ihnen nicht sagen. Offenbar hat Frau Hufe die Nerven verloren. Sie müssen wissen, Frau Hufe hat sich mit Adam Caspèr sehr gut verstanden. Ich möchte jetzt aber bitte gehen.«

»Frau Dr. de Beer, das ist in Ordnung. Könnte ich Sie heute am späteren Nachmittag im Präsidium sprechen? Dann liegen vielleicht auch schon mehr Informationen zur Todesursache vor.«

Franziska verließ mit Jacob das Museum, ihr zitterten immer noch die Knie. Warum hatte die Hufe sie derart angegriffen? Als sie endlich nach draußen getreten waren, herrschte in Kleefeld ein ganz normaler Vormittag, als ob nichts geschehen wäre. Franziska war geblendet von der Sonne, sie fühlte sich elend.

»Ich muss nach Hause, aber ich möchte nicht allein bleiben.«

»Ich kann meine Termine für heute absagen.« Jacob küsste sie. »Ich bleibe erst einmal bei dir.«

»Ich muss überlegen, was zu tun ist, ich verstehe das alles nicht.«

Jacob schloss seinen Jaguar auf und öffnete für Franziska die Beifahrertür. Nach all den schrecklichen Ereignissen der letzten Stunden war es ein Labsal, umsorgt zu werden. Franziska lächelte ihn an. Normalerweise bewegte Jacob sich in den Marschen mit einem meist ziemlich dreckigen Geländewagen fort, aber gestern Abend war er von einem Geschäftstermin aus Hamburg zurückgekommen und im Anschluss direkt nach Hause an den Kleinen Fluss gefahren.

Nun schwebten sie über die Landstraße, und Franziska ließ ihre Gedanken wandern. Sie hatten sich gestern nach der erfolgreichen Begehung des Wikingerschiffs in der Werft bei ihm zu Hause verabredet. Jacob Menninga wohnte in einem für diese Region vollkommen fremden, sehr modernen Haus am Kleinen Fluss. Flachdach statt spitzer Reetdachgiebel und gläserne Wände statt Backstein und Fachwerk. Franziska war erstaunt gewesen, als sie das erste Mal bei Jacob zu Besuch war, sie fand sein Haus sehr bemerkenswert. Ein Bau im Stil der Klassischen Moderne, er mutete ein bisschen an wie das berühmte Farnsworth-Haus von Mies van der Rohe. Mies in den Marschen, ein wahrer Solitär.

Das Haus befand sich natürlich auf dem Landbesitz der Menningas, der sich entlang des Kleinen Flusses weit in die Gerbersche Wildnis erstreckte. Es lag im Schutze alter, hochgewachsener Trauerweiden direkt am Wasser. An dem Bootssteg ankerte eine kleine Segelyacht. Ein bisschen hatte sich der sesshaft gewordene Seemann die Romantik der Seefahrt bewahrt. Das Haus war für einen typischen Junggesellen konzipiert, es gab einen großen verglasten Wohnraum, dahinterliegend zwei kleinere Zimmer, Küche und Bad. Den Wohnraum konnte man in den Sommermonaten zum Fluss hin vollständig öffnen. Waren die Glaswände zusammengeschoben, so entstand ein fließender Übergang zwischen drinnen und draußen, der Wohnbereich mit den beiden schwarzen Ledersofas und der Essgruppe mit Stahlrohrmöbeln ging nahtlos in die großzügige Terrasse über. Der mit Solnhofer Schiefer ausgelegte Fußboden war im Außenbereich in ungeschliffenem Craquelée-Muster ausgeführt, innen glatt geschliffen. Franziska, die gern barfuß lief, liebte diesen Boden, es war angenehm, über die sich anschmeichelnden Steine zu gehen.

Gestern Abend, bei den frischen Temperaturen, hatte Jacob den Kamin angemacht. Als sie den Raum betreten hatte, war ihr eine wohlige Wärme entgegengekommen, jene Art von Wärme, die nur ein natürliches Feuer zu erzeugen vermochte. Der Schein des Feuers wurde vom Fußboden widergespiegelt, draußen fingen sich die letzten Sonnenstrahlen auf der Wasseroberfläche.

Nun war in ihr beider Hideaway, so empfand sie das Haus, diese schreckliche Nachricht eingedrungen. Für sie fühlte es sich an wie eine Beschädigung ihres Glücks, das erst gerade zu entstehen begann. Mit unvorhersehbaren Ereignissen konnte Franziska nur schwer umgehen.

Auf dem Weg zu ihr nach Hause hatte Jacob noch einmal gehalten und war aus dem Auto gesprungen, um in einem kleinen Lebensmittelgeschäft Brötchen, Milch, Butter und etwas Aufschnitt zu besorgen, denn er plante ein spätes Frühstück, das sonst sicher nur aus schwarzem Kaffee bestanden hätte, wie er seine neue Freundin kannte.

Jacob parkte sein Auto in der Einfahrt vor Franziskas Garage. Sie gingen am Haus entlang zur Vordertür, und Franziska schloss auf, die Eingangstür klemmte wie immer. Aber Franziska liebte sie gerade deswegen, das Holz lebte.

Sie betraten den Flur, der durch die Glasbausteine rechts und links von der Tür in warmes Licht getaucht war. Der Marmorboden glänzte, und »Die Sitzende«, eine Bronzeskulptur, die Franziska sehr liebte, reflektierte einen Lichtstrahl. Die eigentlich sehr unweiblich abstrakt und kantig ausgeführte Figur begrüßte die Ankommenden. Sie vermittelte Franziska sofort ein Gefühl von Zuhause. Die Sitzende schien ihr sagen zu wollen: »Bleib gelassen, es wird alles wieder gut!«

»Ich würde gerne duschen, Jacob.«

Er nahm sie in den Arm und sagte: »Tu das, meine Liebe, ich mache mich derweil in der Küche nützlich und bringe dir schon mal einen Kaffee.«

Das Wasser rann an ihrem Körper herab, das tat unendlich gut, sie hatte sich vollkommen verkrampft. Was war bloß passiert? Sie versuchte, für einen Moment an gar nichts zu denken, nur das warme Wasser zu spüren. Aber das gelang ihr kaum. Sobald sie die Augen schloss, tanzten all die Bilder dieses Morgens vor ihrem inneren Auge. Das Bild des im Wellenkanal schwebenden Caspèr würde sie nie mehr loswerden. Was hatte er bloß abends im Institut gewollt? Warum war er in den Kanal gefallen? Und was war in die Hufe gefahren, ihre sonst so korrekte und meist gefasste Sekretärin? Diese Fragen schwirrten wie dissonante Klänge in ihrem Kopf, jede in einer anderen Tonart.

Als sie die Dusche abdrehte, kam Jacob mit einem Kaffee herein. Er stellte die Tasse ab, griff nach einem großen Badelaken und wickelte sie darin ein. Hinter ihr stehend, trocknete er ihren Rücken ab und flüsterte ihr »Bis gleich« ins Ohr.

Franziska zog ihren weißen Bademantel an und nahm die Kaffeetasse, sie ging aber nicht gleich ins Esszimmer zu Jacob, der sich dort mit einer Zeitung niedergelassen hatte, sondern setzte sich auf die Gartenbank vor der Haustür. Die Zigaretten steckten noch in der Bademanteltasche, sodass sie gar nicht danach suchen musste. Eigentlich rauchte Franziska morgens nie, aber jetzt brauchte sie eine Zigarette. Hier draußen saß sie gern, um nachzudenken und zu rauchen. Im Haus konnte sie den Geruch von kaltem Rauch nicht ausstehen, aber hier genoss sie ihre Zigarette.

In dem kleinen Beet rechts neben der Terrasse wuchs aus einer agavenähnlichen Pflanze ein riesiger Blütenstamm mit hellgelben glockenförmigen Blüten. Franziska wusste nicht, was für eine Pflanze das war, auf jeden Fall stammte sie aus der Erbauungszeit des Hauses. Eigentlich konnte es gar keine Agave sein, denn hatten diese Pflanzen nicht mit ihrem Leben zu zahlen, wenn sie einmal blühten? Nun stolzierte ein großer

Fasan über die Wiese und blieb so stehen, dass Franziska den Eindruck bekam, er würde sie fixieren. Diese kuriosen Tiere gehörten wie die Büsche und Bäume zu ihrem kleinen Anwesen. Einerseits waren es so schöne Tiere, vor allem die Männchen mit ihrem goldenen Gefieder und den bunten Schwanzfedern, andererseits waren sie so ungelenk, wenn es ums Fliegen ging.

Nie würde sie vergessen, wie sie einmal nur wenige Tage nach ihrem Einzug spätabends nach einer Veranstaltung im JMK nach Hause gekommen und von einem fürchterlichen Krähen fast zu Tode erschreckt worden war. Als sie ihr Auto vor der Garage unter der Eberesche geparkt hatte, waren die darin schlafenden Fasane aufgewacht und hatten, in ihrer Nachtruhe gestört, ein lautes Geschrei und Geflatter veranstaltet.

Wie konnten so schöne Vögel nur so hässliche Geräusche von sich geben? Franziska inhalierte den Rauch ihrer Zigarette. Auch der tote Caspèr hatte ein fast schönes Bild abgegeben.

Warum war die Hufe so auf sie losgegangen, fragte sich Franziska zum wiederholten Male. Hatte sie Caspèr vielleicht doch zu unsensibel zurechtgewiesen? Aber sein Verhalten hatte man in mehrfacher Hinsicht nicht akzeptieren können. Womöglich waren ihre Reaktionen dennoch nicht angemessen gewesen. Langsam, aber stetig kamen Schuldgefühle in ihr auf. Die Abmahnung, die in der letzten Vorstandssitzung beschlossen worden war, hatte ihn vielleicht mehr getroffen, als zu erwarten gewesen war.

Sie war Caspèr natürlich mehrmals im JMK begegnet, und er hatte sich auch bei ihr entschuldigt, jedoch nicht die Gelegenheit zu einer richtigen Aussprache gesucht. Aber wegen einer Abmahnung beging man doch nicht Selbstmord. Franziska biss sich auf die Lippen. War sie zu hart vorgegangen, hatte er sich am Ende deswegen das Leben genommen? Hätte sie seinem Lornsen noch eine Chance geben sollen?

Lornsen! Es versetzte ihrem Herzen einen Stich, der Mann hatte sich auch das Leben genommen – er war in den Genfer See gegangen. Franziska zog sich der Magen zusammen. Was hatte sie bloß angerichtet? Oder hatte Lornsen sich am Genfer See erschossen? Sie war sich nicht mehr sicher. Genau in diesem Moment sprang der getigerte Kater auf ihren Schoß. Sie hatte ihn gar nicht bemerkt. Der Kater von nebenan, um den sie sich immer kümmerte, wenn ihre Nachbarn verreisten. Das Tier verbrachte aber auch dann viel Zeit bei Franziska, wenn seine Leute da waren. Der Kater schnurrte und schmiegte sich an ihre Hand. Als ob er ahnte, dass sie seine Zuneigung brauchte.

»Franziska«, unterbrach Jacob sie in ihren Überlegungen. »Komm frühstücken!«

Er setzte sich neben sie auf die Bank. »Was grübelst du? Wir machen gleich einen Spaziergang auf dem Deich, da kommst du auf andere Gedanken.«

Franziska drückte ihre Zigarette, die ohnehin längst kalt geworden war, in den Aschenbecher und ging mit Jacob ins Haus. Als sie aufstand, sprang der Kater im hohen Bogen voran und verschwand in der Tiefe des Flurs.

Im Esszimmer duftete es herrlich nach frischen Brötchen und Kaffee, und sie empfing ein reich gedeckter Frühstückstisch. Jacob war sogar in den Garten gegangen und hatte eine Blüte ihrer geliebten Hortensien in eine Vase gestellt. Sie war wirklich gerührt und setzte sich auf ihren Platz.

»Vielen Dank. Ich habe jetzt auch ein wenig Hunger.«

»Du musst etwas essen, sonst stehst du den Tag nicht durch, es wird heute noch viel auf dich zukommen.«

»Jacob, ich werde das Gefühl nicht los, dass sich Caspèr etwas angetan haben könnte, weil ich ihn vielleicht doch zu vorschnell abgemahnt habe.« Sie griff nach einem Brötchen.

»Franziska, das ist doch nicht dein Ernst. Nach allem, was er sich erlaubt hat, konnte er froh sein, dass er nicht rausgeflogen ist.«

»Denkst du wirklich, dass ich da keinen Fehler gemacht habe?«

»Bitte verschwende keinen weiteren Gedanken daran, du hast vollkommen korrekt gehandelt.«

Franziska legte ihr Brötchen auf den Teller zurück, stand auf, ging um den Tisch herum zu Jacob und schlang ihre Arme um ihn. Sie war in diesem Moment sehr froh, ihn zu haben. Er zweifelte nicht an ihr und bestärkte sie in ihrem Tun.

Der Kater, der ein wenig eifersüchtig auf Jacob war, stellte seine Vorderpfoten auf die Armlehnen des Stuhles. Dafür machte er sich extrem lang, was ziemlich komisch aussah. Sie mussten beide lachen.

***

Franziska sollte sich gegen fünfzehn Uhr dreißig im Polizeipräsidium der Kreisstadt einfinden. Jacob, der alle seine Termine hatte absagen können, war mit ihr dort hingefahren. Die Polizei residierte in einem Betonplattenbau der späten achtziger Jahre, der dringend eines Faceliftings bedurft hätte. Im Eingangsbereich hatte Franziska im Vorübergehen ein Bronzerelief wahrgenommen, hochgewachsene, schmale Gestalten, verloren in einem Hain aus kahlen Bäumen.

Franziska und Jacob waren gebeten worden, in einer Wartezone noch einen Moment auszuharren. Nun saßen sie in einem schmalen nüchternen Gang, an dessen Ende sich ein Fenster in Richtung Wald öffnete. Franziska war immer wieder verwundert, wie schnell sich die Landschaft ändern konnte. Bei ihr zu Hause und um Kleefeld herum nichts als weite Marschlandschaft, und kaum fuhr man ein kleines Stück in Richtung Osten, bildeten sich leichte Hügel aus, und es gab Wald. Hier blühte im August sogar die Heide. Zwischen den Sitzgruppen standen die obligatorischen Behördenpflanzen, immergrün, genügsam, mit Stacheln.

Eine junge Polizistin bat die beiden, ihr zu folgen. Sie gingen durch eine Glastür und einen weiteren ebenso kahlen Gang, bis sie zu einer halb offen stehenden Tür kamen. Das war der Vernehmungsraum, ohne Tageslicht, aber dafür mit einer breiten, verspiegelten Wandfläche.

Hauptkommissar Kähler trat ihnen entgegen. »Frau Dr. de Beer, wir würden Sie gerne erst einmal allein sprechen.«

»Ich habe vor Herrn Menninga nichts zu verbergen, ich möchte gerne, dass er dableibt.«

Der offene Türspalt ließ Franziska das Innere des Vernehmungsraums immerhin erahnen, in solch steriler Atmosphäre wollte sie mit den Kommissaren nicht allein sitzen.

»Es wäre uns aber lieber.«

»Und mir ist es lieber, wenn Herr Menninga an meiner Seite bleibt, er vertritt den Stiftungsrat des JMK, es handelt sich hier doch, wenn ich das richtig verstanden habe, um eine Befragung, nicht um ein Verhör.«

»Also gut, dann kommen Sie beide rein.«

Der Kollege vom Landeskriminalamt saß schon am Tisch. Vor ihm, Franziska hatte das beim Betreten des Raumes sofort gesehen, zwei dicke Lagen Luftpolsterpapier und darin versunken je ein Gegenstand.

Als sie sich dem Tisch näherte, erkannte sie auch, worum es sich dabei handelte.

Hauptkommissar Kähler, hier natürlich der Hausherr, eröffnete das Gespräch. »Dr. de Beer, können Sie mir sagen, was das ist?« Er zeigte auf die beiden Luftpolsterpakete.

»Natürlich. Das sind zwei Pfeifenköpfe aus Porzellan, jeweils mit einem Profilbild von Uwe Jens Lornsen. Und wenn ich dort an der Seite … Darf ich die Pfeife einmal in die Hand nehmen?«

»Ja bitte. Sie wurden bereits kriminaltechnisch untersucht.«

Franziska nahm einen der Pfeifenköpfe in die Hand und sah, dass sie recht gehabt hatte. »Ja, es handelt sich um Eigentum des Jensen-Museums. Das ist eindeutig eine unserer Inventarnummern.«

»Haben Sie eine Erklärung dafür?«

»Caspèr besaß privat eine ganz beachtliche Sammlung dieser Pfeifenköpfe, ich kenne sie aus einer Fotodokumentation. Es war geplant, sie in der kommenden Sonderausstellung, dem dritten Teil von ›Der Strom des Lebens‹, auszustellen. Vielleicht wollte er unsere Pfeifen mit seinen vergleichen. Das ist nur eine Vermutung, genau kann ich es Ihnen nicht sagen.«

»Wer war eigentlich dieser Lornsen?«, meldete sich Siebenstub zu Wort.

Kähler schaute finster zu ihm hinüber, als wollte er fragen, was das jetzt zur Sache beitrug, aber Franziska nutzte die interessierte Nachfrage und erzählte dem LKA-Beamten kurz ein paar wichtige Eckdaten aus der Geschichte des Sylter Landvogts. Sie musste innerlich schmunzeln, hier war es offenbar tatsächlich so wie im Fernsehen, die Kommissare waren sich nicht grün.

»Interessant, dann kann man wohl annehmen, dass diese Figur für Adam Caspèr wichtig war«, sagte der LKA-Mann.

»Ich denke, ja, er kannte sich gut in seiner Biografie aus, kannte seine Schriften, und er hatte ebendiese außerordentliche Sammlung von Pfeifenköpfen. Wo haben Sie denn eigentlich diese beiden Exemplare gefunden?«

»Adam Caspèr hatte sie in seinen Jackentaschen, auf jeder Seite einen.«

Das also könnte der Grund dafür gewesen sein, dass der Leichnam so lange im Wasser getrieben hatte. Kamen die Luftpolsterverpackungen der Wirkung von Schwimmflügeln gleich?

Als Nächstes erfuhr Franziska, dass Caspèr, nachdem man ihn aus dem Wasserbecken geborgen hatte, in die Rechtsmedizin des Kreiskrankenhauses überführt worden war. Die ersten Ergebnisse lagen bereits vor. Es gab keinerlei Hinweise auf Gewalt oder Fremdeinwirkung. Caspèr war ertrunken. Der Tod sei zwischen zweiundzwanzig und dreiundzwanzig Uhr eingetreten.

»Dr. de Beer, Ihre Mitarbeiterin Frau Hufe – Ihre Sekretärin, habe ich recht? – hatte einen Nervenzusammenbruch«, Kähler übernahm wieder die Befragung und schaute Franziska direkt an, »man hat sie ins Krankenhaus gebracht. Haben Sie eine Erklärung für ihre heftige Reaktion?«

»Nein, ich war selbst wie vor den Kopf gestoßen.«

»Gab es Unstimmigkeiten oder Reibereien zwischen Ihnen?«

»Nein, sie macht ihre Arbeit sehr gut. Zugegebenermaßen hat sie mich anfangs nicht mit offenen Armen empfangen, denn sie hatte Adam Caspèr als zukünftigen Direktor gesehen. Aber das hat sich allmählich eingerenkt. Wir arbeiten gut zusammen.«

»Wie war das Arbeitsverhältnis zwischen Ihnen und Herrn Caspèr?«

»Na ja, ich sagte ja bereits, dass er sich Hoffnungen auf den Direktorenposten gemacht hatte, kein leichter Schritt, wieder in die zweite Reihe zurückzutreten und mich als seine neue Chefin zu akzeptieren.«

»Wie sind Sie damit umgegangen?«

»Adam Caspèr ist – war«, Franziska senkte leicht beschämt ihren Blick, »Historiker. Ich habe ihn als Wissenschaftler anerkannt und in meine Ausstellungsprojekte und die Neugestaltung des Museums miteinbezogen.«

»Aber er sah in Ihnen immer noch die Konkurrentin, nicht wahr?«

»Das denke ich eigentlich nicht, das Verhältnis hatte sich geklärt, er nahm die Position des Stellvertreters ein. Und ich glaube, dass Caspèr insgeheim ganz froh war, nicht dauerhaft die Verantwortung für das Funktionieren des Instituts tragen zu müssen.«

»Warum glauben Sie das?«

»Ich habe fast vier Jahre lang mit ihm zusammengearbeitet, wie soll ich sagen, ihm fehlte einfach der Biss für die Leitung eines so großen Instituts.«

Kähler sah seinen Kollegen kurz an, ganz schön überheblich, die junge Frau Doktor, schien er zu denken.

»Hatte Adam Caspèr Feinde?«

»Ob er Feinde hatte?« Franziska schaute in Richtung der verspiegelten Wand, so als ob sie hindurchsehen wollte, um dahinter die Antwort zu finden. »Das ist ein großes Wort. Es gab da diesen Typen in Motorradkluft, der am Abend des Empfangs mit den Physikern aus Dresden im Garten des Museums auftauchte. Er bedrohte Caspèr, das konnte ich aus der Entfernung deutlich sehen. Aber ich konnte nicht hören, was sie sagten, da die Distanz zu groß war, aus der ich das Geschehen beobachtete. Und dann war der Typ auch ganz schnell wieder verschwunden. Aber ein paar Wochen zuvor wurde ich zufällig Zeugin eines Streits zwischen ebendiesem Motorradfahrer und seiner Freundin, sie saßen im ›Molenkieker‹ am Nachbartisch. Es ging um Schulden, und der Name Adam fiel. Damals maß ich dem nicht viel Bedeutung bei, aber als der Mann dann im Museum wieder auftauchte, war ich natürlich alarmiert. Ich habe meinen Mitarbeiter daraufhin angesprochen, aber er behauptete, es handele sich um einen Freund.«

»Können Sie mir seinen Namen sagen?«

»Nein, tut mir leid. Caspèr hat nur erwähnt, dass er ihn aus Kiel kannte. Er hat mein Nachhaken sehr abgewehrt, sich auf seine Privatsphäre berufen.«

Siebenstub wechselte das Thema. »Glauben Sie, dass der Ausbruch von Frau Hufe heute Morgen etwas mit Ihnen und Herrn Menninga zu tun hat?«

Franziska und Jacob sahen sich konsterniert an. Es war Jacob, der antwortete: »Das hat hier überhaupt nichts verloren.«

»Ihre Mitarbeiterin Frau Mendes berichtete heute Vormittag, dass Ihre Kollegin schon seit Langem ein persönliches Interesse an Herrn Menninga entwickelt habe, und Sie stehen jetzt in einer engen Verbindung zu ihm.«

»Bis jetzt wusste doch niemand etwas über uns. Wieso soll das eine Rolle spielen?«

»Wir fragen uns, warum Ihre Kollegin Sie derart beschuldigt.«

»Einen Moment bitte!«, rief Franziska empört aus. »Sie nehmen doch nicht ernsthaft an, ich hätte etwas mit dem Tod von Caspèr zu tun. Außerdem habe ich Ihnen ja bereits gesagt, dass ich die ganze Nacht bei Herrn Menninga zu Hause war.«

Jacob nickte, um Franziskas Aussage noch einmal zu bekräftigen, und sagte dann: »Wir haben uns äußerst diskret verhalten, um Dr. de Beer eben nicht in eine unangenehme Situation wie diese hier zu bringen, sie steht in ihrer Position im Interesse der Öffentlichkeit. Wir haben durch meine Funktion im Stiftungsrat des JMK beruflich sehr viel miteinander zu tun, bisher haben wir das streng von Privatem getrennt. Was nicht heißt, dass wir vorhatten, unsere Beziehung auf Dauer geheim zu halten.«

Er schaute Franziska an, die seine Äußerung mit einem Lächeln entgegnete.

»Aber wir würden den Zeitpunkt gerne selbst bestimmen, wann wir die Öffentlichkeit an unserem Glück teilhaben lassen. Darum würde ich Sie, ganz egal was Frau Hufe oder Frau Mendes für Vermutungen angestellt haben, auch weiterhin um Diskretion bitten.«

»Wir nehmen gar nichts an und beschuldigen Sie auch nicht, wir ermitteln nur in alle Richtungen. Es ist doch merkwürdig, dass Ihre Sekretärin einen derartigen Ausbruch hatte, der sich eindeutig gegen Sie richtete.«

Siebenstub sah fragend zu seinem Kollegen Kähler hinüber, der daraufhin sagte: »Es wäre ja immerhin möglich, dass Frau Hufe etwas von Ihrer Verbindung zu Herrn Menninga mitbekommen hat und dass die Erschütterung über den Tod des Kollegen Caspèr, gepaart mit der Wut auf Sie, zu einer derartigen Reaktion geführt hat.«

Franziska schaute nachdenklich auf ihre Hände, an so etwas hatte sie bisher noch gar nicht gedacht. Frau Hufe war womöglich eifersüchtig.

»Ja, das könnte sein, aber warum sollte sie annehmen, ich hätte etwas mit dem Tod von Caspèr zu tun?«

»Wir müssen jetzt erst einmal die weiteren Untersuchungen der Rechtsmedizin abwarten. Im Moment haben wir keine Fragen mehr an Sie, aber halten Sie sich bitte zur Verfügung.«

»Selbstverständlich«, antwortete Jacob.

»Noch eine abschließende Frage«, Franziska schaute zwischen den Beamten hin und her. »Kann ich das Museum morgen wieder für das Publikum öffnen?«

Kähler sah seinen Kollegen an. »Ich denke, die Spurensicherung ist schon ziemlich weit. Der Wellenkanal müsste gründlich gereinigt werden, dann wäre er wieder ganz regulär einsatzfähig.«

Kähler war angesichts der Zielstrebigkeit der Museumsdirektorin ein wenig verwirrt, wirkte sie eben noch wie eine zarte, verletzliche Person, so verlor sie jetzt keine Zeit: Business as usual. Aber genau das brauchte Franziska, um ihre Stabilität zurückzuerlangen.

»Bevor wir das machen, wechseln wir selbstverständlich das Wasser«, erklärte sie dem Ermittler. »Es wäre für unsere Institution sehr wichtig, so bald wie möglich wieder zu öffnen, denn allein morgen stehen mehrere Führungen auf dem Terminkalender, auch eine Kinderveranstaltung, ein Kindergeburtstag, Sie wissen, unser Veranstaltungsangebot ist sehr familienfreundlich ausgerichtet.«

»Darum wäre es auch sehr wichtig, wenn vorerst nichts an die Presse durchsickern würde, denn das könnte sich unter Umständen erheblich rufschädigend auswirken. Wer schickt sein Kind schon gerne in eine Einrichtung, in der es Tote gegeben hat«, ergänzte Jacob.

»Sie können sich auf uns verlassen.« Die beiden Kommissare verabschiedeten sich von Franziska und Jacob, beide hatten ihnen eine Visitenkarte in die Hand gedrückt und sie gebeten, sich zu melden, sollte ihnen noch etwas Wichtiges einfallen.

Dieselbe Beamtin von vorhin geleitete sie zum Ausgang. Mit einem Summen und einem metallenen Geschepper taten sich die zur Hälfte gläsernen Türschranken auf, die den Empfangsbereich von den dahinterliegenden Dienstzimmern abtrennten.

Es war mittlerweile fast siebzehn Uhr, die Sonne stand noch ziemlich hoch am Himmel, und es war angenehm warm. Im Innern des Gebäudes hatte Franziska gefroren, was sie erst jetzt bemerkte, da sich ein Hauch schmeichelnder Wärme um sie legte.

Sie beschlossen, die nächste Stunde zu nutzen, um ein wenig durch die Geschäfte zu bummeln. Auch in der Kreisstadt machte man pünktlich um achtzehn Uhr zu, das war nicht nur im sehr viel kleineren Kleefeld so.

Einst hatte sich um das Zentrum dieser Stadt der Kleine Fluss geschlängelt, der gen Westen in ausladenden Mäandern in den Großen Fluss mündete. Hier hatte es sogar bis in die 1920er Jahre Störe gegeben. Das Archiv des JMK besaß Fotografien aus der Zeit der Störfischerei. Franziska erinnerte sich an eine Aufnahme, die zwei Fischer, wahrscheinlich Vater und Sohn, zeigte, der Fisch, den sie hielten, war fast so groß wie der junge Mann. Wie eine Lebensader war der Kleine Fluss durch die Stadt geflossen, bis man ihn in den siebziger Jahren zuschüttete. Die Stadt hatte auf gewisse Weise ihre pulsierende Ader verloren.

Franziska konnte der Kreisstadt durchaus etwas abgewinnen, aber wirklich schön fand sie nur die Gegend um das alte Kloster und die Kirche St. Laurentii mit ihrem mächtigen, zwiebelartig behelmten Uhrenturm. Man konnte noch ein bisschen von dem Glanz der holsteinischen und schauenburgischen Grafen spüren, die hier immerhin für einige Zeit residiert hatten.

Franziska und Jacob waren langsam in Richtung Innenstadt geschlendert. Nun standen sie vor der Kirche St. Laurentii, aus der Orgelmusik nach draußen drang. Hier fand um achtzehn Uhr ein Konzert statt, und der Organist spielte sich warm.

»Komm, lass uns ein Weilchen zuhören.« Franziska hakte sich bei Jacob ein und zog ihn in Richtung Kirchentür. Sie schlichen sich leise hinein und nahmen in einer der hinteren Reihen Platz. Der Organist spielte ein Präludium von Bach. Franziska schloss ihre Augen, nahm Jacobs Hand und lauschte den Klängen der Orgel. Langsam konnte sie den aufreibenden Tag, die schrecklichen Bilder, die vielen Stimmen ein wenig beiseiteschieben.

Ihre Gedanken wanderten zu dem gestrigen Abend mit Jacob. Sie war durch die noch halb offene Glastür in sein Haus eingetreten, Jacob war in seine Zeitung vertieft gewesen. Sie erinnerte sich, dass sie ihn eine Weile so betrachtet hatte, bevor er sie bemerkte und mit offenen Armen auf sie zuging.

»Da bist du ja, Franziska, ich sehne mich schon den ganzen Tag nach dir«, hatte er gesagt.

Es war die Tatsache, dass jemand auf sie wartete, die sie so rührte. Sie küssten sich leidenschaftlich, während die Sonne vollständig versank und sich der Fluss in eine ölige schwarze Masse verwandelte.

Es gab Wein und auch etwas zu essen, Jacob hatte bereits alles vorbereitet, er war der fürsorgliche Typ, daran musste sich Franziska noch gewöhnen.

Sie war erschöpft gewesen, auch erfolgreiche Tage konnten sehr anstrengend sein. Sie hatte Jacob, der sich direkt nach der Besichtigung des Wikingerschiffs im Dock verabschieden musste, ausführlich von dem weiteren Verlauf des Treffens mit den ulkigen Brüdern erzählt.

Nach der gelungenen Begehung auf der Nielsen-Werft – wenn man den inszenierten Auftritt Caspèrs und den noch viel ungewöhnlicheren Abgang außer Acht ließ – war sie mit den Gebrüdern von Notzing und dem Bürgermeister in den »Grünen Heinrich« essen gegangen. Ihre Gäste bestellten natürlich Skrei, was sonst? Bernhard von Notzing erzählte von seiner Wahlheimat Oslo. Er bewohnte eine Etage in einem Renaissance-Palais aus der Zeit Christians IV. Nachdem das mittelalterliche Oslo 1624 abgebrannt war, wurde die Stadt im Stil der Renaissance von dem dänischen Monarchen wiederaufgebaut und in »Christiania« umbenannt. Von Notzing besaß auch ein Sommerhaus auf den Lofoten, wohin er Franziska mehrfach eingeladen hatte.

Der Bruder, Leopold von Notzing, ließ es sich nicht nehmen, von seinen Abenteuern in Indien und China zu berichten. Er hatte für viele Jahre die Yaks im Hochland des Himalaja erforscht, war immer wieder mit Expeditionen dorthin aufgebrochen, um die Tiere in ihrem Habitat zu beobachten. Sein Buch über die heiligen Kühe Indiens war in mehrere Sprachen übersetzt worden. Franziska hatte vor Leopold von Notzings Schilderungen gar nicht so genau gewusst, was ein Yak eigentlich war.

Offenbar würdigte eine ganze Reihe von Auszeichnungen die Arbeit von Professor Dr. Leopold von Notzing. Er hatte sogar ein Jahr in der Mongolei gelebt und sich mit der Bedeutung dieser Tiere für die nomadischen Völker beschäftigt. Er hatte dort an der Universität von Ulaanbaatar gelehrt.

Merkwürdig, dass Jacob gestern so schroff reagiert hatte, als sie ihm von dem Diner im mongolischen Konsulat erzählte. Leopold von Notzing hatte sie eingeladen, ihn zu begleiten. Jacob hatte sogar insistiert, dass keiner sie dazu zwingen könne. Dieser von Notzing sei ein windiger Typ, hatte er gesagt. Franziska verunsicherte diese in ihren Augen unnötige Besorgnis ihres Freundes. Natürlich war sie der Ansicht, dass sie eine solche Einladung nicht ablehnen konnte, schließlich war er der Zwillingsbruder ihres großzügigsten Sponsors. Aber warum sollte man sie zwingen?

Jetzt schaute Franziska auf zum Altar, der in zahlreichen kleinen Bildfeldern die Heilsgeschichte wiedergab. Ihr Blick blieb an dem zentralen Motiv der Verkündigung hängen. Aus der Entfernung konnte sie nur erkennen, dass von rechts der Engel Gabriel mit goldenen Flügeln herbeischwebte. Es war, als ob ihr diese Darstellung Zuversicht einflößte.

Noch bevor die letzten Klänge verhallt waren, standen sie auf und verließen die Kirche. Franziska hakte sich wieder bei Jacob ein und sagte: »Ich würde jetzt gern ein Glas Wein mit dir trinken und eine Kleinigkeit essen.«

Nur ein paar Schritte von der Kirche entfernt befand sich in einem klassizistischen Gebäude ein Restaurant mit dem schönen Namen »Himmelreich«. Dort wollte sie mit Jacob sitzen und den Tag ausklingen lassen. Wie plötzlich die Welt aus den Fugen geraten konnte!

***

Im Polizeipräsidium saßen derweil noch die beiden Kommissare Kähler und Siebenstub beisammen.

»Ich glaube, wir können den Fall bald zu den Akten legen. Es deutet alles auf Suizid hin. Nach Aussagen des IT-Mitarbeiters – wie hieß der noch gleich?« Kähler blätterte in seinen Unterlagen. »Nach Aussagen von Herrn Musswessel war alles in Ordnung und verschlossen, nur der Alarm war natürlich nicht in Betrieb, und es brannte Licht, aber die Alarmanlage war vorschriftsmäßig entschärft worden. Der Tote hat sie sicher selbst abgestellt und auch die Lichtanlage betätigt. Es gibt keinerlei Einbruchspuren, auch nicht in das System, das konnte Musswessel schon heute Morgen bestätigen. Aber unsere Leute überprüfen das auch noch einmal. Es besteht ja noch die Möglichkeit, dass sich jemand von außen in die Schließanlage gehackt hat, dazu wäre natürlich auch allen voran dieser Musswessel imstande. Ich glaube aber nicht, dass der IT-Mann in irgendeiner Weise verdächtig ist. Was wäre sein Motiv? Außerdem verfügt er ebenfalls über einen Generalschlüssel.«

»Das glaube ich auch nicht«, stimmte Siebenstub zu. »Genauso wenig kann ich mir vorstellen, dass Frau Dr. de Beer etwas mit dem Tod ihres Mitarbeiters zu tun hat. Eigentlich hätte eher er ein Motiv gehabt, sie umzubringen. Denn er hat ja, wenn man die erste Befragung der Sekretärin ernst nehmen kann, unter ihren hohen Ansprüchen gelitten.«

»Das macht einen Suizid plausibel«, antwortete Kähler, »aber ebenso sollten wir die Möglichkeit, dass es ein Unfall war, nicht ganz ausschließen.«

»Die Pressesprecherin des JMK«, fuhr Siebenstub fort, »Eliza Mendes, hat von einem Alleingang Caspèrs in Bezug auf diese Streitschrift von dem Sylter berichtet. Es geht dabei wohl um ein recht kostbares Dokument. Daraufhin hat die Direktorin seinen Beitrag zur nächsten Ausstellung erst einmal auf Eis gelegt, es sollte um eine Installation mit diesen seltsamen Pfeifenköpfen gehen.«

»Ja, das ist eine interessante Geschichte, Herr Siebenstub. Ich denke zwar auch, dass es ein Vertrauensbruch erster Güte war, ohne die Zustimmung der Direktorin ein kostbares Archivale aus dem Haus zu geben, aber dafür gleich eine Abmahnung zu kassieren, ohne sich zuvor verteidigen zu können, das ist schon hart.«

»Na hören Sie mal«, warf Siebenstub ein, »in der freien Wirtschaft wäre man für so einen Akt der Illoyalität sofort entlassen und mit Wachpersonal aus dem Gebäude verwiesen worden. Ich meine, Frau Dr. de Beer hat da Milde walten lassen. Was ich allerdings etwas merkwürdig finde: Sie selbst hat diesen Vorfall mit keiner Silbe erwähnt.«

»Haben wir eigentlich in der Zwischenzeit die Mutter des Toten erreicht?«

»Soweit ich weiß, nein. Wir haben mit den Kollegen in München Kontakt aufgenommen, Frau Caspèr lebt seit vielen Jahren in Bayern. Die konnten bisher nur eine Nachbarin sprechen, die wohl wusste, dass sie in die Ferien gefahren ist, aber leider nicht, wohin.«

»Morgen sehen wir uns die Wohnung des Toten an.«

Die Kommissare verabschiedeten sich vor dem Präsidium. Der hiesige Kollege lebte mit seiner Familie in der Kreisstadt und eilte nun nach Hause. Siebenstub, der nicht mehr nach Kiel zurückfahren wollte, hatte sich ein Zimmer in einem kleinen Hotel gebucht. Er beschloss, an diesem milden Sommerabend sein Auto am Polizeipräsidium stehen zu lassen und zu Fuß zu gehen. Gepäck hatte er ohnehin nicht viel dabei.

Auf dem Weg in die Innenstadt ging er in Gedanken noch einmal alle Aspekte des Falls durch, die bis jetzt bekannt waren. Das machte er immer so, wenn endlich Ruhe eingekehrt war. Vor allem wenn ein neuer Fall auf dem Tisch lag, versuchte er, sich unabhängig von der Meinung der anderen sein eigenes Bild zu machen.

Am Potsdamer Platz angelangt, sah er, dass vor dem »Café Wunderlich«, das er von früheren Besuchen der Kreisstadt kannte, noch ein Tisch frei war, sogar im Halbschatten. Er setzte sich und bestellte bei der blonden Kellnerin, die direkt herausgekommen war, einen Café Americain und ein Glas Wasser. Aus seinem Rucksack, den er für solche Situationen immer mit dem Nötigsten gepackt dabeihatte, holte er ein Tablet hervor. Er hatte dort ein Programm installiert, mit dem man Grafiken erstellen konnte, die Flipcharts oder Multifunktionstafeln simulierten.

Die Spurensicherung hatte ihm bereits alle wichtigen Fotos gemailt, und Siebenstub begann sie nun zu sortieren. Caspèr im Wasserbassin von allen Seiten, Caspèr vor dem Wasserbassin auf dem Rücken, Caspèr auf die Seite gedreht, ein Detail seines Gesichts. Dafür, dass der Tote gar nicht so lange im Wasser gelegen hatte, sah er ganz schön übel aus. Und dann diese merkwürdigen Pfeifenköpfe mit dem Abbild eines Volkshelden aus dem 19. Jahrhundert! Diese beiden porzellanenen Pfeifenköpfe in den Jackentaschen des Toten hatten symbolartigen Charakter, da war er sich sicher, sie wirkten wie Zeichen für die Nachwelt.

Dr. de Beer hatte ihm zwar schon ein paar Eckdaten zu dem Sylter Landvogt bei der Befragung am Nachmittag gegeben, aber er recherchierte noch ein wenig im Netz und war erstaunt, wie viel es über diese Person zu erfahren gab. Vor allem Lornsens Ende war außerordentlich interessant, er hatte sich am Genfer See das Leben genommen. Das hatte die Direktorin gar nicht erwähnt, ebenso wenig wie den Umstand, dass diese Figur zu so erheblichen Unstimmigkeiten zwischen ihr und

Caspèr geführt hatte. Das zumindest hatte die Befragung der puerto-ricanischen Mitarbeiterin ergeben. Aber begeht man wegen so einer Angelegenheit Suizid?

Frau de Beer hatte zwar eine Abmahnung in die Wege geleitet, aber das hätte zunächst einmal keine weiteren Folgen gehabt, und wenn er sich angestrengt hätte, wäre es ja vielleicht sogar noch zu einer Ausstellung seiner Pfeifenkopfsammlung gekommen. Das war alles höchst merkwürdig. Außerdem war es für jemanden, der schwimmen konnte, vorausgesetzt, Caspèr war ein guter Schwimmer gewesen, fast ein Ding der Unmöglichkeit, sich auf diese Weise zu ertränken. Irgendwann war der Reflex zu atmen stärker, und man tauchte wieder auf. Caspèr hatte ja keine Steine in den Jackentaschen, sondern breite Luftpolsterfolien, die ihn eigentlich sogar am Ertrinken hätten hindern müssen.

Das war vielleicht der Punkt: Könnte er schon tot gewesen sein, bevor er ins Wasser fiel oder gestoßen wurde? Das würde er auf jeden Fall morgen in der Rechtsmedizin erfahren. Es konnte kein Zufall sein, dass er ausgerechnet zwei dieser Pfeifenköpfe in den Jackentaschen hatte.

Als Siebenstub von seinem Tablet aufschaute, blieb sein Blick an dem Brunnen in der Mitte des Platzes hängen. Eine Kugel in einem Bett aus undefinierbarem Geäst, getragen von einem eng eingefassten Marmorsockel. Eine Scheußlichkeit sondergleichen. Die war ihm zuvor noch nie aufgefallen, obwohl er schon des Öfteren hier auf dem Platz gesessen hatte. Wie konnte man nur an einem Brunnen so viel falsch machen?

Siebenstub winkte die blonde Kellnerin zum Zahlen heran, beglich seine Rechnung und gab ihr ein großzügiges Trinkgeld, was sie mit einem Lächeln quittierte.

Kreisstadt, Freitag, 6. Juni

»Meine Herren, einen schönen Nachmittag allerseits.« Der Rechtsmediziner begrüßte die Kollegen Kähler und Siebenstub mit ausgesprochen guter Laune.

Kaum zu glauben, dass man in den Katakomben eines Klinikums, umgeben von Leichen und Sezierbesteck, so gut aufgelegt sein konnte. Siebenstub schlug allein schon der Geruch von Formalin und Fäulnis schwer auf Seele und Magen.

»Guten Tag, Herr Dr. Loppowitch«, sagte Kähler. »Ich denke, der Staatsanwalt wird gleich da sein.«

»Na, unser Protagonist läuft nicht mehr weg.«

Der Leichnam von Caspèr war bereits von der Assistentin des Rechtsmediziners, einer etwas linkischen kleinen Person, in den Untersuchungsraum gefahren worden. Aber man hatte das Leichentuch noch nicht gelüftet, man konnte Adam Caspèr an der Silhouette, die das weiße Tuch abbildete, nur erahnen.

»Moin, alle schon da.« Der Staatsanwalt war eingetroffen und begrüßte seine Kollegen mit einem kurzen festen Handschlag. Der Leiter der Staatsanwaltschaft des Kreises, Jens Petersen, war selbst gekommen. Siebenstub kannte ihn schon lange. Die Amtsleitung hier hatte Petersen erst vor Kurzem angetreten, zuvor war er für viele Jahre Oberstaatsanwalt in Kiel gewesen. Zu der Zeit hatten sie oft miteinander zu tun gehabt. Petersen schien sichtlich erfreut, ihn hier zu treffen.

»Siebenstub, Sie hier? Ich dachte, es war Selbstmord. Ich freue mich, Sie zu sehen. Wie geht es Ihnen?«

Petersen war ein durch und durch norddeutsches Gewächs. Siebenstub hatte immer sehr gern mit ihm zusammengearbeitet, da er nicht zu jenen gehörte, die taktierten und intrigierten, er war geradeheraus, und er war prädestiniert für diese Stelle. Er hatte Norddeutschland eigentlich nie verlassen, er stammte aus Husum, hatte in Kiel Jura studiert, Referendariat in Schleswig,

Oberstaatsanwaltschaft Kiel. Die Laufbahn von Jens Petersen war für norddeutsche Verhältnisse bilderbuchartig, sie öffnete ihm in seiner Heimat alle Türen und Tore.

»Herr Dr. Loppowitch, womit haben wir es hier zu tun?«

Dr. Loppowitch war ein kantiger Typ in den Fünfzigern und von mittelgroßer Statur. Seine schwarzen Haare waren nach hinten gegelt und betonten so seinen dunklen Teint. Sein Kittel war tadellos weiß und frisch gebügelt. Er kam ursprünglich aus Russland, sprach jedoch ein sehr gutes Deutsch, wenn auch mit deutlich slawischem Akzent.

»Meine Herren.« Loppowitch setzte mit seinem Bericht ein.

»Beim Tod durch Ertrinken unterscheidet man zwischen dem nassen und dem trockenen Ertrinken. Die eigentliche Todesursache ist in beiden Fällen Sauerstoffmangel, wir nennen das Hypoxie. Ganz gleich, ob er durch das Eindringen von Wasser in die Lunge oder durch den sogenannten Stimmritzenkrampf hervorgerufen wird.«

Kommissar Kähler verdrehte leicht die Augen, was Dr. Loppowitch aber nicht sehen konnte.

»Beim Eintauchen in Wasser hält man zunächst den Atem an, was ein gesunder Mensch für ungefähr sechzig bis siebzig Sekunden schafft. Dann kommt es durch einen Reflex entweder zu panischen Atembewegungen, oder es tritt ein Krampfstadium ein. In ersterem Fall, dem nassen Ertrinken, wird Wasser in die Lunge aufgenommen, in letzterem, dem trockenen Ertrinken, ist keine Atmung mehr möglich. In beiden Fällen tritt der Tod nach drei bis fünf Minuten ein. Das geht sehr schnell.«

»Und um welche dieser beiden Todesursachen handelt es sich nun bei unserem Opfer?«, fragte Kähler schon etwas ungeduldig. Er kannte Dr. Loppowitchs Neigung, in einer solchen Situation seine Fachkompetenz zur Schau zu stellen.

»Einen Moment noch. Man muss wissen, dass trockenes Ertrinken in nur zehn Prozent aller Fälle tatsächlich auf den Stimmritzenkrampf zurückzuführen ist, denn meistens löst sich die Krampfsituation schon nach ganz kurzer Zeit wieder, das Opfer fängt an zu atmen und befördert damit unweigerlich Wasser in Atemwege und Lunge. Darum unterscheiden wir zwischen primärem Ertrinken, das in der Regel nur bei Nichtschwimmern und eingeklemmten Tauchern vorkommt, und sekundärem Ertrinken, dem ein Ereignis wie ein Gehirnschlag, ein Herzinfarkt oder eine ungeklärte Bewusstlosigkeit vorangehen.«

»Und was bedeutet das jetzt für den Tod von Adam Caspèr?« Allmählich ging es auch Siebenstub ein bisschen auf die Nerven, derart auf die Folter gespannt zu werden.

Aber Dr. Loppowitch fuhr unbeirrt fort. »Bei einem primären Tod durch Ertrinken, also bis auf wenige Ausnahmen das nasse Ertrinken, füllt sich die Lunge des Opfers mit Wasser, und das gelangt augenblicklich in die Blutbahnen. Insbesondere bei Süßwasser, und darum handelt es sich ja in dem Wind-Wellen-Kanal, wird dadurch das Blut binnen Minuten bis zu einem Verhältnis von eins zu eins verdünnt.«

»Das heißt also, dass das Blut zur Hälfte aus Wasser besteht?«, fragte der Staatsanwalt nach, der dem Arzt mit großem Interesse zugehört hatte.

»Ganz recht, Hirn, Herz und Lunge werden dramatisch geschädigt, Schock und in letzter Konsequenz Tod.«

»Herr Dr. Loppowitch, hätten Sie die Güte, uns endlich zu sagen, welchem Tod durch Ertrinken unser Opfer nun erlegen ist?« Kähler scharrte innerlich mit den Hufen.

»Ich konnte kein Wasser in seinem Blutbild nachweisen, ergo hat er auch kein Wasser in der Lunge.«

»Also war Adam Caspèr bereits tot, als er in das Wellenbecken fiel?« Kommissar Kähler war bestürzt. Lag ihm nun doch ein Mordfall auf dem Tisch?

»Das kann ich nicht mit Bestimmtheit sagen. Der Fall könnte auch bei den zehn Prozent liegen, wo die Verkrampfung des Kehlkopfes so lange anhält, bis der Tod eingetreten ist. Dann können wir auch kein Wasser in der Lunge nachweisen. Eine solche Situation wird der Erfahrung nach durch einen überfüllten Magen begünstigt, und das könnte hier tatsächlich der Grund gewesen sein, denn die Bauchdecke des Opfers ist verdächtig aufgebläht.«

Dr. Loppowitch schaute bedeutungsvoll in die Runde. »Sehen Sie«, er zog das weiße Tuch vom aufgebahrten Leichnam zurück, sodass gerade eben noch die Scham des Opfers bedeckt blieb, »eine derart aufgewölbte Bauchdecke ist ungewöhnlich. Ebenfalls auffällig ist die erhöhte Anzahl von Leukozyten und Lymphozyten im Blut, was auf eine kräftige Entzündung im Körper hinweist. Hinzu kommt, dass so ziemlich alle weiteren Blutwerte auch nicht in Ordnung sind, Leber und Nieren scheinen schwere Schädigungen zu haben, und der Blutzuckerwert stimmt ebenfalls nicht. Aber was es damit genau auf sich hat, das kann nur eine Obduktion des Leichnams mit letzter Sicherheit klären.«

Den Männern bot sich kein schöner Anblick. Caspèr hatte blau unterlaufene Lippen, das Gesicht war aufgequollen, und seine blasse Haut – er hatte jene helle Haut, die nur Rothaarige haben – wirkte durchsichtig. Aber wirklich unheimlich war, dass seine Augen nicht vollständig geschlossen waren. Durch einen ganz schmalen Schlitz schien der Tote die Szene zu beobachten.

»Wagen Sie es nicht, meinen Sohn aufzuschneiden.« Eine harsche ältere Frauenstimme erfüllte den Saal. Frau Caspèr, die Mutter des Opfers, war eingetroffen.

Die Kollegen in München hatten sie unmittelbar nach ihrer Ankunft aus dem Urlaub erreicht, sie musste sich direkt mit dem nächsten Flieger auf den Weg nach Norddeutschland begeben haben. Die elegant gekleidete Dame, sie trug einen hellen Hosenanzug und ziemlich hohe Schuhe, die ein wenig kaschierten, dass sie sehr klein war, kam festen Schrittes auf die Gruppe der Männer zu.

»Niemand rührt meinen Sohn an!«

Sie stand nun direkt vor ihrem toten Kind. Keiner traute

sich, etwas zu sagen, aber alle Blicke waren auf die kleine Frau gerichtet, die plötzlich zusammensank. Der Staatsanwalt und Siebenstub reagierten gerade noch rechtzeitig, um sie aufzufangen.

In den Marschen bei Kleefeld, Samstag, 7. Juni

Siebenstub hatte sich den Schlüssel für Caspèrs Haus besorgt. Es war frühmorgens, über den Feldern waberte noch ein leichter Dunst. Adam Caspèr hatte das Haus von seiner Großmutter geerbt und im Laufe der Jahre schmuck ausgestattet, so der Informationsstand des LKA-Manns. Es lag in einem der Marschendörfer in der Nähe von Kleefeld. Man erreichte es über einen schmalen Weg, der von der Einfahrt zur Haustür hinaufführte, das Grundstück stieg ein wenig an. Als er die Tür aufmachte, schoss eine große graue Katze an ihm vorbei ins Freie. Sie hatte vergeblich auf ihren Besitzer gewartet. Siebenstub schaute sich schon ein wenig um, die Spurensicherung müsste jeden Moment eintreffen.

Caspèr hatte Geschmack, eine feine Sitzgarnitur im Wohnzimmer, hohe Bücherregale mit sehr sorgfältig eingestellten Büchern, das sah man sofort, und dazwischen, eingelassen in die Regale, kleine, vitrinenartige Glaskästen, in denen diese seltsamen Pfeifenköpfe ausgestellt waren. Man blickte durch bodentiefe Fenster in einen gepflegten Rosengarten. Rosen unterschiedlichster Couleur.

Siebenstub hatte die Haustür offen stehen lassen. Jetzt hörte er, wie die Spurensicherung eintraf.

»Guten Morgen, Chef, wo sollen wir anfangen?«

»Moin, ich denke, wir gehen erst einmal rauf.«

Im Obergeschoss befanden sich das Schlafzimmer, ein Bad und ein kleines Büro, wo die gleiche Ordnung herrschte wie unten.

Auch hier stießen sie auf eine Vitrine mit Pfeifenköpfen und Postkarten, die in Plexiglasständern präsentiert wurden und allesamt auf Lornsen und seine Heimat Sylt bezogen waren. Die Spurensicherung nahm den Laptop mit, die IT-Abteilung im Polizeipräsidium würde ihn sich vornehmen. Am Fuß der

Schreibtischlampe klebte ein gelber Zettel mit einer Telefonnummer, dazu waren die Initialen J. M. notiert.

Siebenstub beförderte den Zettel in ein Tütchen und sagte: »Dort werden wir mal anrufen.«

Er zückte sein Handy und rief zunächst in der Zentrale an. »Könntest du bitte einmal eine Telefonnummer für mich checken?«, bat er die Kollegin am anderen Ende, gab die Nummer durch und bedankte sich.

Nur kurze Zeit später meldete sich die Kollegin aus dem Polizeipräsidium zurück.

»Die Nummer ist auf den Namen John Mayer eingetragen, Gastronom in Berlin.«

»Ah, das ist interessant«, sagte Siebenstub und legte auf.

Die Kollegin hatte ebenso problemlos herausbekommen, dass John Mayer sich in Kleefeld aufhielt. Sein Handy konnte geortet werden, und Siebenstub veranlasste, dass sofort zwei Beamte nach ihm geschickt wurden.

In der ganzen Wohnung konnten sie nichts Auffälliges entdecken, bis sie in das Schlafzimmer von Adam Caspèr kamen. Das aufgewühlte Bett, die halb ausgetrunkene Teetasse auf dem Nachttisch, herumliegende Sachen – das alles passte so gar nicht in das restliche Bild des Hauses. Auf Laken und Kissen bildeten sich ganz erhebliche Blutflecke ab, Blut war auch in einigen Papiertaschentüchern, die neben dem Bett auf dem Boden lagen.

»Schauen Sie mal, Chef.« Der Kollege in Weiß zeigte auf das Kopfkissen, wo sich neben Blutflecken auch ganze Büschel roter Haare befanden.

»Das Opfer litt offenbar an starkem Haarausfall, das habe ich auch schon anhand der Haarbürste im Bad bemerkt, die ist schon eingetütet. Im Badezimmer stand eine ganze Reihe von Mitteln gegen Magenbeschwerden rum, Tropfen und Tabletten, die habe ich auch alle für die kriminaltechnische Untersuchung eingepackt. Aber ich glaube, dann sind wir auch durch. Wir haben an allen einschlägigen Punkten Fingerabdrücke genommen, Eingangstür, Spiegelschrank im Bad, Terrassentür, Küche et cetera.«

»Sehr gut.« Siebenstub stand nachdenklich auf dem Treppenabsatz. Was hatten diese auffälligen Hinweise auf Caspèrs Gesundheitszustand zu bedeuten? Die Obduktion des Leichnams war vom Staatsanwalt angeordnet worden. Frau Caspèr hatte zwar versucht, aus religiösen Gründen Einspruch dagegen zu erheben, hatte damit aber keinen Erfolg gehabt. Alle Zeichen deuteten mittlerweile darauf hin, dass Adam Caspèrs Gesundheit schon schwer beeinträchtigt gewesen war, bevor er in den Wellenkanal stürzte. Das machte den Sachverhalt aber nicht leichter. Erstens, warum war er in diesem Zustand nicht zum Arzt gegangen? Und zweitens, was hatte er, angeschlagen, wie er war, in der Nacht im Museum zu suchen gehabt?

In diesen Minuten befand er sich bereits unterm Messer von Dr. Loppowitch.

***

Frau Hufe war wieder aus dem Krankenhaus entlassen, aber noch einige Tage krankgeschrieben worden. Nun saß sie inmitten ihrer prächtigen Orchideen im Innenhof ihres Bungalows. Sie hatte einen Teil des automatisch betriebenen Glasdaches auffahren lassen, sodass sie das Vogelgezwitscher hören konnte. In der Ferne vernahm sie das tiefe, lange Tuten eines Dampfers.

Sie hatte immer noch nicht begriffen, was passiert war. In den letzten zwei Tagen war sie wie benommen gewesen, was sicher auch an den ihr verabreichten Beruhigungsmitteln gelegen hatte. Warum war Adam in den Wellenkanal gefallen, was hatte er dort so spät noch zu tun gehabt?

Sie dachte noch einmal über den Abend vor seinem Tod nach. Frau Landmann, die die Führung im Museum betreut hatte, musste anschließend schnell los. Das hatte sie so auch der Polizei erzählt. Sie war dafür verantwortlich gewesen, die Systeme herunterzufahren und den Alarm zu aktivieren, was sie alles vorschriftsmäßig getan hatte. Plötzlich wurde ihr bewusst, dass sie sich gar nicht daran erinnern konnte, den Bereich des Wind-Wellen-Kanals kontrolliert zu haben, es musste dort noch Licht gebrannt haben, vielleicht war der Wellenkanal sogar noch in Betrieb gewesen. Dann fiel ihr ein, dass sie von ihrem jüngeren Sohn auf dem Handy angerufen worden war. Sie hatte, noch mit ihm am Ohr, den Alarmschlüssel in Position gebracht und war dann schnell nach Hause geeilt, weil Henning, der ausnahmsweise einmal etwas zu früh dran war, dort bereits auf sie gewartet hatte.

Caroline Hufe wurde ganz flau zumute. Ihr Herz begann zu rasen, und der kalte Schweiß trat auf ihre Stirn. War sie am Ende mitschuldig an Adams Tod? Hatte er abends gesehen, dass noch Licht brannte? War der Wellenkanal noch in Betrieb gewesen? Aber warum hatte er dann nicht einfach alles abgestellt? Man musste nicht zum Beckenrand hinaufsteigen, um das Wellenpaddel anzuhalten. Eigentlich war die Anlage ohnehin mit einer Zeitschaltuhr ausgestattet, nach spätestens acht Minuten hörten die Wellen auf. Vielleicht hatte etwas nicht gestimmt? Aber Adam konnte doch schwimmen.

Sie betrachtete eine ganze Weile ihre *Paphiopedilum godefroyae*. Sie hatte zwei ganz besonders gelungene Exemplare, die fast wie ein Zwillingspaar nebeneinander auf der Blumenbank standen. Die ungewöhnlich große Ausbildung prächtigster Blüten, die phantastische rot-weiße Maserung, niemand hatte schönere *Godefroyaes*.

Je länger sie ihre Züchtungen anschaute, desto stärker drängte sich die andere Frage auf. Eine Frage, die jeglichen Verdacht von ihr ablenkte. Hatte Caspèr Suizid begangen? Was hatte ihn dazu gedrängt? Und damit war sie wieder bei ihrer Chefin angelangt, bei deren Misstrauen, deren Machtgebaren und Ungerechtigkeiten Caspèr gegenüber, einem Mann, den sie, Caroline Hufe, wie keinen anderen im JMK bewundert hatte.

Morgen würde sie ihren Dienst wieder aufnehmen. Das Leben musste schließlich weitergehen. Sie würde der Polizei nichts von ihrem eventuellen Versäumnis an diesem Abend erzählen.

***

Mittags desselben Tages in der Kreisstadt.

»Wo waren Sie am Abend des 4. Juni zwischen zweiundzwanzig Uhr und Mitternacht?«

»Ist Adam in dieser Zeit gestorben?« John Mayer war zwar in seiner Bikerkluft erschienen, aber von ihm war jegliche Coolness gewichen. Man konnte sogar den Eindruck gewinnen, dass er um den Toten trauerte. »Mann, Sie denken doch nicht im Ernst, dass ich etwas mit seinem Tod zu tun habe?«

»Beantworten Sie bitte unsere Fragen. Wo waren Sie zu diesem Zeitpunkt?«

»Ich war in unserer Ferienwohnung hier in Kleefeld.«

»Sie waren dort allein?«

»Ja, aber die Nachbarn haben mich bestimmt gesehen. Sie kennen doch die Lage. Die Holzhäuser stehen zwar frei, aber man bekommt schon etwas mit von den anderen Bewohnern.«

»Sie haben also kein Alibi, wenn ich das recht verstehe.« Siebenstub spitzte die Situation zu und nahm Mayer dabei genau ins Visier.

Der schien in echte Verzweiflung zu verfallen, Verzweiflung und Empörung, denn er sprang von seinem Platz auf.

»Bitte setzen Sie sich.« Siebenstub versuchte zu beschwichtigen, er merkte, dass er hier mit Provokation nicht weiterkam, da der Verdächtige offenbar tatsächlich emotional stark involviert war.

John Mayer nahm wieder Platz, aber nur auf der Stuhlkante, so als ob er jeden Moment bereit sein wollte, den Raum zu verlassen.

»Wir werden das überprüfen. Wo war denn eigentlich Ihre Freundin an diesem Abend? Sie waren doch zu zweit unterwegs.«

»Eve und ich hatten uns gestritten, sie ist abgereist. Wir waren auf der Rückreise von unserer Tour durch Holland. Wir wollten in Kleefeld noch ein paar Tage Station machen, bevor wir nach Berlin zurückgefahren wären, aber Eve fand Kleefeld unterirdisch, ich meine, ihr waren hier zu viele Grauhaarige.«

John Mayer blickte nach unten, so als ob die Tatsache, dass seine Freundin nicht mehr da war, nun auch noch auf seinen Schultern lastete. Er verharrte einen Moment in dieser Position, dann schaute er Siebenstub direkt an. »Ich habe Caspari, so hab ich ihn früher genannt, zwar ein bisschen in den Schwitzkasten genommen, aber umgebracht habe ich ihn nicht.«

»Wann war das?« Siebenstub hoffte, dass sie, wenn schon keinen Täter, so doch vielleicht einen Zeugen vor sich hatten.

»Mittwochabend, also am 4. Juni. Ich war bei ihm zu Hause.«

»Wann war das genau?«

»Ich denke, so gegen zwanzig Uhr.«

»Und wie lange waren Sie dort?«

»Keine halbe Stunde. Adam war in einer echt schlechten Verfassung, sah wirklich übel aus. Ich meinte, ich brauch meine Kohle langsam mal zurück, und ich hab ihn auch einmal am Kragen gepackt und ihm versichert, dass er bald von weitaus unangenehmeren Typen Besuch kriegen würde. Sie wissen schon, wir alle haben unsere Mittel und Wege …« Mayer schaute zu Siebenstub auf und grinste verschlagen. »Aber er hat mir versichert, dass ihm seine Mutter aushelfen wird. Ich habe ihm das geglaubt, denn letztlich hat ihn seine Mutter immer rausgerissen. Ich kannte ihn ja schon ein paar Jahre … Ich bin dann gegangen.«

»Wann genau?«

»Gegen halb neun schätzungsweise.«

»Sind Sie dann direkt in Ihre Ferienwohnung zurückgefahren?«

»Ach nein, daran habe ich ja gar nicht mehr gedacht. Ich habe in dieser Kneipe direkt am Hafen – wie heißt die noch mal? –, im ›Molenkieker‹, ein Bier getrunken. Da erinnert sich bestimmt jemand an mich.«

»Wie lange waren Sie im ›Molenkieker‹?«

»Vielleicht eine Stunde.«

»Herr Mayer, sind Sie dann noch einmal zurück zu Caspèrs Haus, haben ihn gezwungen, mit Ihnen ins Museum zu gehen, und ihn dann, als klar war, dass auch dort nichts zu holen war, was sich leicht zu Geld machen ließe, ins Wasser gestoßen?«

»Was reden Sie da für einen Unsinn?« Mayer spie den Satz mehr aus, als dass er ihn sprach, Tröpfchen von seinem Speichel tanzten auf der Tischplatte vor ihm, und er war wieder von seinem Stuhl aufgesprungen.

Siebenstub ließ sich nicht beeindrucken. »Sie waren nicht nur dieses eine Mal hier in Kleefeld. Sie waren bereits am 9. April und am 1. Mai hier. Mit anderen Worten: Sie bedrohten Caspèr schon länger. Dafür gibt es Zeugen.«

Siebenstub gab dem Beamten, der neben der Tür stand, ein Zeichen.

»Sie sind festgenommen wegen des Verdachts, Adam Caspèr ermordet zu haben.«

Fassungslos, scheinbar seiner Kräfte beraubt, ließ John Mayer alles mit sich geschehen.

***

Am späten Nachmittag im Jensen-Museum.

Vor zwei Tagen war Adam Caspèr im Wind-Wellen-Kanal ums Leben gekommen. Franziska saß mit Eliza Mendes in ihrem Büro. Sie hatten jede eine Tasse puerto-ricanischen Kaffees vor sich, und zwischen ihnen stand ein Teller mit verschiedenen Marzipankreationen aus der Stadtbäckerei. Eigentlich waren diese kostbaren Confiserien tabu für den Besprechungstisch, aber besondere Situationen erforderten schließlich besondere Maßnahmen. Franziska freute sich, mit Frau Mendes ein vertrauensvolles Gespräch führen zu können.

»Ach, was sind das bloß für Zeiten, und wo stehen wir jetzt eigentlich?« Frau Mendes war aufgestanden und hatte ihnen beiden noch etwas nachgeschenkt.

»Sie glauben nun nicht mehr, dass Caspèr einfach ertrunken ist. Es steht noch nichts mit letzter Sicherheit fest. Ich muss mehr wissen als Pressesprecherin, ich bekomme viele Anfragen, offizielle und inoffizielle. Das Einzige, was ich in Erfahrung bringen konnte, deutet darauf hin, dass Caspèr vor seinem Tod gesundheitlich schwer angeschlagen war.«

»Das kann ich bestätigen, er hatte bei unserer Werftbesichtigung einen Zusammenbruch. – Und wenn doch jemand nachgeholfen hat?«

»Die Öffentlichkeit glaubt sowieso längst an einen kaltblütigen Mord, so wie es die ›Küstenpost‹, dieses Schmierblatt, verbreitet hat. ›Rätselhafter Todesfall im Wind-Wellen-Kanal des Kleefelder Museums‹, und weiter: ›Man hatte schon wiederholt von Unstimmigkeiten innerhalb des JKM-Teams gehört, ist der Konflikt nun eskaliert?‹ Eine Frechheit, diese Mutmaßung, und dann auch noch ein Foto mit den Einsatzwagen vor dem Museum. Die Polizei versicherte uns äußerste Diskretion. So sieht das heute aus.«

Frau Mendes legte die Ausgabe der »Küstenpost« beiseite und schaute aus dem Fenster in den Museumsgarten. »Was ich allerdings noch berichten kann, ist, dass die Polizei jemanden festgenommen hat.«

»Wie bitte? Und damit rücken Sie erst jetzt heraus?« Franziska ließ beinahe ihre Kaffeetasse fallen, sie setzte sie mit einem leichten Scheppern ab.

»Na ja, ich habe mich an Jochen Reeder von der ›Kleefelder Rundschau‹ gewandt, der ist doch immer bestens über alles informiert, aber er hat mich um absolute Verschwiegenheit gebeten. Diese Information ist gerade mal eine Stunde alt, aber Sie müssen es doch wissen.«

»Natürlich, es ist richtig, dass Sie mich informieren. Und wer ist es?«

»Ein ehemaliger Freund von Caspèr, John Mayer, dieser Typ mit dem Motorrad, der schon mehrmals hier im Haus war und Caspèr ganz schön angegangen ist. Ich habe der Polizei auch von dem Vorfall mit Mayer erzählt. Ich stand damals zufällig am Fenster und konnte beobachten, wie die beiden im Innenhof aufeinandertrafen. Der war ganz schön wütend auf unseren Adam.«

»Wann war denn das?«

»Am 9. April, Sie hatten einen Termin mit der Turnerin wegen des Nachlasses.«

»So ein Typ Ende dreißig, Anfang vierzig in Bikerkluft?«

»Exakt. Woher kennen Sie den?«

»Kennen ist zu viel gesagt, es ist schon eine ganze Weile her. Es war tatsächlich der Tag, an dem ich mir die Sammlung der Sportabzeichen angeschaut habe, da war ich im Anschluss im ›Molenkieker‹ und wurde Zeugin eines Streits zwischen einem Paar in Motorradmontur, auch der Name Adam fiel. Das war also John Mayer. Dann war er offenbar schon im Museum, bevor ich ihn im ›Molenkieker‹ gesehen habe.«

»Ja, genau. Dass es der 9. April war, weiß ich außerdem so genau, weil eine meiner besten Freundinnen Geburtstag hatte und wir im ›Grünen Heinrich‹ verabredet waren. Als ich dann ins Museum zurückkam, war dieser Typ bei Caspèr im Büro, das konnte ich durch die angelehnte Tür sehen. Am Tonfall war deutlich zu erkennen, dass es keine freundschaftliche Unterhaltung war. Ich konnte nur Bruchstücke heraushören, denn draußen im Garten war der Gärtner mit seinem Rasenmäher zugange, und dann wurde die Tür auch von innen zugezogen. Damals habe ich mir nicht viel dabei gedacht, Caspèrs Freunde haben mich noch nie interessiert, aber der Polizei gegenüber habe ich das natürlich erwähnt.«

Franziska hielt einen Moment inne, rief sich das Bild dieses John Mayer noch einmal in Erinnerung. Auf dem Empfang der Physiker am 1. Mai war er ja nur kurz in Erscheinung getreten, was außer ihr anscheinend von niemandem sonst bemerkt worden war. Caspèr hatte also Dreck am Stecken, deswegen auch die übertrieben gereizte Reaktion, als sie ihn auf den Vorfall im Garten angesprochen hatte.

Sie holte sich wieder in die Gegenwart zurück und wechselte abrupt das Thema. »Wie sind denn eigentlich die Besucherzahlen, seit wir wieder öffnen dürfen?«

»Das ist das Verwunderliche, die Besucherzahlen sind sensationell. Offenbar appelliert die Tatsache, dass bei uns im Wellenkanal ein Mensch ums Leben kam, derartig an den Voyeurismus der Menschen, dass sie sich den Tatort Museum anschauen wollen. Unsere Aufsichten haben berichtet, dass der Wellenkanal und die Windmaschine ständig in Betrieb sind. Wir hatten heute sogar zwei kurzfristig gebuchte Führungen mit Schwerpunkt auf der Entstehung der Gezeiten.«

»Die Menschen sind doch niederträchtig«, sagte Franziska.

»Ja«, stimmte Frau Mendes ihr mit trauriger Stimme zu und schaute in die Formationen ihres Kaffeesatzes. Manchmal, wenn die Stimmung danach war, las sie aus dem Kaffeesatz, aber das ließ sie nun schön bleiben, denn aus dem Inneren ihrer Kaffeetasse stiegen lauter böse Gerüchte auf, mehrere feine Linien, die alle in einer dunklen Wolke zusammenliefen.

»Wie geht es Frau Hufe?«

»Sie ist wieder zu Hause, aber da sie einen Nervenzusammenbruch hatte, ist sie noch einige Tage krankgeschrieben.«

»Ich weiß gar nicht, wie ich mich ihr gegenüber verhalten soll, sie hat mich so angegriffen, sie kann mich doch nicht für Adams Tod verantwortlich machen«, sagte Franziska.

»Menschen reagieren emotional oft sehr ungesteuert, wenn sie vom Tod eines nahen Verwandten oder Freundes erfahren. Caspèr war fast so etwas wie ein Sohn für sie, ihre eigenen beiden Söhne sind längst aus dem Haus, nun hatte sie ihn.«

»Merkwürdig, in dem Moment war mir das gar nicht so klar, aber Sie haben sicher recht.«

»Die beiden hockten doch die ganze Zeit zusammen, als Sie in den USA waren, ich habe Ihnen ja davon berichtet.«

»Ich habe das wohl nicht ernst genug genommen.«

»Wenn Sie mich fragen, hat Caspèr es nie verwunden, dass er damals nicht Leiter des JMK geworden ist. Und die Hufe hätte natürlich auch nichts lieber gesehen, als dass ihr Zögling auf diesem Posten geblieben wäre.«

»Ich muss mit ihr reden, aber ich warte noch ein, zwei Tage.« Franziska schaute nachdenklich auf ihre Hände.

»Da ist noch etwas«, unterbrach Frau Mendes sie in ihren Gedankengängen. »Ich habe angefangen, auf Caspèrs Schreibtisch zu sichten, was liegen geblieben ist und wo Handlungsbedarf besteht. Ich bin da auf eine ziemlich, wie soll ich sagen, brisante E-Mail-Korrespondenz gestoßen. Ich habe mir, wie Sie mich gebeten hatten, für den Account von Adam Caspèr von der IT-Abteilung ein neues Passwort einrichten lassen. Regula Müller, unsere Buchhändlerin und Kooperationspartnerin – im Übrigen eine ›beste Schwester‹ von Frau Hufe –, schreibt an Caspèr, dass sie sich eine Ausstellung zu Uwe Jens Lornsen in ihren Galerieräumen sehr gut vorstellen könne. Den Verkauf eines exklusiven Reprints der Streitschrift ›Ueber das Verfassungswerk in Schleswigholstein‹ würde sie sehr begrüßen.«

Frau Mendes räusperte sich und fuhr dann fort: »Weiterhin kann man hier lesen, dass Caroline Hufe sich bereit erklärt hatte, beim Aufbau der Ausstellung mitzuarbeiten. Es sei gar kein Problem, das notwendige technische Equipment dafür im Museum zu besorgen.«

Franziska war für einen Moment sprachlos. Das hatte er also mit dem Reprint im Sinn gehabt. Ein Geschäft mit der Müller. Wie dreist und unverfroren! Franziska hatte so etwas noch nie erlebt. Da schimpfen sich die Sentinels International »beste Schwestern« und fallen einer Frau bei der erst*besten* Gelegenheit in den Rücken – und das zugunsten eines Mannes! Sie verharrte einen Moment in einer Art Starre. Es stieg eine derartige Wut in ihr auf, die sie erst einmal in den Griff bekommen musste. Sie war so aufgewühlt, dass sie an der Nagelhaut ihrer Daumen knibbelte.

»Frau Mendes, bitte stellen Sie mir in chronologischer Reihenfolge die von Caspèr geführten Korrespondenzen zusammen, damit ich mir ein vollständiges Bild von dieser Angelegenheit machen kann. Sobald Frau Hufe wieder gesund ist, werde ich mit ihr sprechen. Und mit Frau Müller werden jegliche Kooperationsverträge wegen Vertrauensmissbrauch aufgekündigt.«

»Das erledige ich sofort, und ich habe auch schon eine Idee, wie wir das Problem lösen.«

Franziska lächelte ihre Kollegin an. »Wunderbar.«

»Ich kann das alles gar nicht glauben. Ich habe ja schon etwas geahnt. Caspèr und die Hufe saßen wirklich jeden Morgen ausgiebig beisammen, wie in alten Zeiten, aber dass sie so unverfroren sein würden, quasi eine Gegenausstellung zu planen ... Und dann die Sache mit dem Reprint.« Frau Mendes schüttelte den Kopf, so als wollte sie diese Ungeheuerlichkeiten ungeschehen machen.

Franziska de Beer und Eva Mendes lösten ihre Besprechungstafel auf.

In Franziska breitete sich eine tiefe Traurigkeit aus, Traurigkeit über den Tod ihres Mitarbeiters, aber auch Traurigkeit über die Illoyalität innerhalb ihres Teams.

Kreisstadt, Sonntag, 8. Juni

Dr. Loppowitch, der die Obduktion von Adam Caspèr durchgeführt hatte, saß mit den beiden Kommissaren Siebenstub und Kähler und dem ermittelnden Team im Besprechungsraum des Polizeipräsidiums. Es waren seltsame Dinge zutage getreten, sodass man sich entschlossen hatte, noch am Sonntag zusammenzukommen.

»Sie sind sich sicher, dass Adam Caspèr an der Strahlenkrankheit gestorben ist?« Hauptkommissar Kähler wirkte niedergeschlagen. Mit so etwas war er bisher in seiner ganzen Laufbahn noch nicht konfrontiert worden.

»Es gibt keinen Zweifel daran. Ich konnte eine Verstrahlung seiner Organe zwischen acht und zehn Sievert messen. Das bedeutet, dass sein Körper einer ungeheuer hohen Potenz von Ionen ausgesetzt gewesen sein muss. Meine Messgeräte sind vielleicht nicht ganz so präzise, aber kleine Abweichungen würden in diesem Fall das Bild nicht wesentlich verändern.«

»Aber man hat ihm doch nichts angesehen. Welche Symptome weisen denn darauf hin?« Kähler wollte einfach nicht glauben, was der Rechtsmediziner hier berichtete.

»Der gesamte Magen-Darm-Bereich des Opfers ist geschädigt, und im Blutbild ist eine erheblich verminderte Erythrozytenzahl – also der roten Blutkörperchen – festzustellen. Die Zellen des menschlichen Körpers reagieren unterschiedlich auf ionisierte Strahlung. Noch Bergonié und Tribondeau nahmen an, dass Gewebe umso stärker geschädigt wird, je höher seine Teilungsrate ist. Inzwischen aber weiß man, dass die Sensibilität eines Gewebes oder eines Organs vielmehr von der Lebensdauer und Größe der Stammzellen abhängt, denn die radioaktive Einwirkung führt meist nicht zum sofortigen Absterben der Zellen, sondern zum Verlust ihrer Teilungsfähigkeit. Wenn beispielsweise ein Organ wie unsere Haut eine sehr hohe tägliche Zellaustauschrate hat und die Fähigkeit der Zellteilung zerstört wurde, stirbt die Haut in relativ kurzer Zeit ab.«

»Lieber Herr Dr. Loppowitch, bitte halten Sie uns doch keine wissenschaftlichen Vorträge, wir benötigen nur die Fakten.« Siebenstub hatte Mühe, seine Ungeduld zu verbergen. Warum nur musste dieser eitle Doc sich immer wieder in Szene setzen? Niemand zweifelte seine Kompetenzen an.

»Nun warten Sie doch mal ab.« Der Russe fuhr fort. »Das gilt in gleichem Maße für Schleimhäute, deswegen litt Caspèr an so starkem Organzerfall. Bei einem sich nur langsam austauschenden Gewebe, wie es beim Knochenmark der Fall ist, entwickeln sich Strahlenschäden sehr viel langsamer, aber auch in diesem Bereich konnte ich schon beginnende Veränderungen feststellen, was einmal mehr ein Indiz dafür ist, dass die Strahlenbelastung enorm hoch gewesen sein muss. Außerdem hat man in Caspèrs Wohnung Spuren gefunden, die auf starkes Nasenbluten und Haarausfall hinweisen, ebenfalls sehr typische Symptome einer schweren Strahlenkrankheit. Caspèr hatte bereits innere Blutungen. Ich nehme an, dass sein Nervensystem versagt hat und er ohnmächtig geworden ist, bevor er in das Wasserbecken fiel. Aus diesem Grund hatte er kein Wasser in der Lunge. Ich würde sagen, Adam Caspèr wären ohnehin nur noch wenige Tage zu leben geblieben.«

»Wie erklären Sie sich denn, dass ein so todkranker Mensch nachts im Museum herumschleicht? Das passt doch alles nicht zusammen.« Kommissar Kähler wollte den Tatsachen nicht ins Auge sehen.

»Es ist eigentlich ein Wunder, dass er in diesem Zustand noch unterwegs war. Aber ich denke, Caspèr befand sich in der sogenannten Walking-Ghost-Phase. Ein Zustand, der nach etwa fünf bis zehn Tagen bei Patienten mit schwerster Strahlenkrankheit eintritt. In dieser Phase klingen die akuten Symptome wie Übelkeit, Erbrechen, Schwindel, Müdigkeit und so weiter ab, und eine vermeintliche Erholung tritt ein. Das ist das letzte Stadium vor dem unabwendbaren Tod.«

»Haben Sie eine Vorstellung, auf welche Weise Caspèr Opfer dieser extremen radioaktiven Strahlung geworden sein könnte? Es ist doch nicht so, dass wir ohne Weiteres mit derart gefährlichen Stoffen oder Strahlen in Kontakt kommen.« Siebenstub erhoffte sich von Dr. Loppowitch eine plausible Erklärung, aber der blieb vage.

»Das ist schwer zu sagen. Da sein Magen-Darm-Trakt so stark geschädigt ist, würde ich vermuten, dass er eine hoch radioaktiv angereicherte Substanz zu sich genommen hat. Ich habe bereits alle Proben in ein Speziallabor nach Kiel geschickt. Es wird einige Zeit dauern, aber dann können wir hoffentlich präziser sagen, womit genau Caspèr vergiftet wurde.«

Eine Weile herrschte Schweigen in der Runde.

Siebenstub bedankte sich bei Dr. Loppowitch, der sich entschuldigte, um wieder in seinen Katakomben zu verschwinden.

Die neue Situation erforderte genaueste Planung.

»Zuerst müssen wir die Spurensicherung mit den aktuellen Informationen und ausgerüstet mit den entsprechenden Messgeräten noch einmal durch das Museum schicken«, sagte Kähler.

»Das Bundesamt für Strahlenschutz in Rendsburg muss umgehend benachrichtigt werden.« Siebenstub war nun vollkommen in seiner Rolle als Ranghöherer und machte die Ansagen. »Und ich nehme an, von nun an wird sich das BKA einschalten, denn Zwischenfälle mit schwerster Strahlenbelastung sind Sache des Bundes. Ich übernehme das und werde auch gleich in Erfahrung bringen, woher unsere Spurensicherung die notwendige Ausrüstung bekommen kann, denn wir müssen jetzt alle Sicherheitsvorkehrungen einhalten. Ich würde sagen, sobald wir klare Anweisungen vom BFS und BKA haben, teilen Sie Ihre Leute für die anstehenden Ermittlungsarbeiten ein. Ist das Haus von Caspèr noch versiegelt?«

»Jawoll«, bestätigte Kähler.

»Gut. Dann kann die Untersuchung auf radioaktive Verseuchung dort im Anschluss an das JMK geschehen, öffentlich zugänglicher Raum hat Vorrang.«

Siebenstub stand auf und verließ den Besprechungsraum. Kähler nickte nur zustimmend. Nun würde er noch eine Stufe weiter nach unten sinken in der Hierarchie.

***

Franziska war unwillig zu glauben, was sie da erfahren hatte. Übelkeit breitete sich in ihr aus, die Sachlage wurde immer schlimmer, und der Grund dafür hatte bis gerade eben jenseits ihres Vorstellungsvermögens gelegen: Caspèr war an der Strahlenkrankheit gestorben, wie ihr Kommissar Siebenstub soeben mitgeteilt hatte.

Die Uhr zeigte kurz nach achtzehn Uhr, sodass die Besucher bereits aus dem Haus waren, sonst hätte er eine Räumung veranlasst. Und morgen, am Montag, da war das Museum sowieso geschlossen. Siebenstub hatte versprochen, dass am Vormittag die Kollegen vom Bundesamt für Strahlenschutz da sein würden, um eine Gefährdung für die Öffentlichkeit auszuschließen. Dann würde der Publikumsverkehr nicht beeinträchtigt werden. Franziska konnte nur hoffen, dass die erneuten Kontrollen nichts ergeben würden. Das Wasser im Wind-Wellen-Kanal war ausgewechselt und das Becken gereinigt worden. Das musste sowieso einmal im Jahr geschehen.

Franziska schaute in den Museumsgarten, die Sonne stand schon ziemlich tief, sie wollte ihren Artikel für den Katalog der nächsten Ausstellung fertig schreiben und dafür die Ruhe des Sonntagnachmittags nutzen. Sie kam auch ganz gut voran, die Einleitung in das Ausstellungsthema hatte sie bereits, aber ihr Beitrag zum Sozialkistentransporter war noch längst nicht fertig; außerdem hatte sie schon seit ein oder zwei Wochen ihre praktische Detangling Mouse verlegt, sodass sie sich mit der lästigen Kabelmaus herumschlagen musste, die zu dem

Computer in ihrem Büro gehörte. Im Museumsshop waren derzeit keine Detangler verfügbar, weil die Lieferung mit den neu bestellten Produkten einfach nicht eintraf.

Die Gartenfassade des Renaissance-Palais war nun von der abendlichen Sonne angestrahlt, es sah sehr schön aus. Die verschiedenen Farben der Klinker reflektierten in warmen Tönen das Licht, denn im Gegensatz zur hell verputzten Hauptfassade hatte man die Rückseite in ihrem ursprünglichen Zustand belassen. Es war unvorstellbar, dass hinter diesen Mauern so schreckliche Dinge passiert sein sollten.

Aber war nicht schon Graf Christian von Pentz, der die letzten Jahre seines Lebens in Alkohol ertränkt hatte, hier mit seiner jungen Gattin, einer Tochter des dänischen Königs, unglücklich geworden? Franziska erinnerte sich an eine historische Quelle, in der davon berichtet wurde, wie Sophia Elisabeth Gräfin Gyldenlöwe mit einer Pistole auf ihren Gatten geschossen habe, weil er angeblich gegen ihren Willen in ihr Schlafgemach eingedrungen sei. Graf Pentz sei nur mit dem Leben davongekommen, weil er sich eiligst hinter den Türrahmen habe retten können.

Die Einschusslöcher waren bis heute in der Tür zu sehen und dienten bei Führungen dazu, diese delikate Episode aus dem Leben des Stadtgouverneurs eindrucksvoll zu untermauern.

Franziska schüttelte ihre Gedanken ab. Sie musste jetzt das Museum verlassen und würde zu Jacob fahren, sie fühlte sich müde und leer. Sie schaute den kleinen Elfenbeinhasen an, dessen Rubinaugen im letzten Sonnenlicht funkelten. Sie hatte ihren kleinen Glücksbringer neben den Computer gesetzt, in letzter Zeit nahm er seinen Job nicht mehr so ernst, so schien es ihr. Was würde noch alles passieren?

Als sie das Haus am Kleinen Fluss erreichte, war noch niemand da. Keiner von Jacobs Wagen stand auf seinem Parkplatz. Sie musste schmunzeln, sie hätte nie gedacht, dass in Jacob Menninga ein Snob steckte. Ein Auto für jeden Anlass.

Sie parkte ihren betagten rot-schwarzen Mini – Autos waren ihr noch nie wichtig gewesen – und ging hinunter zum Haus. Jacob hatte ihr nach dem Skrei-Fest einen Schlüssel gegeben, sie könne kommen, wann sie wolle. Sie war sehr überrascht und zugleich unendlich glücklich darüber gewesen, war es doch *der* Liebesbeweis eines Mannes, der nach außen hin wie ein überzeugter Single wirkte.

Als sie die Terrasse betrat, ging die Außenbeleuchtung automatisch an, auch im vorderen Teil des Innenraums leuchteten jetzt die Deckenstrahler. Sie schloss die seitliche Glastür auf, nun blieben ihr drei Minuten Zeit, die Alarmanlage zu entschärfen. Jacob hatte ihr alles genau erklärt. Das Schaltfeld der Anlage befand sich rechts, direkt dort, wo die Glaswand in die Mauer überging. Sie tippte den Code ein, fertig, es piepte einmal lang, und gleichzeitig ging der Kronleuchter über dem Esstisch an. Jacob liebte diese kleinen technischen Spielereien.

Franziska zog ihre Schuhe aus, holte sich ein kühles Glas Weißwein aus der Küche und setzte sich auf das rechte Sofa, sodass sie in Richtung Fluss schauen konnte. Sie hatte im Eisschrank Selleriestangen gefunden, an denen sie jetzt knabberte. Jacob mochte gar keinen Sellerie, er hatte das Gemüse nur für sie eingekauft.

Franziskas Gedanken umkreisten die neuesten Ereignisse. Was bedeutete diese so erschütternde Nachricht, die sie vor einer Stunde von Siebenstub erhalten hatte? Wieso – und wo – war Adam Caspèr derart starken radioaktiven Strahlen ausgesetzt gewesen? Ihr fiel wieder ein, wie sie damals diese Broschüren für den Ernstfall im Archivkeller des Rathauses gefunden hatte, die ihr jetzt wie ein böses Vorzeichen erschienen. Das AKW Lichtenwerder lag nur ein paar Kilometer entfernt am Großen Fluss. Wurde hier irgendwo in der Gegend radioaktiver Müll gelagert, mit dem Adam unglücklicherweise in Kontakt gekommen war?

Morgen würde sie zumindest wissen, ob sich im Museum ein Gefahrenherd befand. Siebenstub hatte sie aufgefordert, das Büro umgehend zu verlassen, nachdem ihm klar geworden war, dass sie noch im Museum war und arbeitete. Sie solle möglichst keine weiteren Räume mehr als nötig betreten und das Gebäude verriegeln. Sie hatte sich strikt an seine Anweisungen gehalten und das JMK über den Hintereingang verlassen, der ihrem Büro am nächsten lag.

War sie nun auch verstrahlt? Panik stieg in ihr auf. Diese Gefahr sah, roch und spürte man nicht. Aber warum sollte es radioaktives Material im JMK geben? Hätte sie direkt in die Klinik fahren sollen?

Von plötzlicher Unruhe erfüllt, stand sie auf und ging hinunter zum Bootssteg – mit einer Zigarette in der Hand. Sie fröstelte leicht. An den Abenden wurde es frisch, so schön diese frühen Sommertage auch waren. Langsam fing es an zu dämmern, die Sonne stand schon tief und rot über dem Fluss. Ihre Strahlkraft war noch beachtlich, bald würde sie hinter den Bäumen am gegenüberliegenden Ufer versinken und ein prächtiges Farbenschauspiel veranstalten.

Franziska setzte sich auf die Kante des Bootsstegs und ließ ihre Füße, die gerade mit den Zehenspitzen das Wasser erreichten, baumeln. Dann hörte sie in der Ferne ein Auto, das sich näherte. Endlich kam Jacob nach Hause. Die Autoreifen knirschten auf dem Kies, dann vernahm sie seine Schritte. Franziska drückte ihre Zigarette aus, erhob sich und ging ins Haus, um ihn zu begrüßen.

»Wie schön, dass du schon da bist.« Er nahm sie in die Arme und küsste sie zärtlich. Jacob, der sich gern sportlich kleidete, vor allem wenn er in Kleefeld unterwegs war, trug Jeans und hellblaue Segelschuhe. Die leichte Daunenweste hatte er bereits abgelegt.

»Ich freue mich so, dass du endlich kommst, ich habe grade etwas Schreckliches erfahren.«

Jacob schaute sie fragend an.

»Adam Caspèr ist an der Strahlenkrankheit gestorben, er wurde mit radioaktiven Substanzen vergiftet.«

»Was sagst du da?« Jacob schaute seine Freundin an, als ob er an deren Zurechnungsfähigkeit zweifelte.

»Ich weiß auch nicht, was das alles bedeuten soll, offenbar hat er schwere Verstrahlungen erlitten. Und sie haben diesen dubiosen Freund von Caspèr, du weißt schon, den mit dem Motorrad, festgenommen.«

»Franziska, setzen wir uns erst einmal, und dann erzählst du mir alles der Reihe nach. Ich brauche auch dringend etwas zu trinken.«

Sie nahmen am Kamin Platz, den Jacob zuvor angezündet hatte. Es knisterte leise, Franziska berichtete von dem Telefonat mit Kommissar Siebenstub. Sie saß neben Jacob auf dem Sofa, der ihre Hand hielt. Sie merkte, wie sehr es sie aufwühlte, darüber zu sprechen, vor allem über die Ungewissheit, ob sie selbst auch davon betroffen war. Sie und ihre Mitarbeiter, das ganze Museum?

»Jacob, meinst du, ich hätte gleich zu einem Arzt gehen sollen?« Franziska legte ihre Stirn in Falten.

»Es ist doch gar nicht gesagt, dass Caspèr sich diese Vergiftungen im Museum oder in irgendeinem Raum der Verwaltung des JMK zugezogen hat, warten wir doch erst einmal die morgigen Untersuchungen des Instituts ab.«

Es war spät geworden, der Kamin runtergebrannt, und sie waren müde. Jacob nahm Franziska an der Hand und führte sie ins Schlafzimmer. Er zog sie langsam aus, flüsterte ihr leise Komplimente ins Ohr und liebkoste sie in den Schlaf.

Kleefeld, Montag, 9. Juni

Am nächsten Morgen standen wie verabredet die Beamten vom Bundesamt für Strahlenschutz vor der Tür des JMK. Ein Trupp von Männern, diesmal in gelben Schutzanzügen und ausgerüstet mit schwerem Atemschutzgerät, Schutzhandschuhen und Geigerzählern. Franziska war mulmig zumute, als sie das Museum erreichte, sie entschärfte die Alarmanlage und schloss dem Einsatzkommando auf, das sofort in alle Richtungen ausschwärmte. Der Einsatz war offenbar gut vorbereitet, die Männer verfügten bereits über Grundrisse des Gebäudes.

»Frau Dr. de Beer«, Siebenstub kam zusammen mit einem Kollegen auf sie zu, »darf ich Ihnen Herrn Strasser, Dr. Sebastian Strasser, vom Bundeskriminalamt in Wiesbaden vorstellen? Ich hatte Ihnen ja gestern schon gesagt, dass bei Unglücksfällen und Schwerverbrechen, die in den Bereich des Strahlenschutzes fallen, das Bundeskriminalamt eingeschaltet wird. Die Staatsanwaltschaft hat das BKA beauftragt, die Untersuchung zu übernehmen. Wir haben eine Sonderkommission gegründet, um den Sachverhalt gemeinsam so schnell wie möglich einer Klärung zuzuführen.«

»Strahlenkranz« lautete der Name der Soko. Warum hatten sie sie denn nicht gleich »Nimbus« getauft? Wie zynisch, dachte Franziska.

»Ich freue mich, Sie kennenzulernen«, sagte Dr. Strasser, »auch wenn ich mir etwas andere Umstände gewünscht hätte. Ihre letzten beiden Ausstellungen, großartig. Ich bin zwar nicht von hier und die meiste Zeit beruflich in Hessen angebunden, habe mich aber in Land und Leute verliebt. Ich verbringe jede freie Minute im Norden, in meinem Ferienhaus in den Marschen. In Ihrem Museum kann man so vieles über diese Region lernen, die auf den ersten Blick so lakonisch und nüchtern daherkommt.«

Franziska war erstaunt, ein Österreicher in den Marschen, sein Akzent war nicht zu überhören; und er kannte das Museum.

»Vielen Dank.« Sie blickte ihr Gegenüber erfreut an, das sie seinerseits mit einem taxierenden Blick musterte.

Franziska, die das spürte, obwohl Strasser keineswegs aufdringlich war, sagte: »Sie überraschen mich, Herr Strasser. Wenn alles vorbei ist, werde ich Sie gerne einmal persönlich durch unser Haus führen.«

Siebenstub, dem es allmählich auf die Nerven ging, dass die Museumsdirektorin alle in ihren Bann zog, ergriff wieder das Wort: »Konnten Sie alle Ihre Mitarbeiter erreichen?«

»Ja, das war kein Problem. Eliza Mendes, meine Pressereferentin, hat mich dabei unterstützt. Sie wird auch gleich hier sein, wir werden vor Ort bleiben und zu Ihrer Verfügung stehen.«

»Die Männer vom BFS checken nun erst einmal das Sekretariat, sodass wir uns dort aufhalten können, vorausgesetzt, es droht keine Gefahr. Es steht auch für jeden von uns ein Schutzanzug zur Verfügung, den wir anziehen müssen, für den Fall, dass es hier im Gebäude tatsächlich gefährliche radioaktive Herde gibt.«

Der Beamte, der das Sekretariat überprüfte, gab mit einem Handzeichen sein Okay. Er schaute Siebenstub durch die Schutzmaske an – man sah nicht mehr als seine Augen. Nun konnten sich die beiden Kommissare und Franziska dort einrichten. Sie zogen die Schutzanzüge an, dabei blieb Franziska mit einem Manschettenknopf ihrer Bluse im Innenfutter des Anzugs hängen. Siebenstub musste lachen und befreite sie aus der Lage. Dabei entdeckte er an ihrem rechten Handgelenk einen roten Fleck, eine Art Feuermal.

»Frau de Beer, was haben Sie denn da?«

Franziska hatte die Veränderung an ihrem Handgelenk noch gar nicht bemerkt. Jetzt, da man sie darauf aufmerksam gemacht hatte, juckte die Stelle auch etwas.

»Ich weiß es nicht. Mir war die Rötung noch gar nicht aufgefallen. Vielleicht eine allergische Reaktion. Ich habe sehr empfindliche Haut.«

Sie erörterten das Phänomen nicht weiter, denn die Einsatztruppe vom BFS brauchte ihre Hilfe bei einigen Exponaten.

Einige Zeit später standen sie im Ausstellungsraum der Gezeiten. Bisher gab es keine auffälligen Strahlungen zu vermelden. Das lag sicherlich daran, dass das Wasser gewechselt und das Becken gereinigt worden war. Im gesamten Ausstellungsbereich ließ sich keine erhöhte Strahlenbelastung feststellen. Franziska atmete auf, hoffentlich würde diesmal nichts an die Presse durchsickern.

Frau Mendes, die kurz nach ihnen eingetroffen war und ebenfalls in einem gelben Schutzanzug steckte, begleitete den zweiten Trupp in die hinteren Büroräume, wo sich das Direktorat, das Archiv und die weiteren Büroräume von Caspèr, Musswessel und auch ihr eigenes Arbeitszimmer befanden. Hier war die Sachlage anders. Sowohl Caspèrs Büro wie auch das von Franziska de Beer waren kontaminiert.

Als Franziska davon erfuhr, verlor sie die Fassung. Ihre Angst gestern war also doch nicht unbegründet gewesen! War nun auch sie todkrank? Aber sie fühlte sich doch gut!

»Frau de Beer«, der Österreicher setzte sich neben sie, »beruhigen Sie sich!« Franziska hatte den Schutzanzug aufgerissen, eine Panikattacke raubte ihr die Luft. Strasser reichte ihr eine Tüte, sie begann, auf Anweisung ein- und auszuatmen.

»Wir bringen Sie jetzt in die Klinik. Die hier gemessenen Werte liegen weit unter denen, die man bei Caspèr festgestellt hat. Sie haben allenfalls eine leichte Strahlenvergiftung. Ich werde später nach Ihnen sehen. Man wird sich um Sie kümmern.«

Damit wandte sich Strasser ab und widmete sich wieder dem Untersuchungsteam.

Einer der Beamten vom BFS begleitete Franziska ins Kreiskrankenhaus. Dort wurde sie sofort aufgenommen und auf die

Isolationsstation für Strahlenopfer gebracht, die es dort schon allein wegen der zwei Kernkraftwerke gab. Nun lag sie am Tropf und wartete darauf, dass man Jacob zu ihr ließ. Sie hatte bereits mit ihm telefoniert, aber ihre Laborwerte lagen bislang nicht vor, sodass er noch außerhalb der Station warten musste.

Franziska war von der Beruhigungsspritze, die man ihr gegen weitere Panikattacken verabreicht hatte, benommen, und ihr fielen immer wieder die Augen zu. Sie träumte wirr, nur Fragmente, einzelne Bilder, Geräusche, das Ticken der vielen Geigerzähler, jeder in seinem eigenen Rhythmus, wie ein Zikadenkonzert in der flirrenden Hitze des Südens, unerbittlich. Der im Wellenkanal treibende Caspèr, die Männer vom BFS mit ihren gelben Anzügen und den grotesken Atemschutzmasken, die Hufe, die mit verzerrtem Gesicht auf sie losstürmte. Und sie träumte von der Rötung an ihrer Hand, die sich langsam, aber sicher über ihren gesamten Körper ausbreitete.

»Hallo, meine Liebe.«

Franziska schreckte aus ihrem Traum auf und sah Jacob an ihrem Bett stehen. Noch nicht ganz wieder in der Realität angekommen und mit Herzklopfen von dem schrecklichen Alpdruck, fragte sie: »Wie lange habe ich geschlafen?«

»Vielleicht zwei Stunden. Fühlst du dich besser?«

»Ja, aber ich muss den Arzt sprechen.«

»Er wird gleich hier sein, Franziska. Ich kann dir aber schon sagen, dass du keine bleibenden gesundheitlichen Schäden davontragen wirst –«

»Ich verstehe das alles nicht. Wieso sind mein Arbeitsplatz und mein Büro kontaminiert?«

Die Schiebetür ging auf, und der Oberarzt der Station trat ein. »Frau Dr. de Beer. Wie geht es Ihnen? Sie sehen schon wieder viel besser aus.«

»Danke.« Franziska mühte sich ein Lächeln ab.

»Wir konnten an Ihrem Blutbild keinerlei Anomalien feststellen. Ihre Verletzung am Handgelenk ist zwar auf die Einwirkung der Strahlen zurückzuführen, die Hautveränderungen sind aber nicht schwerwiegend. Wir behandeln die akuten Symptome mit einer Salbe, es wird sicher noch eine Weile jucken, aber Sie werden sehen, bald klingt es ab.«

Franziska bemerkte erst jetzt, dass man ihr einen Salbenverband am rechten Handgelenk angelegt hatte.

»Und Sie sind sich ganz sicher, dass es nur eine leichte radioaktive Dosis war?«

»Ja, ganz eindeutig, sie hat weit unter einem Sievert gelegen, Sie werden sich schnell erholen. Ich möchte Sie aber zur Beobachtung noch über Nacht hierbehalten, und wenn sich das Bild nicht verändert, können Sie morgen schon wieder nach Hause.«

Es klopfte, und Dr. Strasser vom BKA trat ein.

»Dr. de Beer, wie geht es Ihnen? Glücklicherweise hat sich bestätigt, dass Sie nur einer vergleichsweise geringen Strahlenbelastung ausgesetzt waren. Der Tote, das hat die Obduktion ergeben, war um ein Vielfaches stärker belastet«, sagte Strasser und bestätigte damit, was ihr der Oberarzt mitgeteilt hatte. Franziska konnte diese Botschaft gar nicht oft genug hören.

»Die Sachlage ist nun folgende: In Ihrem Büro und in der Küche wurden deutlich messbare Spuren von Radioaktivität festgestellt, die aber verglichen mit den Werten des Toten auf eine sehr viel geringere Strahlung zurückzuführen sind. Wir vermuten, dass Caspèr radioaktives Material zu sich genommen hat. Es gibt radioaktive Substanzen, zum Beispiel in Form von ionisierten Flüssigkeiten, die extrem gefährlich sind, wenn sie in den Organismus gelangen, aber rein äußerlich vergleichsweise geringen Schaden anrichten. Die Haut reicht bei dieser Form von Ionen oft schon als Schutzschild aus. Ihre hat sich durch die allergische Reaktion gewissermaßen zur Wehr gesetzt.«

Strasser schaute in Richtung des Oberarztes, der zustimmend nickte. In dem Moment schlug sein Pieper an. Der Oberarzt bediente das kleine Gerät, entschuldigte sich, da ein

Notfall seine Anwesenheit erfordere, wünschte Franziska gute Besserung und war verschwunden.

»Aber dann sagen Sie mir doch bitte eins: Wie ist Caspèr an eine so tödliche Dosis gekommen, so etwas steht doch nicht einfach rum, hat er sie mit Absicht genommen?«

»Wir stehen da ebenso vor einem Rätsel wie Sie, mir ist so ein Fall ehrlich gesagt noch nie untergekommen. In Caspèrs Haus haben wir übrigens eine entsprechende Strahlenbelastung nicht feststellen können. Das führt uns wieder zurück zum Museum.«

»Was bedeutet das jetzt für den Publikumsverkehr im Museum?«

»Da in den Ausstellungsräumen keine erhöhten Strahlenwerte gemessen wurden, steht einer Öffnung nichts im Wege. Was die Küche anbelangt, sie wird in diesen Minuten von Spezialkräften des Bundesamts für Strahlenschutz dekontaminiert. Der Raum ist nur klein, die Arbeiten dürften also bis heute Abend erledigt sein.«

»Und was ist mit meinem Büro?«

»Ihr Büro und auch das von Caspèr bleiben vorerst versiegelt, da sind die Untersuchungen noch nicht abgeschlossen.«

»Hoffentlich sickert diesmal nichts an die Presse durch.«

Jacob Menninga schaute Dr. Strasser an. Während Franziska schlief, war bereits ein Artikel online gestellt worden, in der üblichen reißerischen Manier der »Küstenpost«, aber sie hatten gerade einvernehmlich und wortlos beschlossen, das im Moment noch unerwähnt zu lassen.

»Strahlentod im Museum«, diese Schlagzeile wollte Jacob Franziska noch nicht zumuten, ebenso wie den dazugehörigen Artikel. »Mitarbeiter des Jensen-Museums vermutlich durch erhöhte Strahlendosis ums Leben gekommen. Wie sicher ist die Wissenschaft in unserem Wissenschaftsmuseum?« Dazu das Foto von dem Einsatzkommando des BFS, gewandet in orangefarbenen Schutzanzügen und Atemschutzmasken in voller Größe vor dem Eingangsportal des JMK.

Es würde aber nicht lange dauern, bis Franziska mit ihrem Smartphone die Onlinemeldungen gecheckt hätte.

»Frau Dr. de Beer, erholen Sie sich gut. Wir halten Sie auf dem Laufenden. Herr Menninga, geben Sie gut acht auf Ihre Freundin.«

Strasser verschwand durch die Schiebetür, und nun waren Jacob und Franziska endlich allein.

Jacob setzte sich auf ihre Bettkante und umarmte sie.

»Vorsicht, ich strahle.«

Jacob schaute sie amüsiert an. »Ja, und zwar auf zauberhafteste Weise.«

Kleefeld, Dienstag, 10. Juni

Franziska befolgte den Rat des Arztes und schonte sich noch etwas. Sie saß mit dem Laptop auf dem Schoß auf ihrer Chaiselongue und versuchte, sich auf den Text zu konzentrieren, den sie noch dem Thema Sozialkistentransporter schuldete. Sie hatte eine Reihe renommierter Autoren für den Katalog gewinnen können, der zum dritten Teil der Ausstellungstrilogie erscheinen sollte. Die Hälfte der Beiträge war bereits eingetroffen. Es wäre Caspèrs Aufgabe gewesen, sie für die Veröffentlichung zu bearbeiten, das musste sie jetzt selbst übernehmen. Vielleicht sollte sie den Eröffnungstermin verschieben.

Das Schreiben ging ihr nicht leicht von der Hand, sie schaute hinaus auf die Weite des Rapsfeldes, das langsam seinen satten Gelbton verlor. Und sie dachte an Jacob. Sie, die in den letzten Jahren so stolz darauf gewesen war, nicht mehr im Bannkreis ihres Ehemannes zu sein, sondern unabhängig und frei, fragte sich, wie sie das alles ohne Jacob, den neuen Mann an ihrer Seite, aushalten würde. Am Fußende schlief zusammengerollt der Kater. Sie kraulte ihn am Hals, wovon er wach wurde. Er hob den Kopf, streckte sich und setzte sich Franziska gegenüber.

»Gut, dass du zu mir hältst«, sage sie zu ihm, »du weißt, dass ich mit alldem nichts zu tun habe, nicht wahr?« Sie musste ein wenig über sich schmunzeln, nun redete sie schon mit den Tieren, weil den Menschen nicht mehr zu trauen war.

Sie war an diesem Vormittag im Polizeipräsidium der Kreisstadt gewesen und hatte ein Gespräch mit Kähler, Siebenstub und Dr. Strasser geführt, denn nun waren drei Kommissare an den Ermittlungen beteiligt. Der schon von Strasser ausgesprochene Verdacht, dass Caspèr durch die Einnahme einer hochgiftigen ionisierten Flüssigkeit verstrahlt worden sei, konnte bestätigt werden. Caspèr hatte sich innerlich regelrecht aufgelöst, das Gift ließ ein Organ nach dem anderen versagen. Die Ermittler warteten offenbar nur noch auf die genaue Bestimmung aus den Speziallabors, um die Substanz benennen zu können.

Von diesem Gespräch war bei ihr ein merkwürdiges Gefühl zurückgeblieben. Man hatte sie gefragt, wo sie vor drei Wochen gewesen war. Sie vermuteten, dass man Caspèr vor etwa drei bis dreieinhalb Wochen vergiftet hatte. Zu diesem Zeitpunkt befand sie sich noch in New York. Sie war ja erst unmittelbar vor dem »Letzten Biss« zum Skrei-Fest zurückgekehrt. Gehörte sie nun zum Kreis der Verdächtigen? Aber warum stand sie für die Polizei nicht auf der Opferseite? Man hatte schließlich auch ihr Schaden zugefügt. Das Mal an der Hand machte sie offenbar verdächtig. Ein Kainszeichen? Keiner der drei hatte es ausgesprochen, aber sie hielten es für möglich, dass sie es gewesen war, die ihren Mitarbeiter vergiftet hatte. Die Verletzung könnte ja schließlich auch von dem Hantieren mit dieser vermeintlich radioaktiven Substanz herrühren. War das ihr Verdacht? Vollkommen absurd! Bis vor zwei Tagen hatte sie in ihrem ganzen Leben niemals Kontakt mit Radioaktivität oder Kerntechnik gehabt, außerdem, was für ein Motiv unterstellte man ihr? Nur weil ihr Mitarbeiter unzuverlässig und illoyal war, brachte sie ihn doch nicht gleich um!

Im Anschluss an die Befragung begleiteten Hauptkommissar Kähler und zwei Beamte vom Bundesamt für Strahlenschutz sie nach Hause, um auch dort mögliche Kontaminierungen festzustellen. Das geschehe nur zu ihrem Schutz, man wolle lediglich ausschließen, dass sich in ihren Wohnräumen radioaktiv verseuchte Stoffe befanden, so der Kommissar, der sich gern zu einer guten Tasse Kaffee einladen ließ und ihre Tierskulpturen bewunderte.

Kähler, das merkte man deutlich, wollte nicht wahrhaben, dass in seinem Revier ein schwerer Fall von Strahlenvergiftung stattgefunden hatte. Eigentlich war das seltsam, da ja am Großen Fluss gleich zwei Atomkraftwerke in der unmittelbaren Nähe standen, aber diese tägliche Bedrohung musste man wohl ausblenden, oder man wollte fest daran glauben, dass die Anlagen absolut sicher waren.

Die beiden Männer in Gelb waren bestimmt drei Stunden damit beschäftigt, systematisch alle Räume mit einem Geigerzähler zu untersuchen. Franziska musste ihnen ihre Schränke, Schubladen, Aufbewahrungskisten und Cremedosen öffnen, ja sie interessierten sich sogar für ihre Küchenvorräte und den Wäschekorb. Aber sie fanden nichts.

Endlich war wieder Ruhe in ihrem Haus eingekehrt, der Kater schnurrte zu ihren Füßen. Doch Franziska wurde das Gefühl nicht los, dass sich die Dinge verselbstständigten, mit einem Mal war sie in die Position der Verdächtigen gerückt, ein für sie unerträglicher Zustand. Hoffentlich würde bald bekannt werden, mit welchem Stoff genau Caspèr vergiftet worden war, dann wäre sie bestimmt sofort entlastet.

Dennoch entwickelte sie immer mehr das Bedürfnis, etwas zu unternehmen. Gleich würde sie Jacob anrufen und sich mit ihm am Abend verabreden, sie musste das Haus verlassen, nachdem alles durchwühlt und durchleuchtet worden war. Es herrschte zwar keine große Unordnung, die Beamten hatten sich bemüht, alles wieder an seinen Platz zu stellen, aber ihr wäre wohler, wenn hier eine neutrale Person für Ordnung sorgen würde.

Sie rief ihre Haushaltshilfe Tamara an und bat sie, sich um alles zu kümmern. Franziska packte ein paar Sachen zusammen. Sie plante, am morgigen Tag wieder ins Museum zu gehen, sie fühlte sich besser, die Hautreizung klang langsam ab. Zum Glück hatte sie alle notwendigen Daten auf ihrem Laptop, und im Büro kam sie von jedem PC an alle Dateien und Datenbanken. Sie konnte bei Frau Mendes im Büro arbeiten, dort gab es noch einen zweiten Schreibtisch. Sie wusste ja nicht, wie lange ihr Büro noch versiegelt sein würde.

***

Die drei Kommissare und das ermittelnde Team, der Leiter der Spurensicherung, der Leiter der Ermittlungstruppe vom BFS und Dr. Loppowitch, saßen am selben Nachmittag im Besprechungsraum beisammen. Sie hatten die große Runde einberufen, obwohl immer noch nicht alle Ergebnisse aus den Labors vorlagen. Die genaue Bestimmung des Gifts fehlte noch.

Man hatte natürlich auch Caspèrs Haus auf eine mögliche Kontaminierung hin untersucht. Kählers Assistent, Polizeimeisteranwärter Friedenstein, berichtete: »Wir haben vor allem im Schlafzimmer und im Bad erhöhte Werte messen können, aber keine dramatisch hohen. In seinem Bett, wo sich zahlreiche Haare und Blutspuren befanden, waren sie am höchsten, aber keineswegs vergleichbar mit der Kontamination etwa in der Küche des Museums, dort mussten ja sogar bewegliche Teile wie Regale entsorgt werden. Vermutlich ist Caspèrs Wohnung nur indirekt mit Radioaktivität in Verbindung gekommen, nämlich durch den bereits vergifteten Bewohner.«

Der Leiter des BFS stimmte dieser Einschätzung zu. »Wir können zu neunundneunzig Prozent ausschließen, dass das Gift jemals in seinem Haus gewesen ist. Das gilt ebenfalls für das Haus von Dr. de Beer, dort sind keine radioaktiven Herde auffällig geworden. Wir vermuten, dass die Direktorin – auf welche Weise und wo auch immer – nur äußerlich mit dem Gift in Kontakt gekommen ist.«

An der Ermittlungswand, einem Whiteboard am Kopfende des Besprechungsraums, waren die Fakten in einer Art Mindmap des Tathergangs aufgebaut. Im Zentrum stand das Museum, flankiert von der Direktorin und dem Toten, die beiden verbunden durch eine direkte Linie. Von Caspèr aus waren sternförmig Linien zu Caroline Hufe, zur Buchhandlung von Regula Müller und zum Antiquariat Seschat gezogen, eine gestrichelte Linie führte zu Uwe Jens Lornsen. Ein Foto von John Mayer war etwas außerhalb dieses Strahlenkranzes platziert, und es war rot durchgestrichen. Von Mayer war jeglicher Verdacht abgefallen, da er ein sauberes Alibi hatte. In der Nacht, in der Caspèr zu Tode kam, war er in seiner Ferienwohnung. Das konnte ein schlafloser Tourist, der nebenan wohnte und ihn zwischen zweiundzwanzig Uhr und Mitternacht im Licht der Laterne auf seiner Terrasse hatte sitzen sehen, bezeugen; das Motorrad war die ganze Nacht nicht mehr bewegt worden. Außerdem schloss man nun auch nicht mehr aus, dass Caspèr ohne fremdes Zutun ins Wasser gefallen war. Dazu hatte sich erwiesen, dass Mayer keinerlei Kontakt mit radioaktiven Substanzen gehabt haben konnte. Sowohl sein Gastronomiebetrieb wie auch seine Privatwohnung waren von den Kollegen in Berlin auf radioaktive Strahlen untersucht worden. Sie mussten Mayer wieder auf freien Fuß setzen.

Das Foto von Franziska de Beer sendete Pfeile zu Jacob Menninga, Erik Olafson, dem norwegischen Konsul, und einem Wikingerschiff aus, das den dritten Ausstellungsteil von »Der Strom des Lebens« repräsentierte, daneben die Gebrüder von Notzing. Eine weitere und sehr bemerkenswerte Verbindung bestand zwischen dem Toten und einem Apfelhof in der Haseldorfer Marsch. Eingesetzt war hier das Bild eines Fachwerkhauses mit Reetdach.

Siebenstub erläuterte die grafische Darstellung an der Wand und bat dann seinen Assistenten David Scholz, der die meiste Zeit im Hintergrund von Kiel aus für ihn recherchierte, die Verbindung zu dem Apfelhof darzulegen. Scholz war ein Computerfreak und unschlagbar, wenn es darum ging, auch die unzugänglichsten Informationen aus dem Netz zu ziehen. Heute war er für die große Besprechung aus Kiel in die Kreisstadt angereist. Scholz war Ende zwanzig, hatte braune Locken und trug einen seiner nerdigen Pullover mit einem rot-weiß gesäumten V-Ausschnitt, dazu Feincordhosen und weiße Tennisschuhe.

Er schaute über den Rand seiner dunklen Brille.

»Wir haben nach vergleichbaren Fällen in Schleswig-Holstein gefahndet und sind auf diesen Hof nahe Haselau gestoßen, mit anderen Worten keine zwanzig Kilometer von unserem Tatort entfernt. Die Spur der Mörder des ehemaligen russischen Spions und Mitarbeiters des FSB, also des russischen Geheimdienstes, Alexander Litwinenko führte bis hierhin. Wir wissen, dass Litwinenko, nachdem er sich zu einem Kremlgegner und scharfen Kritiker Putins entwickelt hatte, 2006 in London mit dem hochradioaktiven Polonium-210 vergiftet wurde. Er lebte nach seiner Abkehr vom Kreml im Exil in Großbritannien.«

David Scholz räusperte sich, trank einen Schluck Wasser und berichtete dann weiter. »Am Abend des 1. November 2006 traf sich Litwinenko mit zwei russischen Undercover-Offizieren des FSB in der Bar des Millennium Hotels. Es ist gesichert, dass er dort den mit Polonium-210 vergifteten Tee zu sich genommen hat. Man konnte sowohl an der Bar wie auch in den Zimmern der zwei Agenten eindeutige Spuren nachweisen. Einer der beiden, Dimitrij Kowtun, lebte seit 1991 in Deutschland. Unmittelbar vor dem Mord hatte er eine Stippvisite nach Norddeutschland unternommen und hier in den Marschen die Familie seiner geschiedenen Frau besucht. Litwinenko starb knapp drei Wochen nach seiner Vergiftung am 23. November 2006 in einem Londoner Krankenhaus. Wir haben es hier mit einem vergleichbaren Handlungsablauf und Zeitraum zu tun. Ebenso stimmen die Symptome, die wir bei beiden Opfern festhalten konnten, zu großen Teilen überein. Auch Litwinenko ist letztlich durch einen Totalzusammenbruch seines Organ- und Nervensystems gestorben. Bei Caspèr konnte schwerer Organzerfall diagnostiziert werden.«

»Da gibt es allerdings eine Menge Parallelen.« Dr. Strasser hatte seine Stirn in Falten gelegt.

»Was hat man damals auf dem Hof gefunden?«

Siebenstubs Assistent fuhr fort: »Der Hof wurde etwa zwei Wochen nach Litwinenkos Tod vom BKA und BFS gründlich unter die Lupe genommen. Die Bewohner wurden evakuiert und in das Strahlenschutzzentrum eines Hamburger Krankenhauses gebracht. Es hieß, dass die gemessenen Strahlenwerte bei allen Patienten keine gesundheitliche Gefahr darstellten. Also auch hier ein vergleichbarer Sachverhalt. Alle weiteren Werte, die in unserem Fall gemessen wurden, lagen um ein Vielfaches unter den Messergebnissen, die Dr. Loppowitch an Caspèrs Leichnam feststellen konnte.«

»Ich möchte Sie bitten, uns noch einmal eine kurze Zusammenfassung von der Beschaffenheit und Wirkung von Polonium-210 zu geben.« Kommissar Kähler schaute den Leiter des Bundesamtes für Strahlenschutz an.

»Selbstverständlich. Polonium gibt Alphastrahlen ab, die aus einem Heliumkern bestehen und normalerweise ungefährlich sind, wenn sie von außen auf den Körper treffen. Die menschliche Haut genügt als Schutzbarriere, um die Strahlung abzuschirmen. So kann man Polonium-210 zum Beispiel ohne Gefahr in einem Glasbehälter transportieren. Ganz anders aber ist die Situation, wenn das Gift in den Körper gelangt, entweder durch Nahrungsaufnahme, über Getränke oder auch nur durch Einatmen. Dann erst kann die Strahlung ihre zerstörerische Wirkung entfalten. Wie lange das Siechtum des Opfers dauert, hängt von der Stärke der Dosis ab. Im Falle von Litwinenko war sie sehr hoch. Das Gift in seinen Blutbahnen hat systematisch Organe und Zellstrukturen zerstört. Wir sprechen im Fall Litwinenko ebenso wie bei unserem Mordopfer von schwerster Strahlenkrankheit mit einer Belastung von bis zu zwanzig Sievert.«

Der Leiter des BFS schaute in die Runde und fuhr fort, da niemand sich mit einer Frage zu Wort meldete. »Wir haben den Fall damals betreut, ich war zwar noch nicht dabei, aber ich habe die Aktenlage studiert. Weniger als null Komma eins Mikrogramm Polonium-210, eine Menge, die etwa einem Staubkorn entspricht, ist notwendig, um ein Menschenleben auszulöschen. Da Polonium nicht leicht herzustellen ist, haben wir damals vermutet, dass es aus einem russischen Nuklearreaktor mit militärischem Hintergrund stammte. Das konnte aber nie ganz geklärt werden.«

Einen Moment lang herrschte Stille im Raum, dann stellte Dr. Strasser eine Frage. »Was ist mit Dimitrij Kowtun geschehen?«

»Kowtun ist ebenso wie Lugowoi, der zweite Agent, zurück nach Russland gegangen«, fuhr Scholz fort. »Die englische Justiz hat gegen die beiden ermittelt, aber obwohl die Beweislage erdrückend war, hat der Kreml die beiden Russen nicht ausgeliefert. Der britische Richter Robert Owen war sogar zu dem Schluss gekommen, dass die Tat letztlich von Putin autorisiert worden war. Dafür gab es aber keine stichhaltigen Beweise. Dieser Fall belastet die Beziehungen zwischen Großbritannien und Russland bis heute.«

Siebenstub bedankte sich bei seinen Kollegen für die ausführlichen Darlegungen des Falls und resümierte: »Wir haben eine fast neunzigprozentige Übereinstimmung, was die Todesursachen anbelangt. Im Fall Litwinenko gibt es, nach allem, was wir wissen, zwei Täter. Ich denke, diese Frage stellt sich uns nun auch: Unfall, Selbstmord oder Mord? Die Tendenz geht zu Letzterem, ob Sie es wollen oder nicht. Denn das brauche ich nicht weiter auszuführen, kein Selbstmörder greift nach einem so schwierig zu beschaffenden Gift. Das geht auch einfacher.«

Die Runde schien nie an etwas anderes gedacht zu haben.

»Aber was ist mit den Motiven? Caspèr war ein kleiner Lokalhistoriker«, gab Kähler zu bedenken, »in einem Museum, weitab von gefährlichen Stoffen, geschweige denn radioaktiven Giften.«

»Genau dort müssen wir ansetzen«, sagte Siebenstub. »Möglicherweise verbirgt sich Ungeahntes hinter dieser unauffälligen Fassade.«

Dr. Strasser schaute auf. »Ich bin nicht bekannt dafür, die Meinung der Presse sehr ernst zu nehmen, aber wenn die ›Küstenpost‹ titelt ›Wie sicher sind die Wissenschaftler in unserem Wissenschaftsmuseum?‹, dann ist da ein Aspekt angesprochen, den wir nicht ganz außer Acht lassen sollten. Meine Herren, wir haben es nicht mit einem Haus zu tun, das die schönsten Bilder der Marschen ausstellt! Im Moment heißt das Projekt ›Der Strom des Lebens‹. Schön und gut, aber wer sagt uns, dass nicht schon lange eine Ausstellung mit dem Titel ›Strahlen, die Leben schenken – Strahlen, die Leben nehmen‹ oder etwas in diese Richtung geplant ist. Hat eigentlich schon einmal jemand die Verbindungen zwischen dem JMK und den hiesigen Atomkraftwerken überprüft, sind sie Kooperationspartner oder Gegner?«

Strasser spürte Siebenstubs instinktiven Widerstand gegen seine Ermittlungsansätze.

»Ich weiß, ich weiß«, sagte er etwas ungeduldig, »die Direktorin, hoch angesehen, sehr sympathisch, eine selten anzutreffende Mischung aus hoher Kompetenz und Sensibilität. Aber sie ist eben auch sehr ehrgeizig. Ich verdächtige sie nicht, aber wer weiß, ob diese überzeugende Person nicht jemanden auf einen verhängnisvollen Weg geschickt hat. Nicht bewusst, aber mit dem Effekt, dass sie ihn zu einem unkonventionellen Weg der Pflichterfüllung motiviert hat. Wir kennen doch solche Fälle!«

Dr. Strasser lehnte sich zurück und setzte neu an. »Nun müssen wir diejenigen unter die Lupe nehmen, die direkt mit dem Gift in Berührung gekommen sind, und das ist nach unserem Mordopfer in erster Linie, es tut mir leid, das noch einmal betonen zu müssen, die Direktorin, Dr. de Beer. Wir müssen uns ihre biografischen Verflechtungen, ihre beruflichen Kontakte und natürlich ihren Freundes- und Bekanntenkreis noch genauer ansehen.«

***

Franziska war, nachdem sie ihre Sachen zusammengepackt hatte, direkt zu Jacob raus an den Kleinen Fluss gefahren. Sie war bedrückt und fühlte sich von der Durchsuchung ihres Hauses in die Enge getrieben. Das Gefühl, dass man sie möglicherweise zu den Verdächtigen zählte, zermürbte sie. John Mayer, der vermeintliche Freund von Caspèr, war aus der Untersuchungshaft entlassen worden. Sie stand wieder im Fokus der Ermittlungen. So fühlte es sich zumindest für sie an. Warum sonst hatten sie ihre Wohnung auf den Kopf gestellt?

Franziska schaute auf das Wasser, ein kleines Motorboot fuhr in einer ganz beachtlichen Geschwindigkeit vorbei, darin saßen ein älterer Mann, ein kleiner Junge und vorn am Bug ein Hund. Die Ohren der schwarz-weiß gefleckten Promenadenmischung flatterten im Fahrtwind. Sie hörte, wie der kleine Junge dem Mann, der vielleicht sein Großvater war, etwas zurief, dann war das Boot auch schon wieder verschwunden. Am anderen Ufer konnte sie jetzt zwei Reiher sehen. Einer stand bereits anmutig im Feld, und der zweite war gerade im Anflug. Es gab hier in der Gegend viele Reiher, die Vögel fühlten sich in dieser von Wassergräben durchzogenen amphibischen Landschaft sehr wohl.

Franziska hatte sich mit ihrem Laptop an den Tisch gesetzt, aber sie konnte sich auf nichts konzentrieren, es hatte gar keinen Sinn weiterzuarbeiten. Sie klappte das Gerät zu und schaute weiter übers Wasser. Es war so schön hier, so friedlich, warum mussten nur all diese schrecklichen Dinge passieren? Sie traute sich schon gar nicht mehr, die Stadt zu betreten, die Klatschpresse hatte sicher schon das Museum, so ihr Gefühl, als einen Ort des Verbrechens ausgemacht und endlich einen Anlass gefunden, sie, die Direktorin, in die Mangel zu nehmen.

Sie hatte lange darüber nachgedacht, ob es ratsam wäre, Harald Gerlinger um Hilfe zu bitten. Er war der Spezialist in Sachen Radioaktivität, und er mochte sie. Er würde ihr bestimmt helfen.

Man hatte zwar einen gewissen Grad der Verseuchung in ihrem Büro festgestellt, aber ihr nicht mitgeteilt, wo genau die Gefahrenherde lagen. Sie konnte sich nicht vorstellen, dass man das Gift wie mit einer Spraydose verteilt hatte. Wo hatte der Täter angesetzt? Welches Objekt, welche Zone hatte er kontaminiert? Sie schaute auf ihre rechte Hand. Was hatte sie angefasst, das sie derart verletzen konnte? Das Büro war zum Glück noch nicht dekontaminiert. Hier könnte Gerlinger anfangen. Er hatte ihr bei seinem Fest am 1. Mai angeboten, mit seinen Messgeräten ihren Arbeitsplatz auf schädliche Strahlen hin zu untersuchen, nun würde er sicher reichlich davon finden.

Als Jacob endlich nach Hause kam und Franziska mit einem aufgeräumten »Hallo« begrüßte, schreckte sie zusammen. Vertieft in ihre Gedanken, hatte sie ihn nicht kommen gehört.

»Entschuldige, meine Liebe, ich wollte dich nicht erschrecken.« Er küsste sie und deutete auf ihren Laptop.

»Du hast gearbeitet?«

Sie stand auf und umarmte ihn. »Ach, nicht wirklich, wie gut, dass du da bist.«

Jacob bemerkte sofort, dass sie in keiner guten Verfassung war. »Was ist passiert? Geht es deiner Hand schlechter?«

»Nein, das ist es nicht. Sie haben heute stundenlang mein Haus durchsucht, weil sie es für möglich hielten, dass sich auch bei mir radioaktive Substanzen befinden. Sie behaupteten natürlich, das sei reine Routine und nur zu meiner Sicherheit, aber ich glaube, Jacob, sie verdächtigen mich. Auch wenn sie natürlich nichts gefunden haben, es gibt ja nichts zu finden. Wenn ich nur wüsste, was ich angefasst habe. Ich habe nichts Außergewöhnliches gemacht, aber sie sagen, dass mein Arbeitsplatz verstrahlt ist, nicht so stark wie der arme Caspèr, aber durchaus im gefährlichen Bereich. Ich verstehe das alles nicht.«

Franziska war den Tränen nahe, ihre Nerven lagen blank. Sie legte ihren Kopf an Jacobs Schulter und vergrub ihr Gesicht. Jacob hielt sie fest in seinen Armen und streichelte ihren Rücken. Sie standen lange so da, zwei Kraniche erhoben sich in die Lüfte und zeichneten im Parallelflug eine elegante Kurve in den Himmel.

Kleefeld, Freitag, 13. Juni

Franziska de Beer stand vor ihrem Büro, das gleich mit zwei Siegeln verschlossen war. Es würde nicht leicht werden, unbemerkt hineinzukommen. Heute Morgen, noch bevor sie ins JMK gegangen war, hatte sie Dr. Harald Gerlinger auf seinem Handy angerufen, seine Visitenkarte hatte glücklicherweise noch in ihrem Portemonnaie gesteckt. Die Ermittlungen schienen zu stagnieren, sie hatte zwei lange Tage nichts mehr aus dem Polizeipräsidium gehört, eine Funkstille, die ihr Unbehagen einflößte.

War das etwa die berühmte Ruhe vor dem Sturm? War es nur eine Frage der Zeit, bis man sie in Handschellen abführte? Sie brauchte eine Weile, um sich aus dieser Gedankenschleife zu lösen.

Der Zufall wollte es, dass sich Gerlinger zur Beratung eines großen chemischen Unternehmens in der Nähe von Hamburg befand. Er hatte sich sehr gefreut, von Franziska zu hören, war aber immer stiller und ernster am Telefon geworden, als sie ihn über die Geschehnisse in Kenntnis gesetzt hatte. Mittlerweile berichteten zwar auch die überregionalen Medien von dem Fall, aber Gerlinger hatte davon noch nichts mitbekommen, da er schon seit ein paar Tagen unterwegs und sehr beschäftigt gewesen war. Es erstaunte Franziska ein wenig, wie betroffen er während des Telefonats wirkte. Sie hatte sich zwar in der Tat ein gewisses Mitgefühl erhofft, aber hier schwang noch etwas anderes mit, dachte sie.

Es erschien Franziska wie eine glückliche Fügung, dass Gerlinger seine Termine fast beendet hatte und ohnehin noch ein paar Tage im Norden verbringen wollte. Er half ihr gern und hatte auch die nötige Ausrüstung dafür dabei. Er konnte schon am späten Nachmittag in Kleefeld sein. Sie hatten beschlossen, sich zunächst bei Jacob zu Hause zu treffen, um zu beraten, was zu tun sei. Jacob musste nicht lange von ihrem Plan überzeugt werden, Harald Gerlinger war ihm schon bei ihrer ersten Begegnung sympathisch gewesen.

***

»Gerade kam die Nachricht vom Bundesamt für Strahlenschutz aus Salzgitter. Adam Caspèr wurde mit dem Isotop Radium-226 ermordet. Hochgiftig, mit einer Halbwertszeit von tausendsechshunderteins Jahren. Das ist ja für die Ewigkeit.«

Kommissar Siebenstub stand mit dem Bericht in der Hand in der Tür seines Kollegen Kähler. Es war Freitagnachmittag und schon nach siebzehn Uhr, Dr. Strasser hatte sich bereits ins Wochenende verabschiedet und war zu seinem Ferienhaus aufgebrochen. Ein Ergebnis zu so später Stunde kurz vor dem Wochenende kam überraschend.

»Hier steht, dass es sich bei diesem Stoff um eine Vorstufe von Radium-223 handelt, das in der Radiopharmakologie eingesetzt wird.«

»Also kein Polonium-210. Dann können wir den Fall Litwinenko von vor zehn Jahren wohl vergessen.«

»So schnell würde ich diese Spur nicht aufgeben. Wer Polonium-210 herstellen kann, kennt sich auch mit Radium-226 aus, da können Sie sicher sein, Kähler.«

»Was machen wir denn jetzt damit?«, fragte dieser. »Ich habe die Unterlagen auch gerade als E-Mail bekommen.«

»Ich würde sagen, jeder nimmt den Bericht erst einmal mit ins Wochenende. Alles Weitere verschieben wir auf Montag. Wir müssen uns in die Materie einarbeiten, das können wir auch zu Hause tun. Ich telefoniere noch mit Strasser, der die Ergebnisse mit Sicherheit ebenfalls erhalten hat.«

»Okay, dann wünsche ich Ihnen dennoch ein schönes Wochenende.« Kähler hatte seine Sachen unter den Arm geklemmt und war im Begriff zu gehen.

Siebenstub fuhr nicht zurück nach Kiel. Er blieb in seinem

kleinen netten Hotel. Er war derart in den Fall verstrickt, dass er zu Hause ohnehin nicht hätte abschalten können. Außerdem, wer wartete schon auf ihn? Er hatte alles, was er brauchte: sein Tablet, Internetzugang und die neuesten Untersuchungsergebnisse.

***

Franziska, Jacob und Dr. Gerlinger saßen im gläsernen Haus am Tisch und überlegten, was zu tun sei. Der Abend schritt voran, und die Sonne senkte sich langsam, der Kleine Fluss glitzerte silbern. In den Sommermonaten gab es regen Betrieb auf dem Wasser, ab und an fuhr ein Sportboot vorbei. Dann schlugen die Bugwellen unten gegen den Bootssteg. Ein paar Kilometer weiter nördlich befand sich eine kleine Marina, ganz in der Nähe vom »Ahlen Fährhuis«, wo Franziska und Jacob ihren ersten gemeinsamen Abend verbracht hatten. Franziska musste daran denken, es war noch gar nicht so lange her, es war so schön, so unbeschwert gewesen, und nun steckten sie in einer so schwierigen Situation.

Zunächst brachten sie Gerlinger auf den Stand der Ermittlungen, zumindest so weit, wie die Polizei sie eingeweiht hatte.

Gerlinger war von dem besonderen Haus im Stil der Klassischen Moderne und dem Ort direkt am Fluss ganz begeistert. »So könnte ich mir auch vorstellen zu leben. Ich stehe kurz vor meiner Pensionierung, wie Sie ja wissen, und in Dresden möchte ich nicht bleiben. Mich zieht es in den Norden.«

»Ich bin Ihnen gerne dabei behilflich, ein Haus oder vielleicht ein Grundstück zu finden. Ich kenne viele Leute in der Gegend.« Jacob, der noch seinen dunkelblauen Businessanzug anhatte, die geblümte Krawatte war schon auf einem der Sofas gelandet, gefiel der Gedanke, einen so sympathischen Mann wie Gerlinger in die Marschen zu locken.

»Frau Dr. de Beer«, Gerlinger nahm Franziskas rechte Hand, »darf ich mir Ihre Verletzung noch einmal anschauen? Das sieht in der Tat so aus, als ob Sie mit einer sehr giftigen radioaktiven Flüssigkeit in Kontakt gekommen wären. Und die Aussage der Kollegen, dass das nicht zwingend mit nachhaltigen Schäden für ihren Organismus verbunden sein muss, ist ganz richtig, da es auf den äußerlichen Kontakt beschränkt geblieben ist. Wäre es möglich, dass Sie an dieser Stelle einen Kratzer oder eine Schnittverletzung hatten, die zwar schon geschlossen, aber noch verkrustet war?«

»Ja, es könnte sein, dass mich der Kater gekratzt hat. Bei mir zu Hause kommt regelmäßig der Kater meiner Nachbarn zu Besuch. Eigentlich ist der ganz friedlich, aber wenn man Katzen längere Zeit krault, schlägt ihre Friedfertigkeit manchmal um, das ist wohl ein Instinkt. Ist nun der radioaktive Stoff durch einen Kratzer doch in meinen Organismus gelangt?«, fragte Franziska ängstlich nach.

»Nein, Frau de Beer, man hat bei Ihnen keine veränderten Blutwerte feststellen können, aber es erklärt die sichtbare Hautreaktion. Wäre an dieser Stelle keine Verletzung gewesen, hätten Sie wahrscheinlich gar nichts bemerkt.«

Jacob nahm ihre Hand, die Gerlinger wieder freigegeben hatte, und küsste sie. »Das wäre doch noch schlimmer gewesen, so konnte man dich wenigstens behandeln.« Er lächelte Franziska an.

»Wenn ich das recht verstehe, hat man die höchsten Strahlenwerte bei Ihnen und Caspèr im Büro sowie in der Küche des Museums gemessen. Werte, die aber in keiner Weise mit dem Grad der Verstrahlung vergleichbar sind, die die Obduktion von Adam Caspèr ergeben hat.«

»Ja, so ist es.«

»Und es gibt wirklich noch keinen Hinweis darauf, um welche Art von Nuklid es sich bei dem Gift handelt?«

»Uns gegenüber haben sich die Ermittler zumindest so geäußert. Sie warten angeblich noch auf die genauen Laborergebnisse.«

»Eigentlich verwunderlich, dass es so lange dauert.«

»Wissen Sie, es sind jetzt drei Ermittler. Ich habe allmählich das Gefühl, die sind sich selbst genug.«

»Dann müssen wir die Sache eben in eigener Regie untersuchen. Ich stehe ja kurz vor meiner Pensionierung, da kann man sich so etwas schon mal erlauben.«

Den beiden anderen blieb nicht verborgen, dass Gerlinger sich in dieser Rolle gefiel.

»Ich habe mein kleines ambulantes Labor dabei, ebenso hochsensible Strahlenmessgeräte. Wann können wir ins Museum?«

»Am besten gehen wir morgen ganz früh, sobald es hell geworden ist, damit wir kein Licht anmachen müssen. Es sollte am Montag nicht in der ›Küstenpost‹ stehen, dass die Direktorin des Jensen-Museums jetzt auf eigene Faust ermittelt.«

Jacob stimmte ihr zu: »Es ist sehr wichtig, dass wir diskret vorgehen. Die Öffentlichkeit hält Franziska durch die Hetzkampagnen dieses Revolverblattes sowieso schon für eine kriminelle Drahtzieherin.«

»Ja, das ist leider richtig. Gestern wollte ich auf dem Wochenmarkt nur ein bisschen Gemüse kaufen, da kam mitten auf dem Marktplatz Dr. Eichenberg, die Vorsitzende von den Sentinels International, dem Frauenclub von Kleefeld, auf mich zu und beschimpfte mich auf offener Straße. Ich sei an allem schuld, man habe ja schon längere Zeit den Eindruck, dass ich mein Haus nicht im Griff habe, außerdem müsse ich ja wohl noch eine Lektion in sozialer Kompetenz absolvieren und so weiter.«

»Franziska, davon hast du mir ja gar nichts erzählt, das ist ja grauenhaft.«

»Ich wollte das so schnell wie möglich vergessen, ich habe mich noch nie in meinem Leben so gedemütigt gefühlt. Einige Leute auf dem Marktplatz sind stehen geblieben und gafften mich an.«

»Frau de Beer, gibt es bei Ihnen im Haus Mitarbeiterinnen, die in diesem Club Mitglied sind?«

»Ja, natürlich, meine Sekretärin Frau Hufe ist dort sehr aktiv.«

»Und Sie sagten, dass man bei ihr im Büro keinerlei Strahlung messen konnte?«

»Soweit man uns ins Bild gesetzt hat, nicht.«

»Was verwundert Sie an diesem Tatbestand?« Jacob wurde hellhörig, ihm war die Hufe nie ganz geheuer gewesen, nicht zuletzt, da er ein freundschaftliches Verhältnis zu Eliza Mendes pflegte, die sie ganz und gar nicht mochte.

Gerlinger antwortete nicht direkt auf die Frage, sagte aber mit einem gewissen Nachdruck, dass er das Sekretariat sehr gern noch einmal durchmessen würde, um auszuschließen, dass dort auch wirklich keine radioaktiven Gefahrenherde vorhanden waren.

»Caroline Hufe verhielt sich sehr merkwürdig, nachdem man Caspèr im Wellenkanal gefunden hatte.« Jacob ließ das Thema nicht los.

»Inwiefern?« Gerlinger forderte Franziska auf, den Hergang genau zu beschreiben.

Franziska schilderte den wütenden Angriff auf ihre Person und sagte dann: »Ich habe bis heute keine Erklärung dafür, warum sie derart auf mich losgegangen ist. Ich hatte allerdings auch noch keine Gelegenheit, mit ihr zu sprechen, da sie seit dem Vorfall krank ist.«

»Wie gehen wir morgen vor?« Jacob schaute Franziska an.

»Wir fahren von hinten an das Grundstück des Instituts heran, wo wir vor dem Verwaltungstrakt parken können. Am Hintereingang besteht ebenfalls die Möglichkeit, die komplette Alarmanlage zu entschärfen.«

»Sehr gut, dann kann ich meine Ausrüstung direkt mit ins Haus nehmen. Ich habe per Eilkurier Schutzanzüge geordert, die wir auf jeden Fall in den beiden verstrahlten Büroräumen tragen müssen. Die Küche wurde dekontaminiert, ist das richtig?«

»Ja, da sollte keine Gefahr mehr bestehen.«

»Wie lange haben wir dann Zeit?«

»Das Museum öffnet um zehn Uhr. An den Wochenenden ist Musswessel, unser Haustechniker, im Wechsel mit seinem Lehrling ab neun Uhr im Haus, bis dahin sollten wir wieder weg sein.«

»Wenn wir rechtzeitig morgen früh aufbrechen, haben wir Zeit genug, um alles in Ruhe zu inspizieren.«

»Herr Dr. Gerlinger, ich bin Ihnen so dankbar, dass Sie das für mich tun. Ich glaube, es geht bei den Ermittlungen nicht mit rechten Dingen zu.«

»Ich mache das sehr gerne.«

Franziska fühlte sich endlich wieder etwas sicherer. Gerlinger strahlte Souveränität und so etwas wie natürliche Kompetenz aus, das beruhigte sie. Er wusste, wovon er sprach, und sie vertraute ihm.

Jacob stand auf und verschwand in der Küche, dort hatte seine »Zugehfrau«, wie er sie nannte, etwas zum Abendessen vorbereitet. Er trug ein großes Tablett mit Salaten, Canapés und kaltem Braten herein und ging noch einmal, um die Getränke zu holen.

Franziska folgte Jacob in die Küche, schlang ihre Arme um seinen Hals und küsste ihn. »Ich bin sehr erleichtert, dass wir in Harald Gerlinger eine neutrale Unterstützung gefunden haben. Ich fürchte mich vor dem, was noch alles passieren kann. Ich habe das Gefühl, die Situation entgleist, und zwar zu meinem Schaden. Die Szene auf dem Marktplatz hat mich schockiert. Es war schon merkwürdig, wie eine Frau, die doch einiges an Format aufzuweisen hat, sich zu so einer niederen Art der Verleumdung herablassen konnte. Ich habe mich gefragt, wo die sonst so hochgeschätzte Solidarität unter Frauen geblieben ist. Sie hat doch keinerlei Beweise, ihr ganzes Wissen basiert auf Gerüchten …« Franziska stutzte einen Moment. »Es sei denn, es hat sie jemand gebrieft.«

»Franziska, steigere dich da bitte nicht hinein, die Leute hier sind so. Hat sich erst einmal ein Gerücht an eine Person geheftet, und sei es auch noch so unglaubwürdig, fallen jegliche Hemmschwellen.«

Franziska schaute Jacob traurig an. »Du hast recht, ich weiß ja am besten, dass an alldem nichts dran ist.«

Sie nahm drei Rotweingläser aus dem Schrank, und Jacob zog mit einem wohlklingenden Plopp den Korken aus der Flasche.

Sie ließen sich am Kamin nieder, und Gerlinger bewunderte die Einrichtung. Er würde in dem kleinen rückwärtigen Gästezimmer übernachten.

Kleefeld, Samstag, 14. Juni

Franziska und Gerlinger saßen bei einer Tasse Kaffee am Esstisch. Jacob hatte eine Glastür zum Wasser hin geöffnet. Es war zwar erst kurz nach sechs, aber schon hell, und in der Ferne hörte man den morgendlichen Gesang einer Lerche. Der Fluss lag spiegelglatt vor ihm. Es musste genau die Stunde sein, da sich Ebbe und Flut abwechselten, denn zu anderen Zeiten war der Fluss stets in Bewegung.

Jacob stand mit seinem Espresso in der Hand an der offenen Tür und schaute raus, wie er es morgens oft machte, um seine Gedanken zu sammeln. Am anderen Ufer waberte ein leichter Bodennebel über den Feldern, der das Licht der gerade aufgegangenen Sonne in pastellfarbene Schleier hüllte. Er schaute zu Franziska und Gerlinger hinüber, die ins Gespräch vertieft waren. Franziska erhoffte sich so viel von Gerlingers Hilfe und von seinem Wissen um die Materie. Er, der bisher immer versucht hatte, Franziska zu beruhigen und ihr zu versichern, dass sich bald alles klären würde, war nun ebenfalls davon überzeugt, dass sich die Ermittlungen in eine falsche Richtung entwickelten. Es war schon seltsam, dass die Kripobeamten mit den genauen Informationen zu Caspèrs Tod hinterm Berg hielten. Hoffentlich würden ihre Untersuchungen nicht zu weiteren katastrophalen Erkenntnissen führen.

Sie hatten am Abend detailliert besprochen, wie sie vorgehen würden. Gerlinger studierte noch einmal die Raumdisposition auf dem Grundriss des Museums, sie wollten sich nicht länger als notwendig im JMK aufhalten. Die Büros von Caspèr und Franziska befanden sich ebenso wie die Archivräume im seitlichen Verwaltungstrakt. Das Büro der Direktorin hatte zwei große Fenster zum Museumsgarten, Caspèrs Büro war wesentlich kleiner und dunkel und lag ganz am Ende des Gebäuderiegels hinter den Archivräumen.

Aber Gerlinger wollte auch die Küche und vor allem das Sekretariat im Vorderhaus in der Nähe des Eingangsbereiches überprüfen. Dahin gelangten sie nur durch den Verbindungsgang. Franziska musste also den gesamten Alarmkreis entschärfen, im Schaltprotokoll der Anlage würde dieser Vorgang vermerkt werden. Das ließ sich leider nicht vermeiden, es sei denn, man manipulierte den Rechner.

»Franziska, Entschuldigung, Frau de Beer –«

»Nein, nein, das ist schon in Ordnung, wir können sehr gerne bei Franziska bleiben.«

»Fein, Harald, wir stoßen später einmal darauf an.« Gerlinger lächelte Franziska an, seine silbernen Haare standen unbändig in alle Richtungen ab, er hatte heute offenbar noch nicht richtig in den Spiegel geschaut. Das ließ ihn viel jünger aussehen, als er war.

»Also, Franziska, ich habe hier so ein Wundermittel, mit dem man ein Siegel ablösen kann, ohne es zu zerstören, wir kleben es im Anschluss einfach wieder auf. Niemand wird etwas merken.«

»Wo gibt es denn so etwas?«

»Alter Osttrick.«

»Bin beeindruckt.«

»Hast du Zugang zum Rechner der Alarmanlage?«

»Ja, natürlich kenne ich das Passwort.«

»Prima, dann kann ich unseren kleinen Besuch im Museum wieder aus dem System löschen.«

»Du denkst aber auch an alles.«

»Na, das bestimmt nicht.«

»Gibt es noch etwas, was wir vergessen haben?« Jacob hatte sich von seinem Blick über den Fluss losgerissen und trat zu Franziska und Gerlinger an den Tisch. Er war heute für den Einsatz im JMK praktisch in Jeans und mit einem dünnen hellblauen Pullover gekleidet. Gerlinger trug Schwarz, fast so, als ob es um einen Banküberfall ginge, und sie selbst hatte eine türkisfarbene Laufhose mit dazu passendem Oberteil angezogen.

»Nein, es ist alles okay. Wir sollten jetzt aufbrechen.« Gerlinger leerte seine Tasse und stand auf.

»Ich habe alles, was wir brauchen, im Auto.«

Jacob schloss die Terrassentüren, und sie machten sich auf den Weg.

***

Siebenstub saß mit seinem Tablet auf dem Schoß und einer Tasse Kaffee in der Hand aufrecht im Hotelbett, umgeben von Unterlagen, die er sich noch im Kommissariat ausgedruckt hatte. Es ging jetzt darum, die neuen Erkenntnisse einzuordnen. Dafür recherchierte er bereits den ganzen Morgen. Wieso Radium?

Siebenstub las den Absatz zum zweiten Mal:

Radium-226 ist ein radioaktives Zerfallsprodukt von Uran-238, ein Nuklid innerhalb der sogenannten Uran-Zerfallsreihe. Uran befand sich schon zur Entstehungszeit des Planeten auf der Erde und hat eine Halbwertszeit von 4.468.000.000 Jahren. Es wird als Primärenergieträger bei Atomkraftwerken und Kernwaffen eingesetzt. Uran wird in den USA, Kanada, Australien, Afrika und weiten Teilen Europas und Asiens unter anderem in Russland und in der Mongolei gefördert. Die Halbwertszeit von 1.600 Jahren bei Radium-226, allgegenwärtig in unserer Atmosphäre, ist dagegen geologisch betrachtet vergleichsweise kurz. Radium-226 sondert das Edelgas Radon-222 aus, das schwer in der Atmosphäre hängt und sich in Höhlen sammelt. Das Gas zerfällt mit einer Halbwertszeit von 22,3 Jahren über einige kurzlebige Nuklide, darunter Blei-210 und der hochgiftige Alphastrahler Polonium-210, zu einer stabilen Bleiverbindung, die sich im Skelett des Menschen einlagert.

Da war es wieder, Polonium-210, das Gift, mit dem man Litwinenko getötet hatte. Das klang alles ziemlich kompliziert. Siebenstub ärgerte sich zum ersten Mal, dass er in der Schule in Physik nicht aufgepasst hatte. Wie musste man sich eine Zerfallskette vorstellen? Einige animierte Grafiken im Internet versuchten, den Vorgang zu visualisieren, Atome zischten über den Bildschirm und zerplatzten zu vielen kleinen Kügelchen. Das Thema hatte ihn allerdings in seinen Bann gezogen, es ging ihm längst nicht mehr nur um die notwendige Recherche für seinen Fall, er war fasziniert von der Geschichte um die Entdeckung der Kernspaltung.

Die polnischstämmige Physikerin Marie Curie hatte sicher nicht geahnt, welch verheerende Folgen es haben würde, als sie im Jahr 1898 ein Spaltprodukt des Uranerzes entdeckte. Aufgrund seiner Strahlungseigenschaften nannte man es Radium. Radiumverbindungen galten noch bis weit in das 20. Jahrhundert hinein als gesundheitsfördernd. In den USA und Europa kamen zahlreiche Medikamente und Kosmetika mit Radiumanteil auf den Markt. Schon in dieser Zeit setzte man Radium bei Krebsleiden, vor allem bei Hautkrebs, ein. Produkte, die im Dunkeln leuchteten, wie Zifferblätter, Uhrzeiger oder Lichtschalter, waren mit Radium präpariert. Die Verarbeitung geschah ohne jegliche Schutzvorkehrungen. Man misstraute der Heilwirkung dieses Wundermittels erst, als zahlreiche der sogenannten »Radium Girls«, das waren meist junge Frauen, die vor allem in amerikanischen Fabriken Zifferblätter von Uhren mit selbstleuchtender Radiumfarbe bemalten, an Krebs erkrankten.

Siebenstub hatte sich mit großem Interesse in die Materie eingearbeitet und gelangte zu dem Schluss, dass Verbrechen an der Menschheit auch begangen werden konnten, ohne dass Kriminalkommissare ihnen nachforschen mussten. Er hatte von alldem nichts gewusst.

Er konnte sich aber noch gut daran erinnern, dass es in der alten Kate seiner Großeltern einen Wecker gegeben hatte, der nachts leuchtete. Er war damals als kleiner Junge, vielleicht so im Alter von vier oder fünf Jahren, häufig bei seinen Großeltern an der Ostsee zu Besuch gewesen. Er hatte diesen Wecker sehr gemocht, weil er in der dunklen Kammer immer ein bisschen Licht verbreitete. Vermutlich tickte und strahlte der Wecker noch heute.

Siebenstub war inzwischen aufgestanden und an das Fenster getreten, das sich zum Potsdamer Platz hin öffnete. Dort hatte sich eine Traube von Kindern angesammelt, die ausgelassen durcheinanderkrakeelten. Ihn störte diese kleine Unterbrechung überhaupt nicht, im Gegenteil, es bereitete ihm Freude, die Kinder zu beobachten. Zwei Jungs tobten um den Kugelbrunnen herum, bis der Kellner aus dem Café, der gerade dabei war, Tische und Stühle rauszustellen, sie vertrieb. Er sorgte sich um den Frieden seiner Gäste und rief den Kindern noch etwas hinterher, aber das konnte Siebenstub schon nicht mehr verstehen, denn er hatte sich wieder über seinen Fall gebeugt. Er las weiter.

Aus Radium-226 gewinnt man Radium-223, das sich aufgrund seiner Halbwertszeit von nur 11,4 Tagen sehr gut für die Radiopharmakologie eignet. Man hat das Radionuklid bereits vor Jahren an Brustkrebspatientinnen mit Knochenmetastasierungen getestet. Radium-223 wird in flüssiger Form als Injektion verabreicht. Aufgrund der verwandten chemischen Struktur mit Calcium lagern sich die Nuklide gut in den Knochen ab und können dort die Tumorzellen bekämpfen. Dem norwegischen Pharmakonzern Selna Phototech Pharma ist es kürzlich gelungen, die Zulassung für dieses Medikament zu erlangen. Das an der Börse notierte Unternehmen hat das Präparat unter dem Namen Ogifox auf den Markt gebracht.

Siebenstub konnte kaum glauben, was er da gerade erfahren hatte: Das war der Konzern, der den Bau des Wikingerschiffs für Frau Dr. de Beer finanzierte. Um sicherzugehen, schlug er noch einmal den Artikel in der »Kleefelder Rundschau« auf. Kein Zweifel, da posierten sie alle am Dock der Nielsen-Werft: Dr. de Beer, die Gebrüder von Notzing, immerhin die Hauptaktionäre von Selna Phototech Pharma, und der Bürgermeister von Kleefeld.

***

Sie standen in dem kleinen Flur am Seiteneingang und zogen die Strahlenschutzanzüge an, die glücklicherweise rechtzeitig eingetroffen waren. Das Auto parkte am Rand des Museumsgartens unter der riesigen Trauerweide und war von der Zufahrt aus praktisch nicht zu sehen.

»Ich werde zuerst das Büro von Caspèr öffnen.« Gerlingers Stimme drang etwas dumpf durch die Atemschutzmaske hervor. Dann bestrich er das Siegel an der Tür mit seinem Wundermittel, und binnen Kurzem ließ sich das dünne Papier abziehen, ohne dass es zerriss.

Sie betraten das Büro, Gerlinger stellte seinen Instrumentenkoffer auf dem Stuhl gegenüber von Caspèrs Schreibtisch ab. Er holte ein sehr speziell aussehendes Gerät hervor, das so etwas wie ein Geigerzähler war, er nannte es Szintillationszähler.

Stolz auf sein gutes Equipment, erklärte der Physiker: »Diese Art von Strahlenmessgerät gibt es schon sehr lange, aber das hier ist ganz neu und durch seine Optimierung extrem genau und zuverlässig. Man kann damit alle Arten ionisierter Strahlung messen.«

Das Gerät bestand aus zwei Teilen, einer Röhre, die an einer Seite mit einer Photodiode ausgestattet war, und einem kleinen Kasten, nicht größer als ein Smartphone, wo Stärke und Art der Strahlung angezeigt wurden. Vom Design her war dieses hoch entwickelte Messgerät nicht mehr mit den kompakten gelben Geigerzählern zu vergleichen, die das Sondereinsatzkommando des Bundesamtes für Strahlenschutz benutzt hatte.

Gerlingers Szintillationszähler schlug heftig aus, als er sich dem Papierkorb in Caspèrs Büro näherte, es hörte sich an wie ein flirrender, unter Strom stehender Draht. Der Papierkorb war ausgeleert worden, aber am Boden befand sich an einer Seite ein kleiner weißer angetrockneter Belag. Gerlinger nahm ein Messer, kratzte etwas davon ab und beförderte das Material in ein Glasröhrchen mit Schraubdeckel.

»Hier sind die Messwerte spektakulär, ich denke, das hat mit der Substanz am Boden des Papierkorbs zu tun, das muss näher untersucht werden. Die Strahlung im Zimmer generell ist eher niedrig, ganz so, als wäre sie von einer vergifteten Person ausgegangen.« Gerlinger steckte das Glasröhrchen, das er noch in der Hand hielt, in seinen Koffer zurück und verschloss diesen.

Wie versteinert stand Franziska im Raum und betrachtete Harald Gerlinger bei der Arbeit. Sie begriff, dass das, was er da entdeckt hatte, extrem gefährlich sein musste. Aber sie schwieg, sie konnte nichts sagen, sich nur mit Mühe aus ihrer Starre lösen.

»Wir gehen jetzt in dein Büro, Franziska, die Versiegelung stelle ich zum Schluss wieder her.«

Gerlinger reichte Jacob seinen Koffer und lief voraus zu Franziskas Büro, wo er auf ebenso sorgfältige Weise das Siegel ablöste. Schon in dem Moment, da er sich mit dem Szintillationszähler dem Schreibtisch näherte, schlug das Gerät an.

»Franziska, auf deinem Schreibtisch ist es fast so verstrahlt wie in Caspèrs Papierkorb, die Messwerte liegen deutlich höher als überall sonst hier im Raum. Vor allem sind Computermaus und Mousepad extrem kontaminiert. Das würde auch deine punktuelle Verletzung am rechten Handgelenk erklären. Du bist doch Rechtshänderin?«

»Ja, das bin ich.« Franziska stand, von den Ereignissen überfordert, vor ihrem Schreibtisch und starrte die fast nicht mehr zu sehende Rötung an ihrem rechten Handgelenk an.

»Aber ich benutze doch fast immer meine eigene Maus, die Detangling Mouse.«

»Wie bitte?«

Gerlinger, der noch in seine Arbeit vertieft war, schaute fragend auf.

»Ich benutze die fest angeschlossene Maus fast nie, weil ich immer meine eigene kabellose Maus in der Handtasche habe. Ich hasse diese ewig verknoteten und meist zu kurzen Kabel.«

»Aber Franziska, du hast doch in den letzten Tagen deine Bürstenmaus ständig gesucht«, brachte Jacob ein.

Nun schaute Gerlinger etwas verwirrt von Jacob zu Franziska.

»Ja, das stimmt, ich wollte mir eigentlich schon eine neue besorgen.«

An Gerlinger gewandt, sagte sie: »Die Detangling Mouse ist eine Kombination aus Funkmaus und Haarbürste für lange Haare, ein Detangler eben, keine Knoten im Haar und keine verknoteten Kabel.« Franziska unterstrich, was sie sagte, wie sie es fast immer tat, mit ihren Händen, was in dem weißen Strahlenschutzanzug, der ihr viel zu groß war, komisch aussah.

Gerlinger musste lachen. »Deine Supermaus musst du mir nachher unbedingt vorführen, und diese hier werde ich samt Mousepad mitnehmen und untersuchen. Das fällt später, wenn das Büro wieder freigegeben wird, gar nicht mehr auf.« Er verstaute die beiden hochverstrahlten Objekte in einem Aluminiumbeutel.

Gerlinger, Franziska und Jacob waren nun im Sekretariat des JMK. Das Bundesamt für Strahlenschutz hatte hier angeblich keinerlei radioaktive Kontamination nachweisen können und das Büro zur weiteren Benutzung freigegeben. Aber das empfindliche Messgerät von Gerlinger fing schon an zu surren, als er den Raum betrat. Die Messwerte am Arbeitsplatz von Frau Hufe, den während ihrer Abwesenheit glücklicherweise niemand benutzt hatte, waren eindeutig, aber nicht so hoch wie in Caspèrs Papierkorb und an Franziskas Arbeitsplatz. Das galt auch für das Sideboard hinter ihrem Schreibtisch, die seitlichen Aktenablagen und die Regale, in denen sich eine kleine Handbibliothek befand. Alles war fein säuberlich aufgestellt und mit Stichworten beschriftet, kein Buchrücken ragte aus der Reihe hervor oder versank in den Tiefen der Regale. Gerlinger empfand die Ordnung in diesem Büro beinahe als beklemmend. Sein Blick blieb an einem der beiden Fenster hängen. Das war ihm zuvor gar nicht aufgefallen, hinter einer transparenten Gardine aus heller Gaze konnte er zwei Orchideen erkennen. Die Blumen standen im Zwischenraum der Doppelverglasung.

Das denkmalgeschützte Gebäude verfügte noch fast vollständig über seine originalen Fenster, die allesamt nach außen aufgingen und mit den für Norddeutschland typischen Knebelverschlüssen ausgestattet waren. Um die historische Bausubstanz zu bewahren, hatte man von innen eine zweite Verglasung vor die Fensterlaibung gesetzt, ein idealer Raum für Topfpflanzen.

Gerlinger schob die Gardine zur Seite, öffnete die inneren Fensterflügel, und augenblicklich begann der Szintillationszähler auszuschlagen und wie wild zu surren. Die Orchideen in diesem kleinen Gewächshaus strahlten in zweifacher Hinsicht: Die ungewöhnlich prachtvollen Blüten ließen einen fast verstummen, so schön waren sie, ebenso spektakulär die Messwerte auf Gerlingers Szintillator.

Gerlinger setzte sein Gerät ab, man hörte, wie er durch den Mundschutz tief durchatmete. Er schaute die beiden Blumen an: »Die Orchideen …«, murmelte er.

Jacob, der ihm gefolgt war und nun direkt neben ihm stand, gewann zuerst seine Sprache zurück. Er zog seinen Mundschutz ab. »Das klingt so, als wäre noch mehr an der Sache dran.«

»Das ist eine lange Geschichte. Und eine lang zurückliegende. Lassen Sie uns zuerst die Sache hier zu Ende bringen, dann erzähle ich alles. Ich werde die beiden anderen Büros wieder versiegeln. Darüber sollten wir Stillschweigen bewahren.«

Er nahm Proben von der Blumenerde der Orchideen und

zupfte sich von jeder Pflanze ein Blütenblatt ab. »Ich bin allerdings gezwungen, diesen Raum hier ebenfalls mit einem Siegel zu verschließen, weil hier Gefahr für Leib und Leben besteht. Ich werde mich noch heute mit den Behörden in Verbindung setzen, sowohl mit dem BFS wie auch mit LKA und BKA.«

»Wie wollen Sie denn erklären, dass Sie hier im Haus Messungen vorgenommen haben?«

»Das überlegen wir uns, wenn wir fertig sind.«

Gerlinger packte die Proben und seinen Szintillationszähler in den Koffer, dann holte er Siegel und Kleber hervor. Er drückte Jacob seinen Koffer wieder in die Hand, und sie verließen das Büro. Jacob erfüllte seine Rolle als Statist klaglos. Eigentlich war es für gewöhnlich so, dass er die Fäden in der Hand hielt, in Verhandlungen mit den Geschäftspartnern seines Familienunternehmens ebenso wie als Leiter des Wasser- und Schifffahrtsamts. Aber diese Situation überstieg seine Kompetenzen, und es ging um das Wohl der Frau, in die er sich über beide Ohren verliebt hatte.

Das Siegel, mit dem Gerlinger nun das Sekretariat verschloss, stammte von seinem Dresdener Forschungsinstitut.

»Ich bin berechtigt, Arbeitsplätze, die aufgrund von zu hoher Strahlenbelastung – welcher Art auch immer – eine Gefährdung für den Menschen darstellen, zu sperren.«

Nachdem Gerlinger mit seinem Speziallack die beiden anderen Siegel wieder angebracht hatte – man konnte in der Tat nicht feststellen, dass sie jemals abgelöst worden waren –, entledigten sie sich ihrer Schutzanzüge, die sie in einen extra dafür vorgesehenen Beutel stopften.

Es wurde Zeit, dass sie das Institut verließen, in einer Viertelstunde würde der Haustechniker eintreffen.

»Franziska, zeig mir bitte schnell, wo die Schaltzentrale der Alarmanlage ist, ich schaffe es gerade noch, unseren kleinen Besuch auf dem Rechner unsichtbar zu machen.«

»Die Schaltzentrale ist gleich hier in dem kleinen Raum nebenan, aber wir haben nicht mehr viel Zeit.«

Gerlinger war schon auf dem Weg. Als er den Rechner eingeschaltet hatte, dauerte es noch eine Weile, bis das System nach dem Passwort verlangte.

»Franziska, würdest du bitte den Code eingeben?«

Sie beugte sich vor den Bildschirm und gab die Kette von Buchstaben und Zahlen ein. »No Access.«

»Mist, ich muss mich vertippt haben.« Sie schaute nervös auf die Uhr.

»Bitte konzentrier dich einen Moment, es ist noch Zeit.«

Jacob stand, beladen mit dem Instrumentenkoffer und dem Sack mit den Anzügen, in dem kleinen Flur am Hinterausgang und hörte nur, was in der Schaltzentrale vor sich ging, er glaubte nicht mehr daran, dass sie hier noch unbemerkt rauskommen würden.

Franziska gab erneut das Passwort ein, diesmal stimmte es, das System tat sich auf. Gerlinger setzte sich davor und öffnete eine ewig lange Reihe von Zahlenkolonnen. »Oh«, sagte er, »das ist eine super Anlage, hätte gar nicht gedacht, dass wir es hier mit einem Hochsicherheitsbereich zu tun haben.«

Wie konnte dieser Mann nur in einer solchen Situation noch Scherze machen? Franziska war bis aufs Äußerste angespannt.

»Ah, hier haben wir die richtige Seite.« Gerlinger löschte die entsprechenden Daten aus dem System, fuhr den Rechner wieder herunter und war auch schon aufgesprungen.

»So, jetzt sollten wir uns wirklich beeilen, wenn dein Mitarbeiter pünktlich ist.«

»Er ist pünktlich.«

Jacob war schon vor die Tür getreten, als die beiden herausgelaufen kamen. Franziska schloss rasch mit dem Generalschlüssel ab, aber den Alarmschlüssel bekam sie fast nicht in das zweite Schloss, das darüberlag. Dann endlich ertönte das Piepen, das bestätigte, dass die Alarmanlage nun wieder scharf geschlossen war. Sie atmete auf. Geschafft! Doch da ertönte erneut ein Piepen, diesmal in kurzen Intervallen, sie schreckte zusammen.

»Der Haustechniker hat im Vorderhaus gerade den Alarm wieder abgeschaltet.« Franziska konnte es kaum glauben.

»Das war knapp, komm«, Jacob zog sie am Ärmel von der Tür weg, »wir sollten losfahren.«

***

Siebenstub war in den Frühstückssaal des Hotels hinuntergegangen und ergatterte gerade noch rechtzeitig einen Milchkaffee und etwas Rührei. Das Büfett schloss um zehn Uhr dreißig, und es war kurz vor halb. Er schaute vom Frühstücksraum, der mit großen Panoramafenstern ausgestattet war, auf den Potsdamer Platz, es herrschte nun an diesem Samstagvormittag ganz reges Treiben in der Kreisstadt. Gleich würde er Dr. Strasser anrufen, um mit ihm über seine Recherchen zu sprechen.

Dass ausgerechnet der norwegische Pharmakonzern SPP dieses Krebsmedikament vertrieb, das man aus Radium-223 gewann, konnte kein Zufall sein. Die Verbindung nach Norwegen drängte sich plötzlich überall auf. Was für eine Rolle besetzte die Direktorin des JMK in diesem Spiel? War sie doch für fast drei Jahre die heimliche Geliebte des norwegischen Konsuls gewesen. Es gab jedes Jahr dieses große Skrei-Fest, wo im Übrigen auch die SPP als Sponsor auftrat, dann wurde ein Wikingerschiff nachgebaut. Bei dem Gedanken an das Wikingerschiff hielt er inne und schaute noch einmal auf die Seite von Selna Phototec Pharma, das Wikingerschiff war das Logo des Konzerns. Frau Dr. de Beer lieferte den Gebrüdern von Notzing eine Bühne für ihr Firmenlogo. Hatte Caspèr irgendwelche unsauberen Machenschaften aufgedeckt? Oder war er gar ein Industriespion gewesen? Zum ersten Mal taten sich konkrete Motive für den Mord an Caspèr auf.

Dr. Strasser war sofort am Apparat. Nach den ersten Begrüßungsfloskeln und nachdem Siebenstub mit seinem Bericht über seine Recherchen eingesetzt hatte, wurde es immer stiller am anderen Ende der Leitung. Als der Hauptkommissar mit seinen Ausführungen zum Ende gekommen war, rief Strasser beinahe ins Telefon: »Siebenstub, ausgezeichnet! Sie haben hervorragende Arbeit geleistet. Dass ich nicht selbst darauf gekommen bin. – Da haben wir unsere direkte Verbindung zwischen dem todbringenden Radium-226 und Dr. de Beer!«

»Das muss man wohl daraus schließen, sie ist die Einzige außer unserem Mordopfer, bei der wir eine Verletzung durch radioaktives Gift feststellen konnten, aber mein Bauchgefühl wehrt sich gegen diesen Verdacht. Mag ja sein, dass wir dem Ursprung des Gifts näher gekommen sind, die Motivfrage hingegen bleibt offen. Frau de Beer hatte nicht wirklich einen Grund, ihren Kollegen zu ermorden. Caspèrs krumme Geschäfte mit Archivalien sind doch kein Mordmotiv.«

»Es wurde schon aus geringerem Grund gemordet«, warf Strasser ein, »aber vielleicht steckt ja noch viel mehr dahinter, vielleicht fühlte sich die de Beer in ihrer Position angegriffen, Caspèr hatte sich schließlich einmal Aussichten auf den Direktorenposten gemacht. Möglicherweise waren im Hintergrund Intrigen gegen sie im Gange, und sie hat etwas davon mitbekommen.«

»Das überzeugt mich nicht wirklich, Herr Strasser. Ich denke, unsere Aufgabe wird es sein, alle Verbindungen zwischen dem JMK und Frau Dr. de Beer nach Norwegen zu beleuchten.«

»Und wir müssen herausfinden, wo das Radium-223 für die Herstellung des Medikaments Ogifox aufbereitet wird. Hier würde ich an das alte Motto erinnern: Grabe, wo du stehst. Das Atomkraftwerk Lichtenwerder, keine fünf Kilometer von Kleefeld entfernt, verfügt über eine eigene Forschungseinheit. Vielleicht gibt es ja noch viel mehr Verbindungen zwischen dem Standort Norwegen und Kleefeld, als wir denken.«

»Da sollten wir auf jeden Fall direkt am Montag ansetzen, denn die von Notzings stammen gebürtig aus der Region. Soviel ich weiß, existiert das Familienanwesen noch, das sich ganz in der Nähe von Kleefeld befindet, und wo beide Zwillingsbrüder noch einen Wohnsitz haben.«

»Am Montag in alter Frische, genießen Sie Ihren Sonntag, Siebenstub.«

Damit war das Telefonat beendet.

***

Franziska, Jacob und Gerlinger waren zurück im Haus am Kleinen Fluss.

Sie hatten sich mit einem zweiten Frühstück auf die Terrasse gesetzt, es war phantastisches Wetter. Auf dem Kalender hatte der Sommer zwar noch nicht begonnen, aber es herrschten sommerliche Temperaturen.

»Was haltet ihr davon, eine kleine Tour mit dem Schiff zu machen?« Jacob blickte sehnsüchtig aufs Wasser. Ihm wurde gerade alles zu viel, die angespannte Situation, die Ungewissheit, Gerlingers Aktionismus, er sehnte sich nach etwas mehr Ruhe und Weite. »Ich habe die Segelyacht für die Saison startklar machen lassen. Das Wetter soll so bleiben, wir könnten bis zum Sperrwerk Richtung Kleefeld segeln, an der Flussinsel anlegen und ein Picknick machen. Es ist noch jede Menge Proviant im Eisschrank. Und einen kühlen Weißwein habe ich immer da.«

»Das wäre jetzt nach unserem anstrengenden Einsatz genau das Richtige«, sagte Franziska. »Harald, hast du Zeit und Lust, mit uns einen kleinen Segeltörn zu machen? Wir könnten doch an Bord alles besprechen.«

Franziska ließ sich von Jacobs Vorschlag, auf den Fluss hinauszusegeln, mitreißen. Es war gerade so, als ob sich die beiden aus der Realität davonstehlen wollten. Gerlinger nahm dies mit einigem Erstaunen zur Kenntnis.

»Eigentlich müsste ich zuerst die Proben untersuchen. Aber gebt mir eine Stunde. Darf ich mein kleines ambulantes Labor in Ihrer Küche aufschlagen, Jacob? Und wenn Sie mir ein wenig assistieren, wird es mir noch schneller von der Hand gehen.«

»Gar kein Problem, kommen Sie, ich zeige Ihnen, wo alles ist.«

Jacob wurde plötzlich wieder bewusst, worum es ging, und er half Gerlinger, die Ausrüstung aus dem Auto zu holen, das im Schatten unter der Trauerweide stand. Dann verschwanden die beiden Männer in der kleinen Küche im rückwärtigen Teil des Hauses, der zum Glück nicht gläsern war, denn dann hätte man von den vorbeifahrenden Booten aus sehen können, wie sich Jacobs Küche in ein Chemielabor verwandelte.

Franziska fand, dass drei Leute für die kleine Küche zu viel waren, und beschloss, die Zeit auf der Terrasse in der angenehmen Junisonne zu verbringen. Sie holte sich ihre Sonnenbrille und etwas zu lesen und richtete sich auf einer der Gartenliegen ein. Sie wollte sich ein wenig mit ihrer Lektüre ablenken. Sie hatte eine Vorliebe für die Krimis von Klaus-Peter Wolf, aber ihre Gedanken wanderten zu den Entdeckungen des Morgens.

Was hatte es mit den strahlenden Orchideen auf sich? Und was für eine Rolle spielte die Hufe dabei? Mit geschlossenen Augen dem Plätschern der seichten Wellen des Flusses lauschend, das Buch in der Hand, so schlief sie ein.

»Den Messwerten des Szintillationszählers nach zu schließen haben wir es mit Alphastrahlen unterschiedlicher Stärke zu tun. Aber um sicherzugehen, werde ich jetzt meine kleine Nebelkammer vorbereiten, mit der man die elektrisch geladenen Teilchen der ionisierenden Strahlung sichtbar machen kann. Bezüglich der Angaben des Szintillators steht zwar zu mehr als fünfundneunzig Prozent fest, dass es Alphastrahlen sind, aber wir wissen noch nicht, von welchem Nuklid sie genau ausgesendet werden.«

Jacob bot Gerlinger ein Glas Weißwein an, aber dieser lehnte ab und fuhr fort: »Die Nebelkammer ist mit einem Modul ausgestattet, das die sphärischen Bilder auf meinen PC überträgt und aufgrund der Form, des Bewegungsprofils und der Intensität der Strahlen das genaue Radionuklid bestimmen kann. Damit wären wir einen großen Schritt weiter, denn dann könnten wir die Herkunft und vielleicht auch die eigentliche Bestimmung der Substanz einkreisen.«

»Das ist faszinierend, radioaktive Strahlen, die ich bisher immer für unsichtbar gehalten hatte, produzieren Bilder.« Jacob hatte sich von Gerlinger derart in den Bann ziehen lassen, dass er an seinen geplanten Segeltörn gar nicht mehr dachte. Schon als kleiner Junge konnte er sich für naturwissenschaftliche Phänomene begeistern.

»Dass man Radioaktivität auf diese Weise sichtbar machen kann, hat der schottische Physiker Charles Thomas Wilson bereits 1911 herausgefunden. Für die Erfindung der Nebelkammer wurde ihm in den 1920er Jahren der Nobelpreis verliehen. Alphastrahlen sind am auffälligsten, ihre Spuren sind kurz und dick, Betastrahlen hingegen sind länger und produzieren dünne, längere Spuren im Nebel.«

Gerlinger suchte nach einem passenden Vergleich. Schließlich sagte er: »Man muss sich das in etwa so wie Kondensstreifen vorstellen, die Flugzeuge in den Himmel zeichnen. Gammastrahlen sind etwas schwieriger zu bestimmen, da sie ganz ähnliche Spuren hervorbringen wie Betastrahlen.«

»Also dann funktioniert die Nebelkammer, wenn Sie sie mit den Kondensstreifen von Flugzeugen vergleichen, mit einem großen Temperaturgefälle?«

»Ja, an Ihnen ist ein Physiker verloren gegangen, Jacob. Der Kasten ist am oberen Rand mit einer kleinen Rinne ausgestattet, die ich mit Alkohol fülle. Der Heizdraht darunter sorgt dafür, dass der Alkohol erhitzt wird und verdampft. Die Nebelkammer ist dann mit Alkoholdampf gesättigt. Ich hoffe, ich langweile Sie nicht, ich bin selbst immer wieder fasziniert von diesem ebenso elementaren wie effizienten Gerät. Sie denken vielleicht an den Kosmos-Baukasten Physik.«

»Nein, überhaupt nicht, fahren Sie fort«, sagte Jacob.

»In der Bodenplatte befinden sich Kühlelemente, die den unteren Teil der Kammer stark runterkühlen. Damit ist ein großes Temperaturgefälle geschaffen. Ionisierte Teilchen, die nun in der Nebelkammer freigelassen werden, produzieren dann eine Art Kondensstreifen.«

Gerlinger hatte alles vorbereitet, nun musste er die Nebelkammer nur noch an den Strom anschließen. »Sind Ihre Leitungen in Ordnung?«, fragte er. »Das unscheinbare Gerät zieht für seine Größe ziemlich viel Strom.«

»Kommt auf einen Versuch an, ich denke schon. Zumindest habe ich die Elektrik damals neu verlegen lassen, als ich das Haus übernommen habe, es stammt ja aus den fünfziger Jahren.«

»Gut, dann können wir es wagen. Das System braucht eine Weile, bis sich die richtige Atmosphäre in der Kammer eingestellt hat.«

»Dann können wir ja einmal schauen, was die Dame des Hauses treibt«, sagte Jacob.

Gemeinsam traten sie auf die Terrasse. Franziska schlief noch immer. Die Sonne war mittlerweile weitergewandert und strahlte ihr ins Gesicht. Jacob verrückte sofort den Sonnenschirm, sodass seine Freundin wieder im Schatten lag. Sie hatte eine so helle, empfindliche Haut, die Sonnenstrahlen sollten ihr nichts anhaben.

Franziska schlug die Augen auf, Jacob beugte sich zu ihr hinab und strich ihr eine Haarsträhne aus dem Gesicht.

»Meine Liebste, du hast in der prallen Sonne gelegen.«

Franziska streckte sich und zog Jacob näher zu sich heran. Sie küssten sich vollkommen selbstvergessen in ihren Gefühlen füreinander.

Gerlinger räusperte sich. »Muss Liebe schön sein.« Franziska und Jacob blickten wie ertappt gleichzeitig zu ihrem neuen Freund hinüber, der gerade wieder in Richtung Küche verschwand; sie lächelten sich verschmitzt an.

»Ich habe gar nicht bemerkt, dass ich eingeschlafen bin.«

»Das ist gut, ruh dich aus, die letzten Tage waren für dich sehr anstrengend.« Jacob hielt ihre Hand und streichelte sie, er hatte sich zu ihr auf den Rand der Liege gesetzt.

»Wie weit sind denn meine Helden und Retter mit ihren Untersuchungen gekommen?«

»Das Labor ist aufgebaut und bereits in der Anlaufphase. Gleich ist die Nebelkammer runtergekühlt, dann können wir loslegen.«

Franziska schaute Jacob fragend an.

»Erklären wir dir nachher.«

In dem Moment kam Gerlinger aus der Tiefe des Hauses hervor, die Schutzbrille steckte in seinem silbernen Haar. »Jacob, die Nebelkammer ist bei fast fünfunddreißig Grad minus angelangt, es kann gleich losgehen.«

Jacob ging zu ihm.

Gerlinger hatte das Küchenrollo heruntergezogen, sodass nur noch das grünliche Licht der Nebelkammer leuchtete. »Was Sie hier jetzt schon sehen können, ist die radioaktive Hintergrundstrahlung, die es immer in der Atmosphäre gibt. Das sind Strahlungen von ganz geringer Stärke, die für den Menschen ungefährlich sind. Sie erzeugen diese diffusen Nebelschwaden. Bei den Teilchen handelt es sich zumeist um Myonen und Elektronen sowie um ihre jeweiligen Antiteilchen, deren Ursprung auf unsere kosmische Strahlung zurückzuführen ist.«

Gebannt schauten die beiden in die Nebelkammer. Das grüne Licht ließ weiße Fäden, undefinierbare Spuren, in diesem kleinen kosmischen Modell für kurze Zeit aufleuchten, bis sie ihre Energie scheinbar aufgebraucht hatten. Der unaufhaltsame Zerfall radioaktiver Teilchen.

»Das ist so, als würden wir Einblick in das Universum erhalten, hier in dieser kleinen Küche, in diesem kleinen Kasten.« Jacob beobachtete andächtig die Bewegungen im grünen Licht.

»Ich werde jetzt etwas von der Probe aus den Blumentöpfen des Sekretariats hineingeben. Mal sehen, was für die hohen Strahlenmesswerte verantwortlich ist.«

Sofort nachdem Gerlinger die Probe in die Nebelkammer gegeben hatte, wurden kurze, breite Kondensstreifen konzentrisch ausgesendet.

»Es handelt sich hier um einen Alphazerfall. Ein Atom besteht aus Protonen und Neutronen. Zerfällt es, so stößt es einen Heliumkern aus, der diese kurzen breiten Spuren produziert. Wir haben es also wie schon vermutet mit einem Alphastrahler zu tun.«

Dann bildete sich ein schleierartiger, wabernder Wirbel, der sich schnell bewegte und nun in regelmäßigen Abständen direkt hintereinander zwei Kondensstreifen aussonderte. Hätte sich Jacob so etwas wie die Ursuppe vorstellen sollen, wäre dieses Bild der Vision sehr nahegekommen.

»Was ist jetzt passiert?«, fragte er.

»Ich vermute, dass bei dem Zerfall des Atomkerns das Edelgas Radon freigesetzt worden ist. Radon ist ein radioaktiver Stoff, der einen Doppelzerfall zeigt, also zwei Heliumkerne direkt hintereinander aus dem Kern ausstößt, die hier in den beiden aufeinanderfolgenden Kondensstreifen sichtbar werden.«

»Und was bedeutet das jetzt?«

»Ich nehme an, dass wir es mit Radium zu tun haben, Radium-226 sondert das Edelgas Radon aus. Gleich werden wir die Daten und auch die Auswertungen auf meinem PC haben. Die von der Nebelkammer produzierten Bilder der bewegten Atome werden von einem speziellen Programm analysiert, das ich eigens dafür entwickelt habe. So können wir sehr präzise bestimmen, um welche Art von Nuklid es sich hier handelt.«

Die drei segelten mit der kleinen Yacht auf den Fluss hinaus. Jeder hatte seinen Platz auf dem Schiff gefunden und genoss auf seine Art die friedliche Stimmung und das fabelhafte Wetter. Jacob stand am Steuerrad, Franziska saß am Heck auf dem kleinen Absatz, wo man auch eine Leiter herunterlassen konnte, und ließ ihre Füße im Wasser baumeln. Es war nicht zu windig, aber die Brise reichte aus, um gemütlich mit dem Strom in Richtung Sperrwerk zu segeln.

Gerlinger, der es sich an Deck bequem gemacht hatte, dachte

über die Ergebnisse seiner Untersuchungen nach. Sowohl bei der Blumenerde der Orchideen, den Proben aus Caspèrs Papierkorb wie auch bei den Schreibtischutensilien von Franziska handelte es sich um Radium-226, das die hohen Strahlenmesswerte verursachte. Ihm war sofort klar gewesen, in welche Richtung das ging, er kannte sich schließlich bestens in der Nuklearmedizin aus. Ogifox, damals hatte das Medikament noch keinen Namen gehabt. Es hatte an seinem Institut in Dresden über einen längeren Zeitraum Testläufe gegeben. Ogifox wurde zwar von dem norwegischen Pharmakonzern Selna Phototech Pharma vertrieben, aber es gab enge Kooperationen mit Mayer Chemie Ingolstadt, und so fand die Forschung und Produktion im Wesentlichen in Deutschland statt. In Norwegen wurde dann portioniert, verpackt, vertrieben, versandt. Die SPP gehörte im weitesten Sinne auch zur Meyer Chemie Gruppe, und auch da waren die Gebrüder von Notzing in hohem Maße beteiligt.

Die Tatsache, dass das Büro der Sekretärin derart kontaminiert war und niemand es bemerkt haben wollte, blieb ein großes Rätsel. Aber seine Vermutung, dass sich hinter dieser Person die ehemalige Stasiagentin Ramona Weiß verbarg, erhärtete sich immer mehr. Im Grunde hatte er sie schon bei seinem ersten Besuch im JMK erkannt. Da sich angeblich keine auffälligen Messwerte an ihrem Arbeitsplatz feststellen ließen, untersuchte man auch ihr Haus nicht. Damit war sie von der Liste der Verdächtigen gestrichen worden.

Wie hatte sie es geschafft, dass diese extreme Verstrahlung unbemerkt geblieben war? Das konnte nur mit einem Komplizen innerhalb des Untersuchungsteams möglich gewesen sein, wahrscheinlich kannte sie jemanden beim Bundesstrahlenschutz, denn diese Behörde hatte den Einsatz organisiert. Das erschien ihm zwar alles sehr unwahrscheinlich, aber auf dieser Spur würde man weiterkommen. Man müsste sich das Protokoll der Einsatzleitung anschauen, vielleicht gab es Aufschluss über all diese Ungereimtheiten. Mit etwas Glück würde er es auch schaffen, ins System des BFS zu gelangen.

Aber da drängten sich noch weitere Fragen auf. Was sollte die Hufe für ein Motiv gehabt haben, ihren Freund und Verbündeten Caspèr zu ermorden? Er war doch fast wie ein Sohn für sie gewesen. Und was die hohe Verstrahlung ihrer Orchideen anbelangte, wieso hatte sie sich selbst in so große Gefahr begeben? Wenn es wirklich Ramona Weiß war, und daran hegte er nun keinen Zweifel mehr, wusste sie, womit sie es zu tun hatte. Und schließlich die Kontaminierung im Büro von Franziska de Beer. War sie ebenfalls auf die Weiß zurückzuführen?

***

Dr. de Beer und der norwegische Konsul – Siebenstub hatte noch ein bisschen recherchiert. Er hatte eine Menge Fotos im Netz gefunden, auf denen die beiden zu sehen waren. Anlässlich der Eröffnung des Skrei-Festes, zum Geburtstag des Stadtgründers, des dänisch-norwegischen Königs Christian IV., und bei einigen Anlässen mehr, zu denen sich die beiden einträchtig in der Öffentlichkeit gezeigt hatten. Eigentlich gaben sie ein schönes Paar ab. Fast war er ein wenig neidisch, denn bei aller Professionalität war ihm natürlich nicht verborgen geblieben, was für eine attraktive Frau die Direktorin des JMK war.

Er sollte sich den Konsul vornehmen. Er würde einen kleinen Ausflug nach Kleefeld machen. Es war bekannt, dass Erik Olafson während der Feierlichkeiten um den Skrei stets im Feenschloss, dem ersten Hotel am Platze, wohnte. Über solche Ereignisse berichtete die Lokalpresse gern. Es war herrliches Wetter, er würde den Besuch mit einem guten Essen verbinden, noch gab es Kabeljau.

Siebenstub betrat die Lobby des Hotels. Ein junger Mann in Livree stand hinter dem Empfangstresen. Sonst war kein Mensch weit und breit in der Hotelhalle zu sehen.

»Guten Tag, ich würde gerne Frau Dr. de Beer sprechen. Können Sie mal nachschauen, ob sie schon auf ihrem Zimmer ist? Sie hat mich gebeten, ihr etwas zu bringen.«

»Ah, unsere Museumsdirektorin.« Seine Augen leuchteten auf. »Nein, tut mir leid, wir erwarten sie und den Konsul auch gar nicht an diesem Wochenende.«

»Dann habe ich mich wohl geirrt, vielen Dank.«

Und schon hatte Siebenstub das Hotel wieder verlassen. Manchmal war es einfacher, als man dachte. Der junge Mann war wohl noch ein bisschen unerfahren. Hier hatte sich Franziska de Beer also mit Erik Olafson regelmäßig getroffen. Aber offenbar war die neue Liaison zwischen ihr und Menninga doch etwas Ernsteres. Oder nur eine Ablenkung nach außen hin? Aber so wirkten die beiden nicht. Das Neidgefühl breitete sich wieder in ihm aus, manchen Menschen fiel einfach alles in den Schoß.

Siebenstub schlenderte zum Hafen, wo sich am Hafenkopf ein Fischrestaurant befand. Draußen waren einige Tische eingedeckt, gegen die Frische am Abend hatte man Fleecedecken bereitgelegt, in dem gleichen Blau wie die Polster und die Servietten, die von einem Kieselstein beschwert am Davonfliegen gehindert wurden.

Es war schon beinahe halb zehn, und die untergehende Sonne hatte den Himmel in ein spektakuläres Farbenspiel verwandelt. Eingebettet in orangegelbes Licht, stand sie schon tief über dem Horizont und spiegelte sich im Wasser des Hafenbeckens wider, dessen Oberfläche von einer leichten Brise gekräuselt war. Der Himmel darüber leuchtete tiefblau, nur einige Zirruswolken zogen darüber hinweg.

Siebenstub ließ sich an einem der Tische nieder. Er liebte es, sich am Ende solcher Tage mit einem guten Essen zu belohnen. Er würde den Abend mit einem Martini einläuten.

Kreisstadt, Montag, 16. Juni

Früh um acht hatte Kähler das gesamte Team erneut zur großen Lagebesprechung einberufen. Die Ermittlungswand hatte sich enorm erweitert, Pfeile reichten von Kleefeld nach Norwegen, von Norwegen nach Ulaanbaatar in die Mongolei und wieder zurück nach Kleefeld beziehungsweise Lichtenwerder. Die Kollegen waren gespannt, Siebenstub hatte offenbar das Wochenende durchgearbeitet.

Er präsentierte seine Recherchen und die jüngsten Ergebnisse aus den Kieler Laboren. Ihm war es gelungen, noch mehr über die Produktionsabläufe von Ogifox herauszufinden. David Scholz, sein Assistent, hatte ihn von zu Hause aus, wo sich seine IT Base befand, bei den Recherchen unterstützt. Das Uran, das für die Herstellung von Radium-226 notwendig war, kam aus der Mongolei, und zwar zu extrem günstigen Konditionen, vermittelt durch Professor Dr. Leopold von Notzing, dem Yak-Forscher. Das Uran wurde in Lichtenwerder bei Kleefeld verarbeitet.

Leopold von Notzing hatte sich in der Mongolei um die Yaks sehr verdient gemacht, als Anerkennung dafür hatte man ihm im letzten Jahr die Ehrenbürgerschaft der Hauptstadt Ulaanbaatar verliehen.

Es gab darüber nur wenige Artikel im Netz, die meisten konnte Siebenstub nicht lesen, da sie in regionalen Zeitschriften erschienen und daher auf Mongolisch verfasst waren. Aber in einem der wissenschaftlichen Journale hatte er einen Artikel auf Englisch gefunden. Daraus ging hervor, dass die Mongolei eines der zehn rohstoffreichsten Länder der Welt war und etwa zwei Prozent der gesamten Uranreserven vorhielt. Ein französischer Konzern hatte von der mongolischen Regierung die Lizenz zum Abbau von Uran erhalten, nachdem die Probebohrungen in der Ostmongolei reiche Bestände in Aussicht gestellt hatten. Der Konzern wendete angeblich umweltfreundliche Fördermethoden an. Doch in der Region traten Missbildungen bei den Yaks der Nomaden auf. Für die ziehenden Völker bedeutete das eine Katastrophe, denn die Tiere waren ihr größtes Kapital.

Hier nun kam Leopold von Notzing ins Spiel. Man zog ihn zunächst in seiner Funktion als Veterinär und Professor am Institute for Mongolian Studies der Universität Ulaanbaatar als Gutachter hinzu. Er sollte im Auftrag der Regierung das Tiersterben untersuchen und eine für alle akzeptable Lösung finden. Leopold von Notzing empfahl, die in der Nähe der Urangewinnungsgebiete lebenden Nomaden umzusiedeln. Nur noch dreißig Prozent der mongolischen Bevölkerung lebten als Nomaden. Das Staatsgebiet sei groß genug, um die betroffenen Clans in andere Gebiete des Landes zu verteilen. Der Artikel aber verurteilte die Vertreibung der Nomaden aus dem eigenen Land aufs Schärfste und sprach von der Zerstörung jahrhundertealter Kulturen.

Siebenstub hatte sich an dieser Stelle gefragt, warum ein Umzug für Nomaden eigentlich schwierig sein sollte, da es doch Teil ihrer Lebensphilosophie war, umherzuziehen.

Mit seinem Gutachten hatte Leopold von Notzing die mongolische Regierung unterstützt, deren einziges Interesse es war, dass der Uranabbau weiterging. Damit kamen Devisen ins Land. In dieser Hinsicht stand sie auch wieder in Verhandlungen mit dem großen Nachbarland Russland. Putin hätte natürlich am liebsten die Hoheit über den Uranabbau in der Mongolei ganz für sein Land in Anspruch genommen. Die Russen waren also auch hier präsent. War Caspèr am Ende auch ein Geheimagent gewesen, ein Gegner Putins, der unbequem geworden war, wie Litwinenko? Siebenstub verwarf diese These aber sofort wieder.

Nicht verkneifen konnte er sich allerdings eine Bemerkung in Richtung Leopold von Notzing: ein Yak-Forscher, dessen Tiere schweren Schaden nahmen, auf der Seite der Schädiger!

Aus Atomkraft wurde offenbar immer Atommacht, und damit war er wieder beim Thema.

Das Uran kam aus der Mongolei, wurde in Lichtenwerder aufbereitet und in Norwegen zum Endprodukt Ogifox weiterverarbeitet. Leopold von Notzing vermittelte zwischen dem mongolischen Staat und dem norwegischen Pharmakonzern, der Pharmakonzern sponserte das neueste Projekt des Museums auf großzügige Weise, Dr. Franziska de Beer hatte ein Verhältnis mit dem norwegischen Konsul, und es war bekannt, dass sie zusammen mit Leopold von Notzing zum Diner in das Konsulat der Mongolei geladen war, darüber hatte die Lokalpresse berichtet.

Über Adam Caspèr hatte sich nichts Auffälliges herausfinden lassen. Keine Kontakte zur Pharmaindustrie, keine Kontakte in die Mongolei oder zum russischen Geheimdienst. Er war in allen Datenbanken, die sie befragt hatten, ein unbeschriebenes Blatt. Auf die Ergebnisse von Interpol warteten sie allerdings noch, es stand jedoch zu vermuten, dass auch dort nichts von Interesse herauskommen würde.

Warum hatte man ihn auf so grausame Weise umgebracht? Obwohl ihre Ermittlungen sehr viel Neues und Schlüssiges ergeben hatten, was die Todesursache betraf, fehlte ihnen immer noch ein stichhaltiges Motiv.

Wer profitierte vom Tod Caspèrs? Dr. de Beer hatte die kleinen Regelverstöße ihres Mitarbeiters aufgedeckt, und durch ihre Verbindung zu den von Notzings wäre sie möglicherweise auch an das Gift gekommen, aber von Caspèr ging keine Bedrohung aus; das alles ergab keinen Sinn. Sie mussten die Museumsdirektorin für weitere Befragungen vorladen. An Festnahme war bei der derzeitigen Beweislage gar nicht zu denken, Frau de Beer hatte zwar eine Verätzung am Handgelenk, hervorgerufen durch radioaktive Einwirkung, aber es gab keinerlei Hinweise darauf, dass sie im Besitz von Radium-226 war, geschweige denn damit ihren Kollegen getötet hatte.

Dr. Strasser konkretisierte Siebenstubs Ermittlungsergebnisse: »Können wir also den Schluss ziehen, dass die Forschungsabteilung in Lichtenwerder der Ursprungsort unseres Gifts ist?«

»So ist es, und das bedeutet, dass wir noch einmal die Unterstützung der Kollegen vom Strahlenschutz benötigen. Ich werde mich umgehend mit dem BFS in Verbindung setzen.«

***

Franziska ging an diesem Montagvormittag nicht ins Museum. Sie war bei sich zu Hause und hatte es sich mit der Tageszeitung auf der Chaiselongue gemütlich gemacht, neben sich auf dem Beistelltischchen einen Milchkaffee und ihre Lieblingskekse, der Kater knusperte in seinem Fressnapf. Es fühlte sich nach ein bisschen Normalität an, die sie in diesen aufregenden Zeiten so sehr brauchte. Sie hatte bereits mit Eliza Mendes telefoniert und ihre Kollegin darüber informiert, dass das Sekretariat des JMK aus Sicherheitsgründen nun auch versiegelt sei. In alles Weitere wollte sie Eliza noch nicht einweihen. Von dieser erfuhr sie, dass Caroline Hufe weiterhin krankgemeldet war.

Was hatte das alles zu bedeuten? Was für eine Rolle spielte ihre Sekretärin? Es mutete für sie immer mehr an wie die Ruhe vor dem Sturm. Die Polizei musste langsam auch auf den norwegischen Konzern ihrer Sponsoren gekommen sein. Hatten die von Notzings sie am Ende nur benutzt? War die Million, die sie von ihnen für das Schiff bekommen hatte, eigentlich eine Investition in ein viel größeres Geschäft?

Harald und Jacob wollten sie gegen Mittag abholen. Im Anschluss an eine Lagebesprechung planten sie, gemeinsam ins Hauptkommissariat zu gehen. Hoffentlich bekam Harald etwas heraus, was die Zusammensetzung des Teams aus dem BFS anbelangte. Irgendwer deckte die Hufe.

Die Ruhe wurde durch ein jähes Schellen der Türklingel unterbrochen. Franziska war einen Moment geneigt aufzumachen, doch sie überlegte es sich anders und ignorierte die Klingel. Von außen war sie nicht zu sehen, die Jalousien waren heruntergelassen, es kam zwar Licht ins Wohnzimmer, aber man konnte von außen nicht hereinschauen. Ihr Auto stand in der Garage. Es klingelte ein weiteres Mal, doch sie rührte sich nicht von der Stelle. Der Kater hatte aufgehört zu fressen und die Ohren aufgestellt. Sie wollte und konnte jetzt niemanden sehen.

***

Jacob und Gerlinger waren zusammen ins Wasser- und Schifffahrtsamt gefahren, wo Gerlinger über den Institutsrechner in die Datenbanken des Bundesamts für Strahlenschutz zu kommen hoffte. Jacob hatte als Leiter einer Bundesbehörde Zugang zum Intranet des Bundes. Hier sah Gerlinger seine Chance.

»Das System des BFS ist ganz schön gut gesichert, aber ich bin jetzt drin«, sagte er jetzt. »Dann wollen wir doch mal schauen, wo wir die Protokolle der letzten Einsätze finden.«

Riesige Massen von Buchstaben- und Zahlenkolonnen liefen über den Bildschirm, bis sie sich zu lesbaren Passagen zusammenfügten.

»Hier habe ich das Protokoll vom 9. Juni 2014. Das muss es sein.« Gerlinger schickte es an den Drucker.

»Das hier ist interessant, drei Mitarbeiter wurden vom AKW Lichtenwerder für die Untersuchung des JMK zur Verstärkung in das Untersuchungskommando aufgenommen. Die schauen wir uns jetzt einmal näher an.«

Gerlinger gab der Reihe nach die Namen ein, als beim dritten das Foto auf dem Bildschirm erschien, zuckte er zusammen. Den Mann kannte er.

»Was ist?«, fragte Jacob.

Gerlinger war blass geworden. »Das ist unser Mann. Damals war sein Namen Manfred Berghof, jetzt heißt er Siegfried Blechen, dreißig Jahre älter, aber immer noch gut zu erkennen.«

Harald Gerlinger hatte sich auf seinem Stuhl zurückgelehnt und begann zu erzählen.

»Ich begegnete Manfred Berghof zum ersten Mal im Nuklearforschungszentrum Rossendorf, wo er Anfang der achtziger Jahre seine Arbeit als Physiker aufgenommen hatte. Er arbeitete damals mit Ramona Weiß alias Caroline Hufe zusammen. Ich habe sie schon erkannt, als ich ihr das erste Mal im Museum begegnet bin. Sie war eine Stasiagentin, und zwar eine der linientreuesten. Sie beförderte radioaktives Material für die Staatssicherheit. Wir experimentierten unter anderem mit radioaktiven Gärten, was natürlich purer Wahnsinn war, aber damals machte man sich um die gesundheitlichen Gefahren noch nicht so viele Gedanken, und die Weiß düngte schon damals ihre Orchideen mit radioaktiver Flüssigkeit. In dem Moment, da ich die Orchideen im Büro der Sekretärin entdeckt habe, stand für mich außer Zweifel, dass Caroline Hufe tatsächlich Ramona Weiß ist.«

Gerlinger schüttelte den Kopf. Erst nach einigen Sekunden sprach er weiter. »Sie hat damals ihren Partner Manfred Berghof den Schergen der Stasi ausgeliefert, ihn regelrecht ins offene Messer rennen lassen. Ihm waren Unterlagen zu Gesicht gekommen, die Informationen über Experimente mit radioaktiv angereicherten Medikamenten an Inhaftierten, Regimekritikern und Dissidenten enthielten.«

Gerlinger berichtete Jacob von den Verbrechen, die Mediziner im Auftrag der Stasi damals an ahnungslosen Menschen verübt hatten. »Ich habe ihn danach nie wieder gesehen. Das Letzte, was ich von ihm hörte, war, dass er sich in seiner Zelle im Untersuchungsgefängnis in Berlin-Hohenschönhausen erhängt habe. Die Stasi verbreitete offenbar gezielt falsche Informationen über Manfred Berghof, vielleicht konnte er fliehen, was ich aber für fast unmöglich halte, vielleicht hat man ihn aber auch erpresst und als Spitzel eingesetzt. Er war fachlich gesehen ein guter Mann.«

Gerlinger fühlte sich plötzlich kraftlos, seines Elans beraubt. Seine Geschichte holte ihn ein. Aber er fuhr fort. Er hatte die Szene wieder vor Augen, als Berghof zu ihm in die Zentrale des Kernforschungszentrums gekommen war, um ihm von den entsetzlichen Erkenntnissen zu berichten.

»Berghof war damals außer sich, auch aus Sorge um Ramona Weiß, und genau das wurde ihm zum Verhängnis. Als Agentin musste sie ihn anzeigen.«

»Das ist ja eine furchtbare Geschichte«, sagte Jacob, der bis hierhin nur schweigend zugehört hatte. »Sind Sie sich sicher, dass es sich um diesen Berghof handelt?«

»Ganz sicher. Er hat sich nicht sehr stark verändert, obwohl es so lange her ist.«

Jacob merkte, wie ergriffen Gerlinger von dieser Entdeckung war. Fast hätte er ihm eine Hand auf die Schulter gelegt, zögerte aber im letzten Moment, er wollte ihm nicht zu nahetreten. »Was hat dieser Berghof oder Blechen für eine Funktion in Lichtenwerder?«, fragte er.

»Moment, das bekommen wir sogar offiziell heraus. Hier ist die Liste der Mitarbeiter des AKW Lichtenwerder: ›Sigfried Blechen, Jahrgang 1956, Studium der Physik in Leipzig von 1978 bis 1982, ab 1985 Mitarbeiter des kanadischen Telekommunikationsunternehmens Meta … seit 1995 Leiter der Forschungsabteilung des Kernkraftwerks Lichtenwerder‹ … und so weiter. Damit ist er in das Ogifox-Projekt involviert.«

»Und daher kommt das Radium-226.«

»Ganz genau.«

Manfred Berghof beziehungsweise Siegfried Blechen hatte offenbar aus seinen Erfahrungen in der DDR keine Lehre gezogen. Warum sonst sollte er sich erneut auf die Weiß eingelassen haben?

»Ich glaube, wir müssen jetzt sofort zu Franziska fahren und im Anschluss ins Kommissariat. Denn die halten Caroline Hufe immer noch für vollkommen unbeteiligt an dem Fall. Ich habe zwar auch keine Erklärung dafür, warum sie Caspèr umgebracht haben soll, aber sie hat das Gift ins JMK gebracht, das steht außer Zweifel.«

Gerlinger loggte sich aus dem System und verwischte seine

Spuren, damit Jacob keinen Ärger mit der Behörde bekam; sie waren immerhin zu streng vertraulichen Informationen des Bundesamts für Strahlenschutz vorgedrungen.

***

Franziska war schon fertig angezogen und geschminkt. Für den bevorstehenden Termin hatte sie einen Anzug gewählt. Marineblau, ganz Uniform und dennoch ganz Franziska. In schwierigen Situationen wollte sie so angezogen sein, dass sie sich wohl- und sicher fühlte, Kleidung bedeutete dann Schutz.

Sie ging unruhig im Wohnzimmer auf und ab, der Kater strich ihr um die Beine. Vor der kleinen Vitrine, in der die Netsuke-Sammlung ihres Vaters untergebracht war, stoppte sie. Sie fühlte in der rechten Tasche ihres Blazers den kleinen weißen Hasen mit den Rubinaugen, und in der Vitrine blieb ihr Blick an Hotai haften, einem der sieben Glücksgötter. Das freche Grinsen des japanischen Gottes und sein nackter dicker Bauch brachten Franziska immer zum Lachen. Hoffentlich kam nun endlich Klarheit in die verfahrene Situation.

Jacob hatte sie vorhin angerufen und ihr kurz berichtet, worauf sie gestoßen waren, er und Gerlinger würden gleich hier sein. Und nun klingelte es auch. Sie eilte durch das Foyer zur Haustür und hätte dabei fast den Sockel mit der »Sitzenden« umgestoßen, die Bronzefigur schien sie tadelnd anzuschauen.

»Da seid ihr ja!«

»Meine Liebste, du bist ja vollkommen aufgelöst.« Jacob schloss sie in die Arme. »Jetzt wird alles gut, jetzt können wir beweisen, dass du mit alldem nichts zu tun hast.«

»Was?« Franziska schaute ihn ungläubig an. »Kommt erst einmal rein.«

Sie holte aus der Küche ein Tablett mit Gläsern und einer Wasserflasche. Die Gläser klapperten, denn vor Aufregung zitterten ihre Hände. Sie stellte das Tablett auf dem kleinen

Tisch vor dem Sofa ab. »Nehmt Platz, möchte jemand einen Kaffee?«

Da beide ablehnten, setzte auch sie sich.

Harald Gerlinger erzählte seine Geschichte, die zu Teilen jetzt auch Franziskas Geschichte war. Nachdem er geendet hatte, saßen sie noch eine ganze Weile stumm beieinander. Franziska konnte es nicht fassen, sie war mitten in eine Verschwörung, möglicherweise einen Fall von Industriespionage geraten. Und die Hufe – oder die Weiß, sie wusste nicht mehr, wie sie die Frau nennen sollte – besetzte die Schlüsselposition in diesem Plot. Unheimlich und undurchdringlich war sie ihr ja immer erschienen, ein wenig zumindest, doch das Ausmaß dieses Doppellebens in Vergangenheit und Gegenwart, das erschreckte sie, damit hätte sie nicht gerechnet.

»Harald, was du an Fakten zusammengetragen hast, die Verbindungen nach Norwegen und in die Mongolei, die Vorgeschichte in der DDR, radioaktive Flüssigkeit als Blumendünger, wenn das alles stimmt, frage ich mich: Warum hat Caroline Hufe alias Ramona Weiß Adam Caspèr umgebracht?«

Jacob und Gerlinger schauten sie ratlos an.

»Das ist auch uns noch vollkommen unklar«, sagte Jacob.

Harald blickte auf die Uhr. »Wir sollten jetzt keine Zeit verlieren.«

Auf dem Parkplatz des Hauptkommissariats setzte Jacob seinen Geländewagen rückwärts in eine Lücke. Die drei stiegen aus, betraten das Gebäude und meldeten sich an der Pforte. Der Beamte kündigte sie im Vorzimmer von Hauptkommissar Kähler an. Kählers Mitarbeiter Friedenstein erschien einige Minuten später am Empfang, der Türöffner summte, und sie gingen gemeinsam zum Aufzug, der sie in den dritten Stock zur Mordkommission führte.

Kähler stand bereits auf dem Gang, als sie sein Büro erreichten.

»Das ist aber eine Überraschung, Sie kommen zu uns! Normalerweise ist es unser Part, Sie aufzusuchen. Kommen Sie herein, meine beiden Kollegen sind auch da.«

»Wir möchten eine Aussage machen«, ergriff Harald Gerlinger das Wort. Sie hatten sich dahin gehend verständigt, dass er das Gespräch führen würde, er hatte die Fakten aufgedeckt, die den Fall nun in eine ganz andere Richtung lenkten, er sollte die Geschichte auch darlegen.

Die Ermittler hörten gebannt zu. Was Gerlinger zu berichten hatte, war vom Format eines Politthrillers. Die Marschen lagen eben nicht nur einen halben Meter unter dem Meeresspiegel, sie hatten offensichtlich auch noch tiefere Abgründe.

Dr. Strasser blickte als Erster auf, nachdem Gerlinger seinen Bericht abgeschlossen hatte. »Wir schreiben Caroline Hufe sofort zur Fahndung aus«, sagte er. »Sie steht unter dem dringenden Verdacht, Adam Caspèr ermordet zu haben. Herr Siebenstub, ich fahre mit Ihnen zu ihr nach Hause. Bitte informieren Sie die Beamten, die uns begleiten, sie sollen die Hunde mitnehmen, falls wir sie nicht antreffen. Sie, Herr Kähler, fahren bitte sofort zum AKW Lichtenwerder und nehmen Sigfried Blechen wegen Verdachts auf Beihilfe zum Mord fest.«

Plötzlich war die ganze Mordkommission in Aufruhr, alle liefen durcheinander. Dr. Strasser rief den dreien noch zu, sie möchten bitte zur Aufnahme des Protokolls bleiben. Doch Gerlinger hatte Franziska und Jacob nur kurz angesehen, und schon waren sie mit dem Strom aus dem Kommissariat verschwunden und fuhren den Einsatzwagen hinterher. Mit hoher Geschwindigkeit und Blaulicht raste die Kolonne aus der Stadt hinaus in Richtung Kleefeld. Die Bundesstraße führte über eine große Brücke und an riesigen Feldern entlang, Ortschaften gab es kaum an der Strecke, die gelb leuchtenden Rapsfelder hatte sich in langweilige grüne Flächen verwandelt, und am Horizont arbeiteten emsig die Rotoren der Windparks.

***

Sie saß im Innenhof ihres Atrium-Bungalows. Seit dem Morgen, als man Caspèr im Wind-Wellen-Kanal gefunden hatte, war sie nicht mehr im Museum gewesen. Sie betrachtete ihre prächtigen *Paphiopedilum godefroyae*. Die Blüten hatten teilweise einen Durchmesser von fünfzehn Zentimetern, dabei waren maximal zwölf Zentimeter Standard. Sie alle hatten ein Gesicht, jedes individuell, es gab die mit den gesprenkelten Lippen und die mit den weißen Lippen, bei anderen waren die Blütenblätter eher streifenartig in der Maserung, und noch andere sahen aus, als ob auf ihnen ein Schneegestöber tobte. Da die Blütenblätter der *Paphiopedilum godefroyae* sehr aufrecht wuchsen, wirkten sie streng, fast altjüngferlich und erinnerten an die gestärkten Kopfbedeckungen von Ordensschwestern.

Diese Orchideenart war zu Ehren der Ehefrau des französischen Botanikers Alexandre Godefroy-Lebeuf benannt.

Paphiopedilum, das bedeutete eigentlich »Schuh der Aphrodite«; die Lippe der Orchidee war wie ein Frauenschuh geformt. Das hatte ihr immer besonders gut gefallen. Mit tiefer Zärtlichkeit betrachtete sie ihre Züchtungen.

Mit ihren *Paphiopedilum* wollte sie dieses Jahr den großen Orchideenzüchterwettbewerb gewinnen. Sie hatte die unterschiedlichsten Farben gekreuzt, es waren violette, orangefarbene und gelbe Sorten dabei herausgekommen, gestreifte und bunt gemusterte.

Hatte das alles noch einen Sinn? Wie konnte ihr phantastisches Wundermittel einerseits so viel Schönheit und andererseits so viel Unheil hervorbringen?

Caroline Hufe griff nach einer Schere. Sie starrte die beiden Hälften des Werkzeuges an. Ihre rechte Hand zitterte. Sie konnte es nicht mehr ertragen, dass hier in ihrem Innenhof, abgeschieden von allen schrecklichen Ereignissen der vergangenen Wochen, diese Gewächse weiter existierten, prachtvoll, perfekt, so als wäre nichts geschehen. Sie begann mit den *Phalaenopsis Princess Kaiulani*. Zuerst schnitt sie die gelben Blüten, dann alle violetten ab. Sie war wie in Trance, die Schere schien sich in ihrer Hand zu verselbstständigen, nun fielen die orangefarbenen und die getigerten zu Boden, die Spinnenorchideen und die weißen Dendrobien. In dem verglasten Innenhof waberte bald ein süßlicher, schwerer Duft. Die Blumen sonderten im Moment ihrer Vernichtung wie in einem Akt der Verzweiflung ihre schönste und intensivste Duftnote aus.

Nun stand sie vor den zwei prächtigsten Exemplaren ihrer *Paphiopedilum godefroyae*, sie waren nahezu vollkommen. Der Boden um sie herum hatte sich in ein Blütenmeer unterschiedlichster Couleur verwandelt. Die Schere schon im Ansatz, zögerte sie, sie konnte diese wunderschönen Gewächse nicht zerstören, nicht diese, die sie mit so viel Liebe und Hingabe zu solcher Pracht herangezüchtet hatte. Sie ließ den Arm sinken.

In dem Moment klingelte es an der Vordertür. Die Schere fiel zu Boden, und Caroline Hufe rannte zu dem Ausgang, der direkt in den hinteren Gang zur Garage führte; man kam auf vier Wegen aus dem Atrium. Das Klingeln hatte sie aus ihrem Trancezustand befreit wie das Schlüsselwort eines Therapeuten, der seinen Patienten aus der Hypnose zurückholte. Sie wusste sofort, wer vor der Tür stand. Panik überfiel sie. Das alles hatte sie nicht gewollt, es war nur eine Verkettung unglücklicher Umstände gewesen. Sie schnappte sich ihren Autoschlüssel und ihre Handtasche, die auf einer Kommode vor dem Durchgang zur Garage lagen, bediente die Fernsteuerung, das Garagentor öffnete sich, und dann schoss sie mit ihrem kleinen, aber schnellen Alfa Romeo die Straße hinunter.

Dr. Strasser und Siebenstub konnten ihr nur noch erstaunt hinterherschauen. Das war auch der Moment, da Jacob zu der Kolonne der Polizeiwagen aufschloss, alle wendeten, um den roten Alfa Romeo zu verfolgen.

Caroline Hufe raste stadtauswärts Richtung Gerbersche Wildnis. Sie bog in die Felder ab, die Straße wurde schmaler und verlief nun entlang des Kleinen Flusses. Hier gab es nur noch vereinzelte Höfe am Wegesrand. Wo wollte sie hin?

»Sie fährt auf unsere Ländereien zu. Seht ihr, dort hinten taucht schon der erste Miscanthus auf.«

»Celluloseproduktion?«, fragte Gerlinger.

»Ja, aber auch eine Freizeitattraktion. Sobald die Pflanzen drei bis vier Meter hoch gewachsen sind, fräsen wir ein ausgedehntes Labyrinth in die Wildnis. Während der Ferien ist da jede Menge los. So eine Art Kirmes im Urwald.«

Jacob konzentrierte sich jetzt auf die Fahrbahn, die definitiv nicht für eine Rallye geeignet war. Gleich würden sie den offiziellen Eingang ins Miscanthus-Labyrinth erreichen. Den konnte man aber auch rechts über eine schmale Schneise, die man für Versorgungszwecke gezogen hatte, umfahren. Das war eine enorme Abkürzung, so könnten sie sich der Hufe in den Weg stellen. Die Straße lief in einem weiten Bogen links um das Labyrinth herum. Jacob riss das Steuer im letzten Moment rechts herum und donnerte ins Feld.

»Was machst du?« Franziska war entsetzt, binnen Kurzem sah man kaum noch etwas, da der aufgewirbelte Staub die Sicht erheblich behinderte. Doch Jacob fuhr unbeirrt weiter, hier kannte er sich aus. Gleich hatten sie das Ende des Miscanthus-Labyrinths erreicht, der Geländewagen schoss aus dem Feldweg hervor und stoppte auf der Straße. Gerade noch rechtzeitig. Jacob stellte den Wagen quer und schaltete das Licht und die Warnblinkanlage an. Hier kam keiner mehr durch, rechts und links ragten die scheinbar undurchdringlichen Wände des riesigen Chinaschilfs in die Höhe. Der Alfa Romeo war schon zu sehen, dahinter ein ganzer Schweif blinkender Polizeiwagen. Hoffentlich erkannte die Hufe das Hindernis vor ihr.

Binnen Sekunden hatte die Flüchtige die Straßensperre erreicht, ihr Wagen drehte sich durch eine Vollbremsung einmal um sich selbst und hielt dann abrupt. Die Hufe riss ihre Tür auf und rannte in das Labyrinth. Die Einsatzwagen blieben direkt dahinter stehen, und einige Beamte stürmten ebenfalls in das Labyrinth.

Jacob fasste sich an den Kopf. Das konnte nur schiefgehen.

Für dieses Labyrinth brauchte man ein Navigationssystem. Er stieg aus und ging auf die Beamten mit den beiden Hunden zu. Einer suchte im Auto der Hufe nach einem Kleidungsstück oder einem Gegenstand, an dem die Hunde die Witterung aufnehmen konnten.

Nun kamen auch Siebenstub und Dr. Strasser hinzu, der sagte: »Herr Menninga, das war nicht ganz ungefährlich, aber vielen Dank, es wird sicher nicht lange dauern, bis wir die Flüchtige haben.«

»Das war keine große Leistung, wenn man die Wege kennt. Sie aber brauchen ein Navigationssystem im Labyrinth, sonst könnte es sein, dass sich Ihre Beamten dort für Stunden verlieren.«

Und so schien es schon jetzt zu sein, denn außer den beiden Polizisten mit den Hunden waren alle verschwunden, und es herrschte Stille, nur der Wind strich durch die Halme des Miscanthus und erzeugte ein gleichmäßiges, helles Rascheln. Das Labyrinth, beweglich und unerbittlich dicht zugleich, hatte alle verschluckt.

»Was soll uns ein Navigationssystem in einem Labyrinth nutzen?«

»Nicht irgendeines, sondern das System für dieses Labyrinth. Ich habe es auf meinem Smartphone und könnte Ihren Beamten den Link dazu schicken. Wir haben die App für unsere Besucher entwickelt, es gibt eine ganze Reihe von Events im Miscanthus-Labyrinth in der Ferienzeit, die Besucher können sich, so lange sie wollen, treiben lassen, haben aber immer die Möglichkeit, mit dem Navigator auf einfache Weise wieder herauszufinden. Auch einen Notruf kann man darüber absetzen.«

»Das ist genial. Am besten wäre es, Sie würden es einmal an die Zentrale ins Hauptkommissariat schicken, der Kollege vor Ort kann es dann an die Beamten im Einsatz weiterleiten.«

»Dann brauche ich eine E-Mail-Adresse.«

Siebenstub diktierte Jacob den Kontakt zur zentralen Einsatzleitung in die Tasten, und schon war der Link auf dem Weg. Ein kurzes Telefonat und die Einsatzleitung sorgte für die Verschickung des Links an alle Beamten, die jetzt im Chinaschiff umherirrten.

Einer der Beamten, die für die Hunde zuständig waren und die beiden ungeduldigen Tiere an der Leine hatten, zückte sein Smartphone, bei ihm war der Link bereits im Posteingang. »Alles angekommen, dann kann ja hoffentlich nichts mehr schiefgehen.«

Der andere Beamte hatte eine Strickjacke von Caroline Hufe auf dem Rücksitz ihres Wagens gefunden. Das reichte für die Hunde, sie konnten nun die Witterung aufnehmen. Daraufhin verschwanden auch die letzten beiden Polizisten im Labyrinth.

***

Polizeihauptkommissar Kähler und sein Polizeimeisteranwärter Friedenstein waren am Atomkraftwerk Lichtenwerder eingetroffen, es lag direkt hinter dem Deich. Hier hatte der Große Fluss schon eine ganz beachtliche Breite, es war nicht mehr weit bis zur Mündung in die Nordsee. Um die gesamte Werksanlage verlief ein tiefer Wassergraben, alle Zugänge waren mit hohen Zäunen und Stacheldraht gesichert. Die Ufer dieses Festungsgrabens waren mit Büschen und Schilf bewachsen, und hier lebten einige Reiher. Es wirkte beinahe malerisch, würde nicht dieser mächtige und bedrohliche Reaktor inmitten der Anlage emporwachsen.

Kähler, der schon sehr lange bei der hiesigen Polizei war, im nächsten Jahr würde er sechzig Jahre alt werden, erinnerte sich noch sehr gut an die wilden Zeiten in Lichtenwerder. Den 28. Februar 1981 würde er nie vergessen. An diesem Tag fand in Deutschland die wohl größte Demonstration gegen Atomkraft statt. Mehr als hunderttausend Menschen waren aus der ganzen Bundesrepublik gekommen, um gegen den Weiterbau des Atommeilers Lichtenwerder zu demonstrieren. Kähler stand damals an vorderster Front. Bittere Kälte herrschte an diesem Februartag, mit scharfem Ostwind und eisigen Minusgraden. Die Polizei setzte trotz der Kälte Wasserwerfer ein, Militärhubschrauber kreisten im Tiefflug über die Menschenmassen hinweg und warfen Tränengas ab. Es herrschte Krieg.

Dreiunddreißig Jahre später standen sie vor der Schranke, an der sich Besucher des AKWs anmelden mussten. In dem gläsernen Wachhäuschen goss sich der Mann vom Sicherheitsdienst gerade einen Kaffee ein, sie waren bestimmt die ersten Besucher an diesem Tag. Sie würden den Frieden ein wenig stören müssen, einen Frieden, der eine der gefährlichsten Anlagen der Republik wie in eine zähflüssige Emulsion eingebettet hatte und gegen den die Erinnerung von 1981 nur schwer ankam.

Mit einem Durchsuchungsbefehl für die Forschungsabteilung in der Tasche sollte es keine Probleme geben, der Staatsanwalt hatte schnell und unbürokratisch gehandelt. Die Spurensicherung und das Durchsuchungskommando befanden sich im Schlepptau. Friedenstein stieg aus und legte dem Wachmann den Durchsuchungsbefehl vor, dieser führte ein kurzes Telefonat mit der Werksleitung, dann öffnete er widerstandslos die Schranke, und die Fahrzeugkolonne bewegte sich in Richtung Forschungszentrum.

Siegfried Blechen stand bereits am Eingang, er war offenbar von der Pforte informiert worden. Kähler und Friedenstein gingen auf Blechen zu.

»Guten Tag, Polizeihauptkommissar Kähler, das ist Polizeimeisteranwärter Friedenstein, wir haben einen Durchsuchungsbefehl für Ihre Abteilung. Sie sind vorübergehend festgenommen, wegen des Verdachts auf Beihilfe zum Mord an Adam Caspèr.«

Friedenstein zückte seine Handschellen.

»Bitte ersparen Sie mir das, es wird nicht nötig sein.«

Der Polizeimeisteranwärter sah seinen Vorgesetzten an, der schlug nur kurz die Augen nieder, und Friedenstein übergab den Leiter der Forschungsabteilung den beiden wartenden Polizisten, die ihn aufs Kommissariat bringen würden.

Blechen hatte offenbar mit seiner Verhaftung gerechnet.

Die Beamten von der Spurensicherung nahmen ihre Arbeit auf. Was sie vor allem interessierte, waren die Protokolle über die verarbeiteten Mengen von Uran und die daraus gewonnenen Produkte Radium-223 und Radium-226.

***

In der Zwischenzeit war das Bundesamt für Strahlenschutz in der Wohnung von Caroline Hufe eingetroffen. Schon beim Betreten des Hauses schlugen die Geigerzähler aus, und je näher die Beamten dem Atrium kamen, desto intensiver wurde das Ticken ihrer Geräte.

Die Männer in den gelben Schutzanzügen gingen an die Arbeit. Sie nahmen dabei keinerlei Rücksicht auf das Meer von Blütenblättern, sie zertrampelten alles, und bald war aus den prächtigen weiß-rot gesprenkelten, gelben, violetten, rosaroten und weißen Blüten eine bunte klebrige Masse geworden, die immer noch sehr intensiv duftete; das konnten die Männer aber durch ihre Atemschutzmasken nicht riechen. Die zertretenen Blumen erinnerten an nass gewordenes Konfetti am Ende eines Faschingsfestes.

In einer Ecke des Atriums, unter einer Arbeitsplatte, entdeckten sie den Giftschrank der Hufe. Einer der Männer öffnete die Tür des kleinen Metallschranks. Dort standen verschiedene Fläschchen mit Flüssigkeiten, kleine braune und weiße mit Schraubverschlüssen, die Strahlenmessgeräte signalisierten äußerste Vorsicht. Auf den handbeschrifteten Etiketten konnte man die lateinischen Bezeichnungen der Orchideen entziffern. Eine Flasche hob sich von den anderen ab, sie war vielleicht zwanzig Zentimeter hoch und verjüngte sich stark nach oben zu einem schmalen Hals, der leuchtend rote spitz zulaufende Verschluss hatte etwas von einer Zwergenmütze. Auf einem blau-roten Etikett las man neben vielerlei Angaben zum Inhalt den Produktnamen Zückli-Sol, darunter war eine Tasse Kaffee abgebildet. Der Schriftzug am unteren Rand des Etiketts »VEB Ankerwerk Rudolstadt« wies auf die Herkunft aus der DDR hin.

Neben den diversen Fläschchen fand sich ein kompaktes pink-schwarzes Objekt mit den Qualitäten eines Handschmeichlers: Franziskas Detangling Mouse.

Der Beamte verstaute den gesamten Inhalt des Giftschranks in einem strahlensicheren Behälter, das alles würde ins kriminaltechnische Labor nach Kiel gehen.

***

Caroline Hufe rannte vollkommen orientierungslos durch das Labyrinth, sie war außer Atem und musste einen Moment innehalten. Sie ging jetzt ganz langsam mit vornübergebeugtem Körper, zu sehen war ja ohnehin nichts, außer den immer gleichen gelbgrünen Wänden, die sie überall umgaben. Als sie sich wieder aufrichtete, erschrak sie, sie blickte in das Antlitz einer antiken Statue. Sie setzte sich auf die Bank daneben. Für einen Moment fühlte sie sich hier sogar geborgen. Die Blätter wisperten vor sich hin. Sprachen sie zu ihr, sprachen sie über sie?

Hier stand noch alles hoch und mächtig. Sie dachte an ihre Orchideen, an das Bild der traurig und kahl aus den Blumentöpfen herausragenden Stiele. Und sie dachte an Caspèr, auch er dahingerafft. Er sollte jetzt das Museum leiten und nicht in den eisigen Katakomben der Rechtsmedizin liegen. Warum war ihr bloß dieser Fehler unterlaufen? So etwas war ihr noch nie passiert, hätte ihr früher nie passieren dürfen; der Westen verweichlichte die Menschen und bewirkte, dass sie nicht mehr auf der Hut waren. Der Westen war ein Labyrinth, in dem man sich zum Spaß verirren sollte.

Sie dachte an ihren Großvater, Generalleutnant des Ministeriums für Staatssicherheit, er hätte sicher gewusst, was jetzt zu tun wäre. Caroline Hufe erinnerte sich sehr gut an ihren geliebten Großvater, als Kind hatte sie oft auf seinem Schoß gesessen, wenn er ihr Geschichten erzählte, Geschichten aus seiner Kindheit in Dresden und Geschichten aus dem Kalten Krieg. Schon lange hatte sie nicht mehr an ihn gedacht. Wie alle Menschen auf der Seite der Macht konnte er sehr nett sein – zu Verwandten und zu Freunden. Und er hatte ihre Tätigkeit für die Stasi wie eine Art Fortsetzung der Familientradition betrachtet. Er musste sie nicht einmal fördern. Sie wurde wie er. Korrekt, wie er nun einmal war, starb er gewissermaßen auch zum korrekten Zeitpunkt, fünf Jahre vor dem Zusammenbruch des Systems.

In Caroline Hufe schien mit einem Mal alles zusammenzubrechen, mit herabhängenden Schultern saß sie auf der Bank in einem gigantischen Labyrinth aus Schilf und wusste nicht, wohin. Die Statue neben ihr schien auf sie herabzuschauen. Ein Götze? Die Blätter redeten jetzt über sie. Auf ihrer Stirn bildete sich wieder diese tiefe Zornesfalte. Es war keine Absicht, eine Mörderin war sie nicht, aber alle dachten das. Ihr Kinn zitterte leicht, sie legte ihre Hände vors Gesicht und begann zu weinen. So saß sie eine ganze Weile da, bis sie in der Ferne Hundegebell vernahm. Man hetzte Hunde auf sie!

Caroline Hufe wischte sich die Tränen aus dem Gesicht und rannte weiter. Sie rannte wie ein gehetztes Tier den Wegen nach, die ihr das Labyrinth auferlegte. Die Schilfwände in den schmalen Gängen, die durch den Wind in ständiger Bewegung waren, raschelten bösartig, wenn sie sie streifte. Plötzlich konnte sie am Ende eines Gangs den Horizont sehen, dort würde sie aus diesem Irrgarten herauskommen. Sie beschleunigte ihr Tempo, das Hundegebell kam immer näher, aber da war noch etwas anderes. Ein Geräusch wie in einer Maschinenhalle. Nicht mehr das säuselnde Gewisper der Blätter, sondern ein metallisches Stampfen. Sie stürmte weiter, dem offenen Himmel zu.

In dem Moment, da sie das Ende der grünen Hölle und das

Freie erreichte, zog am Rand des Labyrinths ein großer Mähdrescher seine Bahn. Sie lief direkt in ihn hinein.

***

»Herr Blechen, wir möchten Sie nun bitten, uns zu erzählen, woher Sie Caroline Hufe alias Ramona Weiß kennen.«

Dr. Strasser führte die Vernehmung von Siegfried Blechen durch. Blechen ehemals Berghof saß neben seinem Anwalt, der sich zurückgelehnt und seine Beine übereinandergeschlagen hatte. Die Hosenbeine des dunklen Businessanzugs krochen ein wenig an seinen Fußgelenken hoch und gaben lila Socken mit einem gelben Streifen preis. Er trug eine schwarze Brille, seine Aktentasche hatte er auf dem Boden abgestellt. Sigfried Blechen saß kerzengerade auf dem vorderen Teil seines Stuhls, die Hände hatte er parallel vor sich auf den Tisch gelegt. Ohne seinen weißen Kittel, den er bei seiner Verhaftung noch getragen hatte und der ihn als Wissenschaftler kennzeichnete, wirkte er seltsam nackt, angreifbar. Er hatte beige Cordhosen und einen blauen Wollpullover an, darunter schaute der Kragen eines rot-weiß-karierten Hemdes hervor. Er hatte noch immer volles, wenn auch ergrautes Haar.

»Ich kenne Ramona Weiß beziehungsweise Caroline Hufe seit 1982. Ich war damals am Institut für Technische Untersuchungen angestellt, so dachte ich zumindest, unter anderem, um meiner Kontaktperson – Ramona Weiß – Forschungsmaterialien zu überbringen. Man hatte uns gesagt, es handele sich um wichtige Unterlagen und Materialien für die Forschung innerhalb der Nuklearmedizin und Pharmakologie. Ich dachte, ich sei für eine gute Sache unterwegs. Die Auflage äußerster Geheimhaltung hatte man mir damit erklärt, dass man sich vor Industriespionage schützen wollte. Ich wusste bis dato weder, für wen ich damals wirklich arbeitete, noch, was ich genau transportierte. Ich habe Ramona Weiß für die Übergabe der Materialien einige Male in Warnemünde im Hotel Neptun getroffen. Es sollte so aussehen, als wären wir ein heimliches Liebespaar, ich kam aus Dresden, sie aus Ostberlin.«

»Wie war Ihre persönliche Beziehung zu Ramona Weiß?«

»Ich habe sie bewundert, für ihre Professionalität, für ihre Kompetenz und Welterfahrenheit, sie konnte so viele fesselnde Geschichten von ihren Reisen erzählen, von Reisen in Länder, die ich nur von der Landkarte kannte. Ich war damals sehr verliebt in sie.«

»Haben Sie ihr vertraut?«

»Ja, bedingungslos.«

»Sie wurden 1984 festgenommen, kurz nachdem Sie entdeckt hatten, dass Sie hochradioaktive Substanzen transportierten und dass man damit an Menschen gefährliche Experimente durchführte. Diese Tatsache haben Sie Ramona Weiß mitgeteilt.«

»Woher wissen Sie das?«

»Harald Gerlinger, ich nehme an, Sie erinnern sich an ihn, hat uns darüber in Kenntnis gesetzt.«

»Gerlinger ist hier?«

»Ja. Genau genommen hat er maßgeblich dazu beigetragen, dass wir diesen Fall aufklären konnten.«

»Wollen Sie damit andeuten, dass Ramona Weiß mich damals der Stasi ausgeliefert hat? Ich dachte, Gerlinger hätte mich verraten, denn ihm hatte ich mich auch anvertraut. Die Entdeckungen, die ich 1984 in der Direktion der Staatssicherheit in Rostock gemacht hatte, verstörten mich zutiefst. Ich hatte nicht viel Zeit, die Akte zu lesen, die in dem Zimmer, in dem ich auf den obersten Parteisekretär wartete, auf dem Schreibtisch lag. Mir war als Physiker natürlich sofort klar, dass es sich um hochgiftige radioaktive Stoffe handelte, mit denen ich durchs Land fuhr, aber viel schlimmer waren die Versuchsbeschreibungen an Inhaftierten und Delinquenten. Es wurden dort kurz und nüchtern die schrecklichsten Nebenwirkungen radioaktiv angereicherter Medikamente beschrieben, in einigen Fällen sogar bis zum Eintreten des Todes.«

»Es steht heute fest, dass Ramona Weiß eine bedeutende Position innerhalb der Staatssicherheit hatte. Sind bei Ihnen in dieser Hinsicht nie Verdachtsmomente aufgekommen?«

»Nein, damals war ich der Überzeugung, sie sei genauso wie ich vom System instrumentalisiert worden. Ich wusste bis vor Kurzem nicht, dass Ramona Weiß eine Stasiagentin war, ich war wohl emotional zu sehr involviert, und ich war unerfahren.«

»Was geschah dann?«

»Nachdem ich ziemlich schnell wieder aus dem Untersuchungsgefängnis entlassen worden war, schickte man mich mit dem Auftrag, einen Industriekonzern auszuspionieren, in den Westen. Es ging um Kommunikationstechnik. Ich hatte vor meinem Studium der Physik eine Ausbildung als Nachrichtentechniker absolviert, sodass ich für diesen Auftrag wie gemacht war. Ich bekam dort eine Stelle in der Entwicklungsabteilung. Mit meiner neuen Identität lebte ich in der Nähe von Düsseldorf.«

»Wann haben Sie Ramona Weiß wiedergetroffen?«

»Erst einige Jahre nach der Wende. Das war 1995, als ich im Kernkraftwerk Lichtenwerder hier in Schleswig-Holstein die Leitung der Forschungsabteilung übernommen hatte. Sie begegnete mir in Kleefeld, ich erkannte sie sofort, obwohl sie jetzt schwarze Haare hat.«

»Hatte.«

Blechen sah irritiert auf.

»Caroline Hufe ist heute Vormittag bei dem Versuch, sich der Festnahme zu entziehen, tödlich verunglückt.«

Dr. Strasser hatte bereits einen vorläufigen Bericht des Tathergangs auf dem Tisch. Caroline Hufe war förmlich aufgespießt worden. Sie war in das seitliche Schneidewerk des Mähdreschers hineingelaufen. Jegliche Rettung kam zu spät. Der Mähdrescher konnte gar nicht so schnell zum Stehen kommen, wie Einzugsschnecke und Haspel nach dem Körper von Caroline Hufe gegriffen hatten. Sie erlag noch am Unfallort ihren schweren Verletzungen.

Kein Fahrer hatte die Maschine gestoppt, denn auf dem Nachbarfeld des Miscanthus-Labyrinths lief ein Test mit autonomen Landmaschinen, die, ausgerüstet mit neuester *Cognitive Technology*, die Rapsernte ohne den Einsatz von Erntehelfern bewerkstelligten. Die Landwirtschaftlichen Betriebe Menninga setzten schon eine Weile auf Smart Farming, hohe Effizienz durch Zeitersparnis und Zuverlässigkeit. Aber genau daran haperte es manchmal noch etwas. Der Mähdrescher war mit Kameras und Radar ausgerüstet, womit er in der Lage hätte sein sollen, Entfernung und Geschwindigkeit von Objekten zu messen und entsprechend darauf zu reagieren. In diesem Fall schien die Maschine korrekt gehandelt zu haben, für Frau Hufe dennoch zu langsam. Es würde sicher ein Untersuchungsverfahren geben, doch es sah nicht so aus, als ob die Technik versagt hätte. Caroline Hufe hatte einfach keine Chance gehabt.

Siegfried Blechen sackte in sich zusammen, seine aufrechte Haltung hatte die bisherige Anspannung verloren. Mit den Händen vor seinem Gesicht stieß er ein Geräusch aus, das Verzweiflung und Trauer in einem zu sein schien.

Nun schaltete sich der Anwalt ein: »Herr Blechen, benötigen Sie eine Pause? Wir können die Vernehmung für zehn Minuten unterbrechen.« Er schenke seinem Mandanten ein Glas Wasser ein.«

»Was für ein Leid diese Blumen allen gebracht haben«, sagte Blechen, schüttelte den Kopf und nahm einen großen Schluck aus dem Wasserglas.

»Wie bitte?«

»Diese Orchideen –«

»Können Sie sich bitte noch einen Moment konzentrieren und uns erläutern, was es genau mit den Orchideen auf sich hat?«

Der Anwalt blickte nun etwas ungehalten in die Runde, man schien ihn hier gar nicht zu brauchen.

Blechen fuhr fort: »Ramona oder Caroline hatte schon immer ein Faible für extravagante Blumen, schon damals züchtete sie Orchideen. Ich hatte nie zuvor so prächtige Orchideen gesehen. Während unserer Zeit in Rossendorf bekam sie von Gerlinger, der im Bereich der Mutagenese arbeitete – er experimentierte an robusterem und ertragreicherem Saatgut für Getreide –, immer ein kleines Fläschchen radioaktiver Flüssigkeit für ihre Orchideen. Vor dreißig Jahren gingen wir alle noch sehr viel sorgloser mit verstrahlten Substanzen um. In den meisten Fällen erhielt Ramona wohl ihren Dünger, wenn ich es so nennen darf, direkt mit der neuesten Lieferung von Forschungsunterlagen und radioaktivem Material, die ich für sie aus Rossendorf mitbrachte. Ich hatte davon damals keine Ahnung, sie erzählte mir alles erst, als ich sie hier in Kleefeld besuchte. Sie hatte mich zum Tee eingeladen und erklärte mir die vielen Orchideenarten, die uns umgaben. Wir saßen in ihrem Wintergarten, im Atrium ihres Hauses. Sie bedauerte es sehr, dass ihr ohne das Wundermittel, wie sie es nannte, keine spektakulären Züchtungen mehr gelangen.«

»Sie waren also damals ahnungslos, was Ihre Kontaktperson Ramona Weiß anbelangte. Haben Sie denn später, nach der Wende, nie herauszufinden versucht, wer sie bespitzelt und letztlich verraten hat?«

»Doch, natürlich. Ich konnte mich einige Jahre lang dem Regime entziehen, indem ich das Angebot meiner Firma, in die mich die Stasi eingeschleust hatte, annahm, in ihr Werk nach Kanada zu gehen. Dort hatte die Stasi keinen Zugriff mehr auf mich, außerdem hatte die DDR in den späten achtziger Jahren andere Probleme als einen nach Kanada abgetauchten Agenten. Als ich dann in den neunziger Jahren versuchte, Akteneinsicht zu bekommen, hieß es, die Akten seien nicht auffindbar, wahrscheinlich der anfänglichen Vernichtung durch Mielke zum Opfer gefallen. Ich habe nie herausgefunden, wer mich damals verraten hat. Aber ich wollte es auch gar nicht mehr wissen. Und als ich Ramona beziehungsweise Caroline dann nach vielen Jahren hier wieder traf, versicherte sie mir, dass sie es nicht gewesen sei. Ich glaubte ihr. Sie beschuldigte Gerlinger nicht direkt, äußerte ihre Vermutungen nur sehr vage, sodass vieles offenblieb. Mein Gefühl sagte mir eigentlich, dass Gerlinger kein Verräter war, ich verstand mich damals gut mit ihm.«

»Sie ließen sich erneut auf eine Beziehung mit ihr ein?«

»Sie war für mich noch genauso attraktiv wie vor Jahren, sie hatte sich gerade von ihrem Mann getrennt, ich war allein. Sie müssen wissen, hier in den Marschen lernt man nicht so schnell jemanden kennen. Ich war glücklich, dass uns der Zufall erneut zusammengebracht und ich nun offenbar eine Chance bei ihr hatte.«

»Und Sie haben ihr dann wieder zu ihrem Wundermittel verholfen?«

»Ja, ich überließ ihr für ihre Züchtungen leicht radioaktive Lösungen. Ich hatte in den achtziger Jahren, in meiner Zeit in Rossendorf, Erfahrungen damit sammeln können.«

»Leicht radioaktive Lösungen, sagen Sie. Wie erklären Sie sich dann, dass wir in der Wohnung von Caroline Hufe eine Flasche hochradioaktiven Inhalts gefunden haben, hoch konzentriertes Radium-226, getarnt in einer Flasche Zückli-Sol. So hieß doch der gute alte DDR-Süßstoff, nicht wahr?«

Strasser legte eine Fotografie von der Flasche vor Blechen auf den Tisch.

»Ich habe ihr diese Flüssigkeit nicht ausgehändigt. Von mir hat sie stets nur Flüssigkeiten von unbedenklicher Konzentration erhalten und immer nur in kleinen braunen Gläsern mit Schraubdeckelverschluss.«

»Wäre es möglich, dass sie unbeobachtet in Ihrem Labor an die Substanz gelangt ist?«

»Ja, durchaus, sie ist mich häufiger besuchen gekommen, hat gesagt, dass sie es so interessant bei mir finde, in meinem ›Alchimistenlabor‹, wie sie es nannte.« Sigfried Blechen lächelte bitter, als ob ihm erst jetzt richtig bewusst werden würde, dass er zum zweiten Mal von Ramona Weiß oder Caroline Hufe, oder wer auch immer sich hinter diesem Namen verbarg, hintergangen worden war.

»Harald Gerlinger konnte feststellen, dass der Arbeitsplatz von Frau Dr. de Beer erheblich kontaminiert war, mit Radium-226, sowohl das Mousepad als auch die Maus. Zuvor waren die Kunststoffoberflächen mit einem Mittel präpariert worden, welches den Kunststoff angeraut hat, wodurch das Material die radioaktive Flüssigkeit gut aufnehmen konnte. Das ist bewährte DDR-Manier, das brauche ich Ihnen wohl nicht zu erklären. Frau Dr. de Beer ist glücklicherweise mit nur geringen gesundheitlichen Schäden davongekommen.«

Siegfried Blechen schaute mit gesenktem Kopf vor sich auf den Tisch. »Caroline muss sich die Flüssigkeit während einer ihrer Besuche abgefüllt haben. Es kam schon vor, dass ich den Raum für einige Zeit verließ, um etwas zu holen oder mit Kollegen Absprachen zu treffen. Diese Flasche habe ich durchaus schon einmal bei ihr im Wintergarten gesehen«, er schaute auf das Foto, »ich kenne die Marke natürlich von früher, aber ich wäre nie auf den Gedanken gekommen, Caroline könnte darin Radium-226 aufbewahren.«

Eine ganze Weile herrschte Schweigen.

»Aber ich vermute, spätestens seit Adam Caspèrs Tod wussten Sie, was es mit dieser vermeintlichen Süßstoffflasche auf sich hatte«, sagte Strasser.

Blechen nickte kaum merklich.

»Bitte erzählen Sie uns, was Sie über die Ermordung von Adam Caspèr wissen.«

»Vor etwa einer Woche kam Caroline Hufe unangemeldet und sehr aufgelöst zu mir nach Hause, ich lebe hier in der Marsch in einem alten Bauernhof. Sie war kaum zu beruhigen. Sie konnte sich gar nicht setzen, sie ging in meiner Diele auf und ab, unter Schluchzen und Tränen brachte sie heraus, dass sie für den Tod von Adam Caspèr verantwortlich sei, sie habe das nicht gewollt, es sei ein Unglück gewesen. Ich konnte zuerst gar nicht verstehen, wovon sie sprach. Als sie sich wieder etwas gefangen hatte, erzählte sie mir alles der Reihe nach. Ihr Plan war es gewesen, ihre Chefin, Dr. de Beer, für geraume

Zeit aus dem Verkehr zu ziehen, damit Adam Caspèr, der ja ihr Schützling und Ersatzsohn gewesen war, sich wieder als Interimsdirektor profilieren konnte. Sie hasste ihre Chefin, wusste das aber geschickt zu verbergen, die de Beer war anscheinend ahnungslos. Caroline hasste ihre Chefin, weil ihr Liebling auf dem Direktorenposten hätte sitzen sollen. Mit ihm, so hatte sie sich vorgestellt, hätte das JMK endlich in die richtigen Bahnen gelenkt werden können. Sie war auf fast alles eifersüchtig, was diese Frau verkörperte, ihre Bildung, ihre Welterfahrenheit, ihre Jugend, ihre Schönheit. Und als die de Beer ihr auch noch den Mann ihrer späten Träume wegschnappte, war das Maß voll.«

Strasser versuchte, Struktur in Blechens Geständnis zu bringen. »Sie haben«, setzte er an, »die Motivlage sehr einfühlsam dargestellt, die zu dem Versuch eines Angriffs auf die Gesundheit von Dr. de Beer führte. Aber Sie werden verstehen, dass wir jetzt wissen wollen, wie es zu einer Tat kam, sagen wir zu einer zweiten Tat, einem Verbrechen, das ja allem widersprach, was wir über die Einstellung von Frau Hufe alias Ramona Weiß zu Adam Caspèr erfahren haben.«

Blechen hatte sich gefangen. »Da war kein Verbrechen«, erklärte er. »Caroline Hufe nutzte den Eröffnungstrubel des Skrei-Festes, um den Arbeitsplatz von Frau Dr. de Beer radioaktiv zu verseuchen, fast alle Mitarbeiter waren außer Haus. Harald Gerlinger hat ja bereits herausgefunden, wie sie das bewerkstelligt hat. Ich weiß, ich habe mich längst strafbar gemacht, ich hätte sofort zur Polizei gehen müssen, nachdem Caroline mir alles gebeichtet hatte –«

Siegfried Blechen unterbrach seinen Bericht, er war den Tränen nahe, seine Stimme versagte.

»Herr Blechen, möchten Sie noch etwas trinken?« Dr. Strasser füllte noch einmal sein Wasserglas.

»Sie hat mich angefleht, ihr zu helfen, es sei alles ein Versehen gewesen, sie habe das alles nicht gewollt.«

»Hat Caroline Hufe Ihnen genau erzählt, wie es zu der Vergiftung von Adam Caspèr gekommen ist?«

»Sobald herausgekommen war, dass Caspèr nicht einfach ertrunken, sondern über dem Becken kollabiert war, weil er aufgrund schwerster Verstrahlungen an Organzerfall litt, wusste Caroline, was geschehen war.«

»Nämlich?«

»Sie hatte den PC-Arbeitsplatz ihrer Chefin präpariert und wollte dann das Fläschchen, also den vermeintlichen Zückli-Sol-Spender, mit der radioaktiven Flüssigkeit verschwinden lassen, um wieder zu ihren ›Schwestern‹ auf den Marktplatz zurückzueilen. Sie hatte nicht damit gerechnet, Caspèr in der Küche anzutreffen. Überrascht und aus dem Konzept gebracht, versteckte sie die Süßstoffflasche nicht richtig. Sie hatte sie in der kleinen Küche im Regal zwischen Teedosen und Keksschachteln abgestellt. In Gegenwart von Adam Caspèr aber ließ sie sich nichts anmerken, die Fassade blieb gewahrt, das war ihre zweite Natur, oder ihre erste? Dazu passt auch, dass sie, nachdem sie ihr Versäumnis bemerkt hatte, unmittelbar ins Museum zurückkehrte, um den Behälter wieder an sich zu nehmen. Kein Kontrollverlust, das war immer ihr Gebot Nummer eins gewesen.«

Blechen schaute jetzt über die Köpfe der ihm gegenüber Sitzenden hinweg, so als würde er dort eine Erklärung für dieses fatale Ineinanderwirken von einer ganzen Lebensgeschichte und einer einzigen Fehlleistung finden.

Er setzte wieder an. »Zu spät. Adam Caspèr muss in dem Moment, da Caroline wieder zum Marktplatz aufgebrochen war, etwas von dem Gift in der Zückli-Sol-Flasche zu sich genommen haben.«

»Er hat damit seinen Quark gesüßt, wir konnten das an Resten feststellen, die wir im Papierkorb in seinem Büro gefunden haben.«

»Ja, das hat Caroline auch vermutet, dass er seinen Magerquark, den er aus diätischen Gründen oft aß, damit süßen wollte. Sie hat sich schwere Vorwürfe gemacht, sie wollte doch alles andere als ihren Freund und Schützling gefährden, geschweige denn ihn umbringen.«

»Sie, Herr Blechen, haben sich dann zur Unterstützung des Sondereinsatzkommandos des BFS im Museum gemeldet, um zu verhindern, dass die Kollegen im Büro von Frau Hufe erhöhte Strahlenwerte messen konnten, Sie haben den Bereich selbst übernommen und für sauber erklärt. War das so?«

»Ja. Ich bin beim BFS gelegentlich als externer Fachberater eingesprungen, der Leiter des Einsatzkommandos war sehr froh, dass ich mich zur Verfügung stellte. Ich habe das getan, um Caroline zu helfen, sie war so verzweifelt, die Orchideen in ihrem Büro hätten sie verraten. Ich hatte gehofft, wir könnten uns wieder näherkommen, so wie damals zu DDR-Zeiten. Jacob Menninga war doch jetzt an die Direktorin vergeben.«

»Herr Blechen, Ihnen ist hoffentlich klar, dass Sie sich wegen Strafvereitelung, fahrlässiger Tötung und Beihilfe zu schwerer Körperverletzung strafbar gemacht haben.«

Kleefeld, Sonntag, 14. September

Es war einer dieser wunderschönen Spätsommertage im Norden, gegen zehn Uhr dreißig, also genau eine Stunde vor der Eröffnung der Ausstellung »Das Staatsschiff«, des dritten Teils der Trilogie »Der Strom des Lebens«. Franziska stand mit Jacob und Gerlinger, der mittlerweile seinen Ruhestand angetreten hatte, im Garten des Jensen-Museums. Man spürte schon, dass die Nächte deutlich kälter wurden, die Wiese überzog eine feine Tauschicht, aber der Wetterbericht sollte seine Versprechen halten, es schien ein sonniger, warmer Tag zu werden.

Eliza Mendes, die vorerst alle Aufgaben von Caroline Hufe übernehmen musste, hatte dafür gesorgt, dass der Garten für einen Empfang nach den Eröffnungsreden hergerichtet worden war. Es sah wie immer sehr schön aus: die Stehtische mit den roten Tischdecken, das weiße Zeltdach und überall Sonnenblumen, auf den Tischen jeweils eine kleine Blüte und verteilt im Garten sowie im Foyer des Museums große Sträuße von Sonnenblumen. Das Jensen-Museum feierte üblicherweise jedes Jahr um diese Zeit ein großes Sommerfest und verband diesen Anlass mit einer Ausstellungseröffnung. Doch in diesem Jahr, so fand Franziska, war es unpassend, zu einem rauschenden Fest einzuladen, die schrecklichen Ereignisse waren noch nicht lange her. Auch sie selbst sah sich nicht in der Verfassung, unbefangen die Gastgeberin zu spielen.

Es fühlte sich für sie immer noch so an, als ob eine schwere Krankheit hinter ihr läge, die auch die Tiefen ihrer Seele angegriffen hatte. Immer wieder wachte sie nachts gequält von Alpträumen auf: Caspèr schwamm da in voller Größe vor ihr im Wellenkanal, ja, er schwamm, er trieb nicht nur in der Flut, er schien das ewige Auf und Ab des Wellenschlages zu genießen, die Taschen mit den Lornsen-Pfeifen hatten sich zu

Schwimmblasen aufgebläht. Und dann erschien ihr die Hufe. Die Frau baute sich drohend vor ihr auf, tat aber nichts anderes, als ihr Gesicht zu verziehen. Es wirkte so, als würde sie ein orientalisches Lehrbuch für böses Mienenspiel illustrieren. Wie der tote Caspèr genoss anscheinend auch die tote Hufe ihr Treiben, konnte sie, die im Leben zwei Gesichter gehabt hatte, das unlesbare und den kurz aufblitzenden Zorn, doch nun endlich kommunizieren, was sie im Inneren wirklich fühlte. Sie waren also noch nicht tot, die beiden.

Verrückt war, dass Franziska gleichzeitig so etwas wie Mitleid für sie empfand: für den auf so grausame Weise ums Leben gebrachten Caspèr und auch für die Hufe, die ihre DDR-Vergangenheit nie hatte überwinden können.

Durch die große Weide, die neben dem Verwaltungstrakt stand, glitzerte die goldene Sonne des frühen Herbstes.

Franziska hielt ihr Gesicht in die Sonnenstrahlen, sie spürte die Wärme auf ihrer Haut, die tanzenden Lichtflecken vor ihrem inneren Auge vertrieben die Ungeheuer aus ihren Gedanken. Jacob nahm ihre Hand und küsste sie.

»Wo bist du, meine Liebe?«

»Was meinst du?«, fragte sie zurück. »Kann es sein, dass sich heute unsere Welt wieder zum Besseren wendet?«

Eliza brachte ein Tablett mit Kaffee, und nach und nach trafen die Akteure des Vormittags ein.

Zuerst gesellten sich die Gebrüder von Notzing zu ihnen, offensichtlich in ein Streitgespräch verwickelt, das sie aber unmittelbar beilegten, als sie am Tisch angelangt waren, an dem Franziska mit ihren beiden Begleitern stand.

»Guten Morgen, meine verehrte Frau Dr. de Beer, was für ein schöner Tag für unser großes Ereignis.« Bernhard von Notzing kam mit offenen Armen auf Franziska zu und küsste ihr die Hand. Sein Bruder Leopold hatte die wohl anerzogenen leicht manierierten Umgangsformen auf seinen Reisen in die Steppen Asiens abgelegt, er begrüßte Franziska mit etwas weniger Emphase, aber nicht minder herzlich. Er hatte für den heutigen Anlass sogar seine übliche Khakikluft abgelegt, er trug zwar keine Krawatte und schon gar keine Fliege wie sein Bruder, aber immerhin ein legeres weißes Hemd zu einem leicht changierenden lichtgrauen Anzug.

»Frau Dr. de Beer, Sie sehen erholt aus, ich bin sehr erleichtert, dass Sie wieder vollständig genesen sind. Ich war sehr bestürzt, als ich erfahren habe, was passiert ist, dass ausgerechnet Sie durch unser neues Medikament zu Schaden gekommen sind. Ganz zu schweigen natürlich von Ihrem armen Mitarbeiter.«

»Vielen Dank.«

Franziska wollte sich heute Morgen nicht auf dieses Thema einlassen, nicht heute. Sie hatten die zurückliegenden Monate intensiv daran gearbeitet, dass sie den Ausstellungstermin halten konnten, viele lange Abende, viele Extraschichten, aber am Ende hatte alles geklappt. Das Wikingerschiff war planmäßig fertig geworden, alle Leihgaben waren eingetroffen, und der Ausstellungskatalog hatte Samstagnachmittag per Expresslieferung gerade noch rechtzeitig das Haus erreicht.

Der Sozialkistentransporter von Martin Kippenberger stand ganz am Beginn des Rundgangs. Das entsprach nicht dem ursprünglichen Plan, aber Franziska war zu der Überzeugung gelangt, dass sie die Besucher zuerst mit dem Gegenbild eines Staatsschiffs konfrontieren sollte.

»Leopold, darf ich Ihnen und Ihrem Bruder zeigen, wie der Saal mit dem Wikingerschiff geworden ist?«

Franziska stellte ihre Kaffeetasse ab und hakte sich bei Jacob ein. »Kommst du mit?«

In dem Moment betrat Erik Olafson den Museumsgarten. Der norwegische Konsul kam in Begleitung seiner Frau, das realisierte Franziska sofort, obwohl sie sie nur kurz und aus großer Ferne bei dem leidigen Intermezzo in Frankfurt wahrgenommen hatte.

»Franziska, wie schön, dich zu sehen. Darf ich dir meine Frau Frida vorstellen?«

»Frau Olafson, es freut mich sehr, Sie im Jensen-Museum begrüßen zu dürfen, herzlich willkommen.«

»Vielen Dank, ich finde es gut, dass wir uns endlich einmal kennenlernen, Erik hat schon so viel von Ihnen erzählt.«

Franziska blickte den Konsul für den Bruchteil einer Sekunde an.

»Aber nennen Sie mich doch bitte Frida, in Norwegen ist man nicht so förmlich.«

Frida Olafson sprach perfekt Deutsch, hatte aber ihren charmanten norwegischen Akzent nicht abgelegt. Sie sah genauso aus, wie man sich eine Frau aus Skandinavien vorstellte, sie war groß, hatte eine sehr gute, fast muskulöse Figur und dichte, glatte karamellblonde Haare, die ihr offen über die Schultern fielen.

»Na, nun sind wir ja fast vollständig, es fehlt nur noch unser Bürgermeister. Eliza, falls Herr Strömfeld gleich kommen sollte, schickst du ihn bitte zu uns?«

Die kleine Gruppe setzte sich in Bewegung. Zum neuen Anbau waren es nur ein paar Schritte, denn man hatte dafür einen Teil des Gartens geopfert. Durch die großen Fensterbahnen konnte man schon vom Garten aus einen Blick auf das Wikingerschiff werfen.

Als sie den Saal betraten, hörte man das Surren und Fräsen des 3-D-Druckers. Gerade fuhr die Druckplattform herunter, und der Druckkopf wanderte in seine Parkposition. Sven Sörensen, der IT-Mitarbeiter der Landwirtschaftlichen Betriebe Menninga, derzeit im Dienste des Museums, entnahm dem Gerät ein fertig ausgedrucktes Ornament des Oseberg-Schiffs. Es hatte exakt die Farbe des Holzes, aus dem das Schiff gebaut war, und wirkte in keiner Weise synthetisch. Sven Sörensen schritt stolz mit dem Endprodukt in der Hand auf die Besuchergruppe zu. »Schauen Sie, Dr. de Beer, wie präzise der Drucker arbeitet.«

Das Schmuckmotiv zeigte im Zentrum eine männliche Figur mit erhobenem Schwert, das gegen einen Reiter gerichtet war. Eine Frauengestalt mit wehenden Haaren stoppte den Angreifer. Diese Figur, aus deren dynamisch geschwungener Haartracht sich ein geflügeltes Tier herausbildete, wirkte auf Franziska wie eine Magierin, eine weise Frau, die Unheil abzuwehren vermochte.

Dank

Warum fühlt man sich zum Schreiben berufen? Um sich abzusetzen, einzuspinnen, versunken in Einsamkeit, trotz der Bedürfnisse anderer. (…) Wir müssen schreiben und uns unzähligen Kämpfen stellen, wie beim Zureiten eines widerspenstigen Fohlens. Wir müssen schreiben, aber nicht ohne unermüdlichen Einsatz und ein gewisses Maß an Opferbereitschaft: um die Zukunft zu transportieren, in die Kindheit einzutauchen und die Dummheiten und Schrecken der Phantasie für eine pulsierende Leserschaft zu zügeln.

Patti Smith, »Hingabe«, 2018

Diese Worte von Patti Smith, der Rockikone meiner Jugend, bringen zum Ausdruck, welche Bedeutung das Schreiben in meinem Leben eingenommen hat und wofür ich an dieser Stelle meinen Dank aussprechen möchte.

Dank an meine Familie, die mich in meiner Verpuppung gelassen hat, eingesponnen in Gedanken, ferne Sphären und unzählige lose Enden, und die mich aus einsamer Versunkenheit wieder herausgelöst hat.

Dank an meine Freundinnen und Freunde, die mich in zähen Kämpfen um das richtige Wort unterstützt und vor Dummheiten der Phantasie bewahrt haben.

Dank an die Macht der Worte, die Geschehenes und Erlebtes, Gedanken und Empfindungen auf der Ebene des Fiktionalen zu inszenieren vermochten.

Nicht zuletzt mein Dank an den Emons Verlag, der meiner Fiktion eine Bühne bereitet hat.